PATRICIA BRANDT
Imkersterben

PATRICIA BRANDT
Imkersterben
Kriminalroman

GMEINER

Personen und Handlung sind frei erfunden.
Ähnlichkeiten mit lebenden oder toten Personen
sind rein zufällig und nicht beabsichtigt.

Immer informiert

Spannung pur – mit unserem Newsletter informieren wir Sie
regelmäßig über Wissenswertes aus unserer Bücherwelt.

Gefällt mir!

Facebook: @Gmeiner.Verlag
Instagram: @gmeinerverlag
Twitter: @GmeinerVerlag

MIX
Papier aus verantwor-
tungsvollen Quellen
FSC® C083411

Besuchen Sie uns im Internet:
www.gmeiner-verlag.de

© 2021 – Gmeiner-Verlag GmbH
Im Ehnried 5, 88605 Meßkirch
Telefon 07575/2095-0
info@gmeiner-verlag.de
Alle Rechte vorbehalten
1. Auflage 2021

Lektorat: Teresa Storkenmaier
Herstellung: Mirjam Hecht
Umschlaggestaltung: U.O.R.G. Lutz Eberle, Stuttgart
unter Verwendung eines Fotos von: © Christoph Burgstedt /
shutterstock.com
Druck: CPI books GmbH, Leck
Printed in Germany
ISBN 978-3-8392-2833-3

Für Ilona

VORWORT

Ich kenne Patricia Brandt als Journalistin, und natürlich war ich sehr neugierig auf ihren neuen Krimi. Ich sagte ihr sofort zu, ein Vorwort zu verfassen, wenn ich auch gerade an meinem neuesten Buch über Bienenforschung saß.

Honigbienen sind potenzielle Opfer. Täter sind wir alle. Die Bienen sterben, wenn wir uns nicht ausreichend um sie kümmern. Das Bienensterben ist aber kein Fall für die Justiz.

Sterben aber nicht die Bienen, sondern Imker eines nicht natürlichen Todes, stellt sich sofort die Frage: Was außer den Stichen der Bienen kann Imkern so gefährlich werden, dass sie es mit ihrem Leben bezahlen? Ohne zu viel verraten zu wollen, es geht um dunkle Honiggeschäfte.

Wer »Imkersterben« liest, taucht ein in die Welt der Imker. Patricia Brandt ist ein spannender Krimi gelungen, der die Leser zusätzlich mit vielen interessanten Fakten rund um das Thema Bienen versorgt. Es ist eigentlich eine wunderbare und friedvolle Tätigkeit, Honigbienen zu halten, aber in »Imkersterben« wird sie lebensgefährlich …

Jürgen Tautz, Bienenforscher und Professor i.R. an der Julius-Maximilians-Universität Würzburg

MAI

OKE

Das Fischhus war eine etwas bessere Bretterbude. Ein Vorzelt schützte die Gäste vor der steifen Brise, die an diesem Mittag den Duft von salzigem Meer herüberwehte. Als er die Plane beiseiteschob, zogen sich am Himmel bereits im Eiltempo dunkle Wolken zusammen.

In der Strandbude umfing ihn eine heimelige Atmosphäre. Fischbudenbesitzerin Wencke Husmann hatte zwei Sturmlaternen auf dem Tresen entzündet. Überhaupt war das Fischhus nach seinem Geschmack. Von der Decke baumelten alte Fischernetze, rechter Hand hing ein verblichener Rettungsring. In diesen vier windschiefen Wänden verlief das Leben, wie Oke es liebte: suutje.

Im Fischhus ließen sich ganze verregnete Nachmittage verbringen. Irgendeiner erzählte immer Döntjes. Nur nicht an diesem ungewöhnlich kühlen Tag im Mai. Natürlich nicht. Die Stimmung schien gedämpfter als sonst, was nicht verwunderlich war. Immerhin gab es einen unnatürlichen Todesfall zu beklagen.

Jan Husmann erblickte ihn sofort, obwohl die Fischbude gerammelt voll war. »Hier rüber, Oschi!« Jan wischte seine Hände an der weißen Schürze ab und schenkte ihm einen dampfenden Kaffee ein. Oke schnupperte. Es schien sich um echten Kaffee zu handeln. »Ist deine Frau ausgewandert?«

Jan Husmann blickte schuldbewusst über die Schulter zum Tresen, wo seine Gattin emsig Gemüse putzte. »Den Kaffee hab ich heimlich in der Thermoskanne von zu Hause mitgebracht.« Wencke hatte in letzter Zeit einen Ernährungsfimmel entwickelt, den sie mehr und mehr an ihren Gästen auslebte. Deren Meinung dazu war übrigens geteilt: Während sich die hippen Hamburger für die neue Speisekarte begeisterten, trafen die veganen Avocado-Bowls und vor allem der neue Lupinenkaffee bei vielen Einheimischen nicht gerade auf Gegenliebe. Derart neumodischen Kram lehnten sie kategorisch ab.

Die meisten Hohwachter wünschten sich wie Oke ein Fischbrötchen ohne viel Gedöns und dazu einen Becher anständigen holsteinischen Kaffee.

Wencke Husmann hatte seine Blicke offenbar gespürt, denn sie nickte ihm zu, legte die Gemüsebürste beiseite und trat hinter der Theke hervor. »Okay, Leute, hört bitte mal her. Wir fangen jetzt mit der Schweigeminute an. Am besten ihr steht alle auf.«

Barhocker wurden zur Seite geschoben, Kleidung raschelte, ein Gast schrie kurz auf und gab anschließend ein asthmatisches Röcheln von sich. Oke sah, dass Wenckes Hund Wolfgang sich im Bein des Gastes verbissen hatte. Wolle mochte es nicht, wenn die Gäste plötzlich von ihren Plätzen aufstanden. »Pfui, Wolle, aus!« Mit einem kurzen Ruck zog Wencke den Hund von dem begehrten Schenkelknochen weg.

Jan Husmann hüstelte und brachte damit die letzten Stimmen zum Schweigen. Dann setzte der Wirt mit den Dreadlocks und dem tätowierten Anker auf dem Arm zu einer Ansprache an – für den kürzlich überraschend verstorbenen Förster: »In Gedenken an Kurt.« Jan schaute in die Gesichter der Umstehenden.

Reihum gab es viele betroffene Mienen. Die meisten

hielten den Blick gesenkt, betrachteten ihre Schnürbänder oder die abgenutzten Dielen des Fischhuses. Einige Dorfbewohner hatten sogar die Finger wie zum Gebet verschränkt. Ein Mann in knallroter Outdoorjacke sah von einem zum anderen und kratzte sich verlegen am Kopf. »Wir alle kannten Kurt Tietjen. Manche von uns hatten ihre Schwierigkeiten mit ihm. Doch Kurt war auch Ehemann und Vater. Ein Mensch.«

Jemand lachte auf.

»Ein Mensch, der plötzlich und auf grausame Weise aus unserer Mitte gerissen wurde«, fuhr der Redner unbeirrt fort, wobei sich seine Stimme in eine höhere Tonlage schraubte: »Mord in Hohwacht! Viele von uns fühlen sich hier nicht mehr sicher.«

Das ging jetzt aber zu weit! Man hätte eine Stecknadel fallen hören können, es knarrte aber nur eine Diele, als Oke unwirsch sein Gewicht von einem aufs andere Bein verlagerte. Wencke stieß ihren Mann mit dem Ellbogen an: »Du schweifst ab!«

Jan räusperte sich. »Ja, ähm. Dann lasst uns jetzt einfach einen Moment in Gedenken an Kurt Tietjen schweigen.«

Die einsetzende Stille wurde genau zweimal unterbrochen. Einmal, als ein Besucher mit schweren Wanderschuhen von draußen ins Fischhus gepoltert kam und verdattert in die Runde fragte: »Was is'n hier los? Einer gestorben?«

Und das zweite Mal, als der Mann in der roten Outdoorjacke seinem Tischnachbarn zuraunte: »Treffen sich zwei Förster im Wald. Sagt der eine zum anderen: ›Ich habe deine Ehefrau getroffen.‹ Darauf erwidert der andere: ›Wo denn?‹ Antwort des Ersten: ›Zwischen die Augen.‹«

MÄRZ

TILDA

Als Tilda am Strand ankam, waren die beiden schon eng ineinander verschlungen. Jedenfalls Teile von ihnen: Seine Zunge steckte in ihrem Ohr.

Hortense machte sich von ihrem Freund los und rannte über den Sand. »Hey, da bist du ja!« Sie hatte keine Schuhe an und die Fransen an ihrem schwarzen Mini-Kleid, das nach Tildas Meinung übertrieben kurz für diesen kühlen Märzabend war, flogen um ihre nackten Schenkel. Die dunkelhaarige Hortense mit den kohlenschwarz umrandeten Augen hauchte ein Küsschen in die Luft. Eigentlich kannten sich die beiden Frauen kaum: Hortense studierte in Kiel irgendwas mit Frisistik und hatte in ihren Semesterferien an Tildas Sarg-Selbstbaukursus teilgenommen.

Den Kursus bot sie erst seit Kurzem an. Es war eine Möglichkeit, sich über Wasser zu halten – Konrads Unterhalt kam nicht immer pünktlich. Zunächst hatte sie nur Vogelhäuser mit den Touristen gebaut. Doch dann brachte ein Teilnehmer sie auf die Idee mit den Särgen. Im Netz fand sie schnell diverse Anleitungen für den DIY-Sarg aus Kiefernholz. Keine zwei Wochen später ging es los: Der Clou ihres Kurses war, dass sie vorher mit den Teilnehmern Treibholz für die Deko sammelte. »Sargbau inklusive Erlebniswanderung und Probeliegen«, schrieb sie auf die Flugblätter, die sie überall in Hohwacht aushängte.

Hortense machte anfangs einen verschlossenen, düsteren Eindruck. Beim Werkeln unter Tildas Terrassenvordach hörte sie über ihr Handy komische Schrammelmusik, was die anderen Teilnehmer nervte. Tilda schaffte es, die morbiden Eigenheiten Hortenses in kreatives Schaffen umzulenken. Und als Hortenses Kiste »bezugsfertig« war, zeigte sie sogar ein wenig Begeisterung und wollte unbedingt mit Tilda eine Flasche Sekt köpfen – am Meer.

Tilda hatte sich schließlich zu dem Treffen am Hohwachter Strand überreden lassen. Vielleicht, weil sie keine Lust hatte, einen weiteren Abend allein zu verbringen. Vielleicht aber auch, weil sie hören wollte, warum Hortense glaubte, mit einem selbstgebauten Sarg »viel beziehungsfähiger« zu sein.

Wie beziehungsfähig die junge Frau war, war nicht zu übersehen. Hortense lehnte am Strandkorb und es machte ihr offenbar überhaupt nichts aus, von dem Kerl mit dem rostroten Haar abgeschleckt zu werden, als wäre er eine Schwarzbunte und sie der Salzstein.

So kurz nach ihrer Scheidung von Konrad war Tilda nicht sonderlich scharf darauf, mit einem liebestollen, noch dazu mindestens zehn Jahre jüngeren Pärchen am Strand abzuhängen. Schließlich hatte sie nicht gewusst, dass Hortenses Boyfriend mitkommen würde. Normalerweise, erfuhr sie von der nun doch etwas schuldbewusst dreinblickenden Hortense, arbeitete Gerrit in Kiel. Weil er ausgerechnet heute hatte freinehmen müssen – in seiner Firma sei die ganze Urlaubsplanung für die Tonne –, sei er mal eben nach Hohwacht gekommen, um sie zu sehen. »Und jetzt, wo er schon mal da ist, habe ich ihn mitgebracht. Das ist doch okay für dich, oder?«

Was sollte sie sagen? Dass sie sich überflüssig wie ein Kropf fühlte und sie sich obendrein den Hintern abfror?

Wer kam auf die Idee, im März eine abendliche Strandparty zu veranstalten? Fröstelnd griff sie nach dem Plastikbecher, den Hortense ihr hinhielt. Die DIY-Sargbauerin goss ihrer Kursleiterin großzügig Sekt ein. »Nö, überhaupt kein Problem«, log Tilda und leerte den Becher in einem Zug. Der Sekt schmeckte ihr nicht. Das Zeug war zu süß.

Nur um irgendwas zu sagen, fragte sie Gerrit nach seinem Beruf. »Ich bin Lebensmittelchemiker in einem Honiglabor«, berichtete er und langte in die Plastikschale mit Erdbeeren, die Hortense gerade aus ihrem Picknickkorb befördert hatte. Gerrit steckte sich die Frucht zwischen die aufgeplatzten Lippen. Wahrscheinlich wundgeküsst, dachte sie frustriert. Dann beobachtete sie, wie er Hortense mit vorgestrecktem Kinn aufforderte, ihm die Erdbeere aus dem Mund zu stibitzen. Tilda hätte kotzen können.

»Ach, was 'n Zufall! Hat Hortense erzählt, dass ich Imkerin bin?« Er schüttelte den Kopf. Blöd von ihr. Sie sah ja, dass die beiden Wichtigeres zu tun hatten, als sich zu unterhalten, so verknallt, wie die waren. Wie hatte sie überhaupt annehmen können, dass Hortense ihrem Freund etwas über sie erzählte?

Die Wellen sorgten für leises Hintergrundrauschen und sie konzentrierte sich einen Moment auf ihr Getränk. Die nächste halbe Stunde verbrachte Tilda fröstelnd als fünftes Rad am Wagen. Das Gespräch wollte bei der Küsserei der beiden nicht recht in Gang kommen.

Irgendwann kamen sie doch auf Gerrits Job im Labor zu sprechen.

Wenn man diesem Rotschopf Glauben schenken wollte, waren die meisten Imker kriminell. »Erzähl keinen Quatsch!« Sie beobachtete, wie Gerrit in der Plastikschale nach weiteren Erdbeeren fingerte. Sein Haar leuchtete in dem Abendlicht in einem unglaublichen Farbton, der sie an Ahornblätter im Oktober denken ließ.

»Doch, doch.« Er schien mittlerweile ein wenig Interesse für sie aufzubringen. Vielleicht lag das an ihren langen blonden Haaren, die sie frisch mit einer Packung aus dem Drogeriemarkt gefärbt hatte, und an den regelmäßigen Honig-Quark-Packungen, dank derer sie noch ziemlich glatt aussah.

»Wieso denn?« Sie hatten sich auf ihre Jacken auf den feuchten Sand gesetzt. Die Strandkörbe dienten zugleich als Rückenlehnen und Windschutz. Während sie gespannt auf die Antwort wartete, mümmelte Hortense wortlos einen Muffin. Na ja, die imkerte auch nicht.

»Viele panschen. Es gibt schlicht zu wenig Honig in Deutschland, in der Welt, deshalb ist es so lukrativ, den Honig zu strecken.«

Tilda konnte das nicht glauben: »Ist ja irre. Wie machen die das denn? Ich meine, was genau geben die da rein?«

Der rothaarige Mann mit den vielen Sommersprossen auf der Nase nahm eine Erdbeere zwischen Daumen und Zeigefinger, betrachtete diese gedankenverloren und meinte: »Das ist kein großes Geheimnis. Die meisten mischen billigen Sirup unter den Honig. Ein gewinnbringendes Rezept.«

»Wie dreist ...«, staunte Tilda. Sie selbst hatte nie etwas Unrechtes getan, wenn man von der roten Ampel absah, die sie letztes Jahr übersehen hatte.

Gerrit genoss ihre Aufmerksamkeit und Tilda stellte fest, dass sein Blick einen Tick zu lang auf dem Ausschnitt ihrer Strickjacke ruhte. Sie wusste nicht, wie sie das finden sollte.

»Wirklich dreist. Aber wir kriegen es raus. In unserem Labor, meine ich.« Er nuckelte an der Erdbeere, als wäre sie ein Schnuller oder ein weibliches Körperteil. Tildas Nackenhaare sträubten sich bei dem Gedanken.

»Also könnte es sein, dass der Honig, den ich im Supermarkt kaufe, gepanscht ist?«, fragte sie und versuchte, sämtliche sexuell gearteten Bilder aus ihrer Vorstellung zu verbannen. Er schüttelte den Kopf: »Eher nicht. Inzwischen lassen alle ihre Honige prüfen. Wir kriegen um die 800 Proben pro Tag zugeschickt. Die Exporteure wollen es genau wissen, die Importeure und die Supermärkte oft auch. Weil es so viele Honigwäscher gibt, haben alle Angst, an einen zu geraten. Honig ist heutzutage ein Milliardengeschäft.«

Tildas Blick ging in die Ferne, wo die Ostsee hinter dem menschenleeren Strand lag. Ruhig und dunkel, als wartete sie auf etwas.

»Unglaublich«, murmelte sie. Wie gern würde sie auch mal richtig Geld verdienen. Seit der Scheidung musste sie den größten Teil ihres Unterhalts mit den Kreativkursen und dem Honigverkauf bestreiten. Das funktionierte mehr schlecht als recht. Das Geld kam nur kleckerweise. Reich konnte man mit dem Bau von Särgen und dem Verkauf von Honig leider nicht werden.

Kalter Wind strich ihr über das Gesicht. Doch sie fror nicht mehr so sehr, der Sekt hatte sie innerlich aufgewärmt. Tilda beugte sich vor, streifte die geblümten Gummistiefel und die dünnen Socken von den Füßen. Mit den nackten Zehen im eiskalten Sand herumzuwühlen, gab ihr ein Gefühl von Freiheit. Genau, sie hatte kein Geld, aber sie durfte sich frei fühlen. »Yippie!«, rief sie ironisch. Sie konnte tun und lassen, was sie wollte. Bisher hatte sie mehr gelassen als getan. Hortense und Gerrit sahen sie nicht mal an, sondern knutschten wieder.

Den Kopf an die Rückwand des Strandkorbs gelehnt, die Augen geschlossen, lauschte sie den kurzen Wellen, die sich an den Steinwällen brachen.

Dann kam ihr Gerrits Schmatzen erneut zu Bewusstsein. Eklig. Mussten die beiden die ganze Zeit so feucht küssen?

Sie hielt es nicht aus, einen ganzen Abend lang unfreiwilliger Beobachter ihrer Zärtlichkeiten zu sein, und versuchte, das Gespräch wieder in Gang zu bringen: »Und ihr findet es immer heraus, wenn jemand schummelt?«

Gerrit ließ widerwillig von Hortense ab. »Was glaubst du? Wir können den Honig in die kleinsten Bestandteile zerlegen!« Er steckte sich die letzte Erdbeere in den Mund. Schade, sie hätte ebenfalls gerne eine für ihren Sekt gehabt. Warum hatte sie sich zurückgehalten? Sie würde in Zukunft mehr darauf achten, nicht mehr zu kurz zu kommen. Tilda schielte in ihren Becher und stellte fest, dass er dringend nachgefüllt werden musste. Kurz entschlossen goss sie sich großzügig nach. Hortense nahm keine Notiz davon. Sie war damit beschäftigt, »Gerrit-Maus« leidenschaftlich durch die Haare zu fahren. Er sah inzwischen aus, als wäre er rückwärts durch die Dünenrosen an der Strandpromenade gekrochen.

»Du kannst dir nicht vorstellen, was wir inzwischen alles nachweisen können! Allein die ganzen Pestizide! Wir prüfen den Honig heutzutage auf mehrere Hundert verschiedene Substanzen.« Das klang arrogant. Gerrit schien ein kleiner Wichtigtuer zu sein und sie bekam plötzlich Lust, den Rotfuchs zu provozieren.

»Ich wette, es gibt eine Methode, euch auszutricksen.«

Gerrit reagierte heftiger als erwartet: »Ausgeschlossen!« Dann lehnte er den zerzausten Kopf an Hortenses Busen und räumte ein: »Na, okay. Eine Möglichkeit gäbe es. In dem Fall könnte es passieren, dass wir mal was übersehen.«

Neugierig lehnte sie sich vor: »Und die wäre?«

Gerrit grinste schief: »Das darf ich dir leider nicht verraten.«

Bevor sie nachhaken konnte, wurde sie von trauriger Gothic-Musik aus Hortenses Handy unterbrochen. Gerrit legte den Arm um seine Freundin und zog sie hoch. Dann lief das Paar Hand in Hand zwischen den Strandkörben hindurch Richtung Meer. Die Fransen des Kleides flogen wieder um Hortenses Schenkel, als sie sich plötzlich umdrehte und rief: »Komm, Tilda. Wir gehen alle schwimmen!«

APRIL

OKE

Ein Kleinwagen hatte sich auf der Landesstraße 165 überschlagen. Der Fiat lag schräg am Straßenrand. Herabhängende Zweige einer knorrigen Kopfweide kratzten im Wind über den Lack.

Die Straße war an diesem frühen Aprilmorgen in Dunkelheit gehüllt. Abgesehen von dem unnatürlich blauen Licht, das vom Polizeiwagen ausging. Das Blinken spiegelte sich in blicklosen Pupillen. Oke stieß den leblosen Körper auf dem Asphalt mit dem Fuß an: »Arme Sau.«

Hinter ihm widersprach eine dünne Fistelstimme: »Das ist keine Sau, sondern ein Keiler.« Oke brauchte sich nicht umzudrehen, um zu wissen, wer dort stand: Kurt Tietjen, Hohwachts neuer Revierförster. Die Kollegen aus Lütjenburg mussten ihn zur Unfallstelle gerufen haben. Dammi noch mal to!

Tietjen gehörte zu den Menschen, die einem durch bloße Anwesenheit den Tag verderben konnten. Was zum Beispiel sollte dieser Spruch? Als ob er nicht wüsste, dass eine Sau keine Hauer hatte. Aber er hatte keine Lust, sich von diesem Gernegroß belehren zu lassen. Er konnte eine arme Sau nennen, wen er wollte.

Oke verlegte sich auf grimmiges Starren. Eine Kunst, die er seit seiner Geburt beherrschte, wie seine Mutter nicht müde wurde zu betonen. »Ich meine ja nur: Nicht, dass du in deinen Polizeibericht was Falsches schreibst«, beharrte Tietjen auf seinem Hinweis. In seinem Ton lag etwas Unverschämtes. Grimmiges Starren reichte bei dem Förster nicht.

»Verdammig! Tietjen! Meine Berichte sind immer richtig!« Oke schnaufte wie ein Stier in einer spanischen Arena, was zum Teil an seiner verstopften Nase lag. Um diese Jahreszeit hatte die Grippe die Hälfte der Hohwachter fest im Griff.

Oke blickte erneut zum Kleinwagen hinüber, wo sein Kollege Vincent Gott mit dem benommen wirkenden Fahrer stand. Gott, ein 36-jähriger, unverschämt gut aussehender Kripobeamter mit Hipster-Bart, Männer-Dutt und jeder Menge Markenklamotten, hatte sich von Köln nach Schleswig-Holstein versetzen lassen. Dass Oke seither Kölsches Kauderwelsch entschlüsseln musste, dafür hatte die Deutsche Post gesorgt: Gott hatte nämlich im Glücksatlas des Unternehmens gelesen, dass an der Ostsee die glücklichsten Menschen Deutschlands lebten.

»Et kütt wie et kütt. Un et hätt noch immer jot jejange«, hörte er den Kölner gerade einen seiner Lieblingssprüche aufsagen. Adressat war das Unfallopfer, das nun Hilfe suchend in Okes Richtung schaute. »Es kommt, wie es kommt, und es ist noch immer gut gegangen«, rief Oke hinüber. Wenn noch mehr Rheinländer dem Ruf der Deutschen Post folgten, könnte er sich seinen Chefs bald als Dolmetscher anbieten.

Der Unglücksfahrer, dessen Gesichtsfarbe man bestenfalls als grau beschreiben konnte, fand offenbar überhaupt nicht, dass alles gut ausgegangen war. Mit schreckgeweiteten Augen deutete er auf seinen Wagen. Der Fiat sah aus, als wäre eine ganze Rotte Wildschweine darüber getobt.

Dabei hatte der Mann Glück im Unglück gehabt. Ein

Wildunfall konnte für den Fahrer tödlich enden. Die Wucht, mit der beispielsweise ein Hirsch auf ein 60 Stundenkilometer fahrendes Auto prallte, entsprach mit fünf Tonnen dem Gewicht eines ausgewachsenen Elefanten. Wie wäre es da erst bei diesem extrem großgewachsenen Wildschwein?

Besonders viele Unfälle ereigneten sich in der Zeit von September bis Januar, weil sich die Tiere in der Brunft befanden. Sie liefen oft völlig unkontrolliert auf die Straße. Jetzt war April, trotzdem gab es Wildunfälle. Dieser Tage hatte er den Eindruck, als gäbe es seit dem Winter nichts anderes mehr zu tun, als Unfallstellen zu sichern.

Immerhin hatte ihm der Unfall ein Präparationsobjekt beschert. Und was für eins. Oke sah das Tier schon auf seiner Werkbank. Ein prächtiger Wildschwein-Vorleger-Kopf! Gleich nach Feierabend würde er den Schädel auskochen.

Obwohl, das ging nicht: Seine Frau Inse veranstaltete ja ihren Mädelsabend. Dann säße sie wieder mit Wencke Husmann und ihrer neuen Freundin Tilda Schwan in der Küche und probierte unwahrscheinliche Rezepte aus. Bis zu ihrem Treffen hatte Oke jedenfalls nie davon gehört, dass man Kohlrabi grillen konnte. Die Küche war für ihn allein schon zu klein. Mit Inse und ihrem Besuch würde er sich wie in einer Besenkammer vorkommen. Außerdem würden sich die Frauen garantiert beklagen, wenn er zwischen ihnen mit der Knochensäge herumfuhrwerkte. Den Küchentisch bräuchte er eigentlich sowieso komplett für seine Zwecke.

Dann eben morgen Abend. Gern hätte er das Vieh im Kofferraum verstaut, aber dazu könnte er Gotts Hilfe gebrauchen. Und der textete immer noch das Unfallopfer zu. »Nix bliev, wie et wor«, hörte er den Kollegen sagen. Und als er den angeschlagenen Fahrer in die Wärmedecke hüllte: »Nehmen Sie die Decke. Jetz maache mer et wärm.« Wie konnte man nur so viel sabbeln? In Ostholstein waren die Menschen um einiges wortkarger. Oke hoffte, der Kollege würde sich bald umgewöhnen.

Dann versuchte er, Gott durch Handzeichen auf die arme Sau aufmerksam zu machen.

»Der Keiler bleibt, wo er ist – sonst machst du dich der Wilderei schuldig«, meldete sich Tietjen zu Wort. Dieser Striethammel ging wirklich keinem Ärger aus dem Weg.

Oke taxierte den drei Köpfe kleineren Mann. Sein stechender Polizistenblick hatte weitaus härtere Burschen einknicken lassen. Mit Genugtuung registrierte Oke, dass jetzt zumindest die Feder an Kurts Jägerhut zitterte. Eventuell lag das aber doch nur am Fahrer eines Audi TT, der in diesem Moment mit mindestens 150 Klamotten über die Landesstraße bügelte.

»250 Euronen und du kannst den Keiler haben«, stieß Tietjen hervor. 250 Euro. Viel Geld für einen Polizisten. Zumal Inse einen Bienen-Spleen entwickelt hatte, seit sie sich mit dieser Tilda Schwan angefreundet hatte. Tilda hielt Bienen, und Inse hatte sich sogar schon einen Imkeranzug im Internet bestellt. Kostenpunkt: 129 Euro.

»Ich bin Polizist, nicht Krösus«, hatte er beim Abendbrot gemurrt. Aber sie hatte gemeint, dass sie mit ihrem Job bei der Fewo-Agentur schließlich selbst Geld verdiene. Sie übernahm dort neuerdings zwei Tage die Woche den Telefondienst und vermittelte exklusive Ferienappartements an Urlauber. »Wir brauchen auch noch ein

Refraktometer«, war sie ungerührt fortgefahren. Wieso wir? Er wusste nicht mal, was das war: ein Refraktometer. »Damit misst du den Wassergehalt des Honigs«, hatte Inse ihm daraufhin erklärt und in ihr mit Brunnenkresse belegtes Dinkelbrot gebissen.

»Aber wir haben ja noch nicht mal Bienen«, hatte er eingewandt. Da hatte sie ihn traurig angesehen. Und ihm war eingefallen, dass er ihr die Bienen schenken sollte – zum Hochzeitstag.

Inse hatte sogar schon Bienenvölker reserviert. Bei ihrer Freundin Tilda Schwan aus dem Nixenweg.

In Kürze sollte er die Bienen dort abholen. Die Insekten als Hochzeitsgeschenk hatten, wenn er Inse richtig verstand, einen symbolischen Hintergrund: »Weil ein Volk ewig lebt – wie unsere Liebe«, hatte seine Angetraute gemeint. Er fand die Begründung ziemlich fadenscheinig. Nichts und niemand lebte ewig. Außer vielleicht die Meyersche aus dem Neptunweg. Die war 102 Jahre alt und man musste sie wohl irgendwann dood schießen, sonst würde sie bis in alle Ewigkeit mit dem Rollator durch Hohwacht irren. Sie hatte bereits sieben Katzen überlebt. Die siebte, Mieze, lag gerade ausgeweidet auf seiner Werkbank. Draht hatte er ihr auch schon in den Schwanz gesteckt, um die Form anzupassen. Es kam beim Präparieren stark auf die natürliche Anatomie des Tieres an.

»Wenn du die Bienen schon reserviert hast, dann ist es ja keine Überraschung mehr«, hatte er eingewandt. Viel lieber hätte er ihr wie letztes Jahr eine Vase beim Möbelhaus in Schönkirchen gekauft. Vasen hatten den Vorteil, dass man für sie weder Schutzanzüge noch Refraktometer brauchte.

»Wann hast du mich denn das letzte Mal überrascht?«, hatte sie kühl zurückgefragt.

Tietjens Fistelstimme riss ihn aus den Gedanken: »Bezahlst du nun oder nicht?«

Oke hätte sich beinahe an die Stirn getippt. »Klei mi ann mors, Kurt Tietjen. 250 Euro sind Wucher. Außerdem darfst du die Sau gar nicht verkaufen!« Oke wusste von Tietjens Vorgänger, dass Förster verunfallte Wildtiere wegen möglicher, im Zustand des Todes nicht erkennbarer, Krankheiten höchstens selbst verzehren durften oder eben dem Abdecker überlassen mussten. »Am besten«, knurrte er, »du verschwindest sofort von meiner Unfallstelle, oder du kassierst wegen Behinderung einer Amtsperson ein Verwarngeld von – 250 Euro.« Der Mann in der dunkelgrünen Fleecejacke blinzelte.

Nach diesem Teilsieg stapfte Oke einigermaßen zufrieden zum Unfallwagen. Im rötlichen Licht der aufgehenden Sonne beobachtete er von dort, wie der Förster seine Sau an den Hinterläufen packte und zu seinem Kombi zog. Als er davonfuhr, wirbelten trockene Blätter auf, die hier seit dem Herbst lagen. Tietjens Wackeldackel auf der Hutablage nickte ihm zu, Hohn und Spott in den Knopfaugen.

Auf die Niederlage folgte ein Dienstag. Dienstage hatten sich bisher im Küstenstädtchen von anderen Wochentagen unterschieden, weil dienstags die Müllabfuhr kam. Jetzt war der Dienstag in Hohwacht nicht mehr nur Müllabfuhr-, sondern auch Polizei-Tag. Zwei Stunden lang durfte der Kommissar die Wache am Berliner Platz neuerdings nur noch öffnen, von 10 bis 12 Uhr. Den Rest der

Woche verbrachte er auf Anordnung des Polizeichefs in der Polizeistation in Lütjenburg.

Als er am Berliner Platz ankam, sah er den roten Käfer seiner ehemaligen Hohwachter Kollegin Jana Schmidt vor dem Polizeihaus parken. Im Vorbeigehen spähte er durch die Heckscheibe: Ein Umzugskarton nahm fast die komplette Rückbank ein. Sie holte ihren restlichen Krempel aus der Wache, schlussfolgerte er. Jana Schmidt arbeitete inzwischen in Kiel bei der Spurensicherung. Nicht mal eine neue Vertretung hatte Oke für Hohwacht genehmigt bekommen. Das bedeutete, dass er nun allein mit der Kaffeemaschine zurechtkommen musste, was er als persönliche Strafe empfand. Für dieses Gerät benötigte man einen Waffenschein: Schrotthupen!

Eine Vertretung brauchte es aus Sicht der Plöner Polizeiführung nicht. Falls Not am Mann sei, erklärte ihm Polizeichef Jens Hallbohm, könne immer noch der Neue einspringen, dieser junge Gott aus Köln. »Der liebt doch die Küste.«

Gegen Vincent Gott konnte man im Großen und Ganzen nichts sagen. Man verstand zwar kaum ein Wort von ihm, dafür tippte Gott gewissenhaft alle Notizen in sein Smartphone und nahm Oke damit eine Menge Arbeit ab. Das Einzige, was ihn wirklich an Gott störte: Er war nicht Jana Schmidt.

Auch gegen Lütjenburg als neuen Dienstort sprach im Prinzip überhaupt nichts. Seine ostfriesische Verwandtschaft aus Backemoor hatte sich beim jüngsten Besuch mit Begeisterung über den historischen Marktplatz führen lassen. Sie hatten das barocke Rathaus besichtigt und ein Gruppenfoto vor dem ehemaligen Färberhaus gemacht, weil seiner Cousine das bunte Eingangstor so gut gefiel. Je länger er darüber nachdachte, desto weniger gab es an Lütjenburg auszusetzen. Das Einzige, was ihn an Lütjenburg störte: Es war nicht Hohwacht.

»Hey Chef«, begrüßte ihn Jana Schmidt, ohne aufzublicken. Offenbar hatte sie kein schlechtes Gewissen, dass sie gleich nach Bekanntwerden der Umstrukturierung ihre Versetzung zur SpuSi beantragt hatte. Der blonde Pferdeschwanz wippte, als sie die Schubladen ihres Schreibtisches aufzog und wieder zuknallte.

Mehr als ein »Moin« brachte er nicht heraus. Er hatte plötzlich einen Kloß im Hals. Vielleicht das Vorzeichen einer Erkältung. Es konnte nichts anderes sein. Ein Oke Oltmanns wusste nicht mal, wie man »Rührseligkeit« schrieb.

Nach einem Mord an einem Münchner Geschäftsmann im vergangenen Sommer hatte er gehofft, die Wache würde bestehen bleiben. Selbst ein Polizei-Bürokrat wie Jens Hallbohm hätte einsehen müssen, dass ein Polizeirevier in Hohwacht Sinn ergab. Aber Hallbohm sah nichts ein. »Oschi, es sind von Hohwacht nach Lütjenburg über die L 164 an der Golfanlage vorbei nicht mal neun Kilometer – wo ist das Problem?«

Oke hielt dagegen, dass es gut wäre, wenigstens einen dezentralen Standort zu erhalten. Hallbohm hatte alle kleinen Reviere entweder geschlossen oder deren Öffnungszeiten wie in Hohwacht radikal reduziert. »Gerade ein Badeort wie Hohwacht ...«, wollte Oke weiter argumentieren. Aber Hallbohm hörte nicht zu. Sein Chef blies die Hamsterbacken auf und berechnete mit Hilfe eines Routenplaners in seinem Smartphone weitere Fahrtwege:

»Über die B 202 sind es zehn Kilometer. Du musst ja nicht über Seekamp fahren. Das wäre länger. Warte: Das wären – Moment – zwölf Kilometer. Mein Gott, Oschi, das kannst du alles sogar mit dem Rad machen. Wäre nicht schlecht – bei deinen Gewichtsproblemen.«

Das Wandtelefon klingelte. Jana Schmidt tat so, als ginge sie das nichts mehr an. Oke seufzte und nahm ab. Der Anrufer meldete gestohlene Nummernschilder. Oke notierte alles und versprach, sich zu kümmern. Dann beobachtete er deprimiert, das Kinn auf die Fäuste gestützt, wie seine Kollegin ihren Wandkalender abnahm: Nun würde er all ihre geliebten Rosetten-, Glatthaar- und Mohair-Meersäue nicht mehr sehen. Dabei fand er die April-Kurzhaar-Peruaner eigentlich ganz niedlich.

Die Birkenfeige neben Jana Schmidts Schreibtisch verlor ein weiteres Blatt. Es segelte langsam zu Boden. Rund um die Topfpflanze hatte sich bereits eine Menge Blätter angesammelt. Vielleicht reagierte das Gewächs auf die Umstrukturierung der Hohwachter Polizei. Wer wusste schon etwas über den Gemütszustand von Zimmerpalmen?

Oke hatte sich angewöhnt, seine Gefühle für sich zu behalten. »Gefühle sind etwas für Mädchen«, hatte ihm sein düsterer Vater beigebracht, als er sieben war und über eine tote Meise geweint hatte, die an der Fensterscheibe abgeprallt und nicht wieder fortgeflogen war. Obwohl er zu Hause nicht viel über die Umstrukturierung sprach, bemerkte Inse, dass etwas nicht stimmte. »Ich verstehe das nicht«, hatte sie beim Frühstück gemeint, »du sitzt da wie ein Trauerkloß! Du kannst dich doch über deine Versetzung freuen. Dann siehst du mal was anderes von der Welt!«

Mal was anderes von der Welt sehen? Was sollte das heißen? Er kannte doch Lütjenburg! Jeden Sonnabend kutschierte er Inse zum Wochenmarkt.

Oder sollte er in Zukunft in seiner Mittagspause wie die Touristen im Lütjenburger Eiszeitmuseum Bernstein schleifen?

»Was machen Sie eigentlich schon so früh hier?« Jana Schmidts Frage riss ihn aus den Gedanken.

»Verbreker söken«, brummte er. Er mochte nicht sagen, dass er jede verbleibende Minute auf seinem alten Schreibtischstuhl mit dem aufgerissenen Polster verbringen wollte, weil es nicht lang dauern würde, bis Hallbohm die Wache komplett dichtmachte. Daran gab es für ihn keinen Zweifel.

Sie bohrte nicht nach, sondern hielt stattdessen ein von ihm ausgestopftes Dachsweibchen hoch, das er in der Wache ausgestellt hatte: »Darf ich die alte Dame hier mitnehmen?«, fragte sie. »Philipp und ich ziehen zusammen. Sie würde einen Ehrenplatz auf unserem neuen Vertiko bekommen. Es ist eine schöne Erinnerung an unsere Zeit hier.«

Er konnte nur nicken. Wegen des Erkältungskloßes im Hals, der gerade wieder ein Stück größer geworden war. Und jetzt fingen auch noch die Augen an zu tränen. Nich to glöven!

»Dafür kriegen Sie meine Birkenfeige«, sagte sie und strahlte. »Sie verkraftet keine Umzüge.« In dem Moment warf die Birkenfeige ein weiteres Blatt ab. Als könnte sie es schon nicht ertragen, wenn nur übers Umziehen gesprochen wurde.

TILDA

Die Amsel auf der Suche nach einem Wurm raschelte ganz dicht neben ihr im Laub. Das Tier schien sich nicht an ihrer Anwesenheit zu stören. Tilda hatte sich den Imkeranzug angezogen und stand nun hinten im Garten ihres Hauses am Nixenweg bei den Bienenkästen.

Viel Zeit hatte sie nicht. In zwei Stunden sollte der neue Sargbaukursus beginnen. Doch sie wollte die ersten Völker möglichst vor Kursbeginn kontrollieren. Sie besaß inzwischen so viele Völker, dass ihre Durchsicht eine ganze Weile in Anspruch nahm, und gerade jetzt war es wichtig, die Bienen im Blick zu behalten. Schließlich begann im Mai die Schwarmzeit.

Wenn es den Bienen im Frühsommer zu eng wurde im Stock, flog die alte Königin mit der Hälfte des Volkes auf und davon. Sie würde eine neue Bleibe für den Schwarm suchen, die Höhle eines Spechts vielleicht oder einen Spalt im Dach eines alten Bauernhauses. Doch Tilda konnte es sich nicht leisten, Bienen zu verlieren. Je weniger Bienen, desto weniger Honig, desto weniger Geld hatte sie in der Börse.

Deshalb achtete Tilda peinlich genau darauf, ob sich eines der Völker auf den Abflug der alten Königin vorbereitete, indem es eine neue Königin in einer besonders großen Weiselzelle heranzog. Die alte Königin verließ ihr Volk nie, ohne Ersatz zu hinterlassen. Deshalb drückte Tilda eilig alle Weiselzellen, die sie finden konnte, mit dem Daumen platt.

Scheinbar ziellos liefen die Bienen auf den Waben herum. Doch Tilda wusste, dass die Bienen im Gegenteil nach ihrem eigenen Plan lebten: Sie würgten den gesammelten Nektar aus und gaben ihn an andere Bienen weiter. Diese wiederum fütterten damit die Brut. Es gab viele Aufgaben im Stock. Und das Tolle, fand Tilda: Jede Biene übernahm im Laufe ihres Lebens einmal jeden einzelnen dieser Jobs. Bienen hatten den Menschen in vieler Hinsicht etwas voraus.

Ihre Völker hatten sich toll entwickelt. Es gab viel Nachwuchs. Sie sah winzige weiße Stifte und dickere Streckmaden. Die Zahl der Bienen würde in den nächsten Tagen und Wochen explodieren. Bis zu 50.000 Bienen konnten in einem Stock leben.

Tilda steckte das Holzrähmchen mit der Bienenwabe wieder in den Kasten. Sie hatte auf den letzten beiden Waben noch drei Weiselzellen gefunden und zerstört. Höchste Zeit, den Bienen mehr Platz zu bieten: Deshalb holte sie einen zweiten Holzkasten, den sie auf den ersten Bienenkasten stellen wollte.

Sie hatte die schwere Zarge schon an zwei Kanten aufgesetzt, als es knackte. Unbeabsichtigt hatte sie beim Herablassen des Kastens eine Biene zerteilt. Während der Hinterleib im Kasten blieb, fiel der vordere Teil mit dem Kopf ins Gras. »Sorry«, entschuldigte sich Tilda. Sie fühlte sich immer mies, wenn solche Unfälle passierten.

Wenn sie an den Bienen arbeitete, vergaß sie oft alles um sich herum. Tilda nahm den Deckel vom nächsten Kasten ab. Auch hier wimmelte es von emsigen Bienen. Sie streifte die Insekten mit geschultem Blick. Tilda schätzte ihre Größe auf 13 Millimeter, ihr fielen keine

Deformierungen an den Flügeln auf. Auch dieses Volk schien gesund zu sein.

Gab es zu wenig Nahrung, blieben die Bienen klein. Schuld waren die Landwirte mit ihren Monokulturen. Ihre Gedanken sprangen von öden Maisfeldern zur geistlosen Sandy Ahrens. Die zweite Vorsitzende des Kleingartenvereins »Glückliche Gartenfreunde« verlangte aktuell, dass sie ihren Honigbienenstand im Schrebergarten aufgab. Was natürlich nicht infrage kam!

Sandy Ahrens glaubte irrigerweise, dass die Honigbienen den Wildbienen bei der Nahrungssuche Konkurrenz machten. »Aus ökologischer Sicht wiegt der Verlust unserer Wildbiene wesentlich schwerer als der der Honigbiene«, stand in dem Schreiben, das ihr Sandy Ahrens persönlich in den Briefkasten geworfen haben musste. Jedenfalls klebte keine Marke auf dem Umschlag. Als letzten Satz las sie: »Deshalb ist Honigbienenhaltung zum Schutz der Wildbienen ab sofort auf dem Vereinsgelände verboten.«

Sie würde sich so bald wie möglich um dieses Problem kümmern: Wenn diese Honigbienenhasserin nämlich nicht nur ihren Stellvertreter Hans Wöhlers, sondern den gesamten Vereinsvorstand auf ihre Seite zog, musste Tilda für knapp 20 Völker einen neuen Standort suchen. Und wo sollte sie mit ihnen hin? Hier am Nixenweg ging es nicht. Hier standen bereits 18 Völker. Und auch auf dem Golfplatz war das Limit mit 22 Völkern erreicht. Immerhin brauchte jedes Volk mindestens zwei Kilo Nektar am Tag. So viele Blüten gab es dann an den einzelnen Standorten auch wieder nicht. Und weiter als drei Kilometer flogen Bienen selten für die Nahrungssuche. Falls doch, würden sie wegen des Energieverbrauchs keine anständige Menge Honig zusammenbekommen. Eine vertrackte Situation.

Wie spät war es eigentlich? Tilda legte den Deckel auf den Bienenstock, den sie zuletzt durchgesehen hatte, drehte sich weg und zog ihren Anzugärmel hoch. Auf ihrer blassen Haut blitzte das Uhrenglas im fahlen Licht des Morgens auf. »So spät schon!«

Sie musste sich jetzt wirklich sputen. Die ersten Teilnehmer des Kursus kämen in wenigen Minuten. Der Kursus lief nicht schlecht. Zumindest bei den Einheimischen kam er an. Schade, dass sie die Kursgebühren nicht gleich etwas höher angesetzt hatte.

Sie hoffte, dass sich künftig mehr Touristen anmeldeten. Fischbudenbesitzerin Wencke Husmann hatte ihr freundlicherweise gestattet, einen weiteren Aushang am Fischhus zu machen: »Finales Ferienglück: Bau deinen Sarg in drei Urlaubstagen«.

Noch hielt sich das Interesse auswärtiger Gäste in Grenzen. Wencke Husmann mutmaßte, das könne mit dem Transportproblem zusammenhängen: Nicht jeder hatte einen Dachgepäckträger für den Selbstbausarg.

Aktuell dachte sie darüber nach, eine Bauanleitung für einen Klapp-Sarg auszutüfteln, den die Teilnehmer im Kofferraum verstauen konnten.

Ihr handwerkliches Geschick hatte sie von ihrem Vater geerbt, einem Tischler, der schon lange unter der Erde lag. In einem gekauften Sarg, der viel Geld gekostet hatte. Das Selbermachen sparte. Auch beim Imkern. Bienenkästen und Holzrähmchen baute sie selbst, statt sie fertig zu kaufen.

Seit sie einen Fernsehbericht über das Bienensterben gesehen hatte, hatte sie Feuer gefangen. Inzwischen war das Imkern zu ihrer Herzensangelegenheit geworden. Tilda war eine Tierfreundin durch und durch, und für sie stand fest, dass sie ihren Teil für die Umwelt leisten wollte. Die Beschäftigung mit Bienen hatte zudem einen schönen Nebeneffekt: Sie lenkte ab, wenn einen der Ehemann mit einem Berg Rechnungen für ein marodes Haus und einen kaputten Wagen sitzen ließ. Außerdem interessierten sich Bienen, anders als Konrad, nicht für die Hinterteile von Plus-Size-Models. Es sei denn, diese setzten sich direkt auf sie drauf.

Seit sich Konrad, Immobilienmakler mit attraktivem, kantigem Gesicht und vom Heimtrainer gestählten Muskelpaketen, in die Tochter des neuen Försters Kurt Tietjen verliebt hatte, wusste sie, was es hieß, auf sich allein gestellt zu sein.

Sie würde sich nicht unterkriegen lassen und beschloss, dem Kleingarten-Vorstand den Artikel zu kopieren, den die örtliche Zeitung über ihr Engagement beim Golfverein gedruckt hatte. Den Bericht kannten die Kleingärtner vermutlich schon, aber egal. Der Beitrag war ein einziger Lobgesang auf ihr Blühstreifenprojekt für eine neue Insektenvielfalt an Bahn 4 gewesen. Der Artikel berichtete, dass sie mit ihrem Bruder Toni, dem Greenkeeper des Klubs, Obstbäume gepflanzt hatte. Es handelte sich um eine Spende der örtlichen Baumschule. Dazu hatten sie zwei Kofferraumladungen mit Pflanzen von privat organisiert.

Der Golfplatz glich nun bereits früh im Jahr einem Blütenmeer. Schneeglöckchen, Märzenbecher, Winterling, Lungenkraut und noch viele andere Arten hatten sie in die Erde gebracht. Sie und Toni, den Konrad ihren »kleinen Sklaven« nannte, obwohl das totaler Quatsch war. Toni half ihr freiwillig.

Es klingelte durchdringend. Erst jetzt realisierte sie, dass ihr eigenes Telefon läutete. Das Ringen kam ihr drängend vor.

Hastig eilte sie über die Rasenfläche in Richtung des Hauses. Schnell zog sie sich mit den Zähnen die Lederhandschuhe von den schwitzigen Fingern und öffnete den Reißverschluss am Kopfteil des Imkeranzugs, um den Schleierhut herunterzuziehen. Ihr Pony klebte an der Stirn.

»Tilda Schwan!«, meldete sie sich atemlos.

»Ach, gut, dass du da bist, Tilda.«

Natürlich erkannte sie Tonis raue Stimme. Toni war ein paar Jahre älter als sie und hatte sich nach seiner Gärtnerlehre zum Greenkeeper weitergebildet. Mittlerweile verfügte er über ein enormes Spezialwissen zur Pflege von Rasenflächen.

Als sie einmal über ihren löchrigen Rasen am Nixenweg und Düngemittel gesprochen hatten, wurde ihr klar, wie komplex dieses Thema war.

Sie beide waren ein richtig gutes Team. Nachdem sie Toni den Vorschlag unterbreitet hatte, blühende Obstwiesen am Rande der Golfbahnen anzulegen, um einen Lebensraum für Insekten zu schaffen, hatte er sich sofort um Fördergelder bemüht. Und wo standen sie heute? Die »Hohwachter Golflese« war der Hit. Sie hatten einen großen Korb im Foyer des East-Coast-Clubs aufgestellt, und Toni musste ständig Gläser nachlegen.

Wobei einige Golfmitglieder bedauerlicherweise dachten, der Honig sei im Klubbeitrag enthalten. Die kleine Kasse, die auf einem Regal neben dem Korb stand, ließ das jedenfalls stark vermuten.

»Tilda – hörst du mir überhaupt zu?« Tonis Stimme kratzte in ihrem Ohr. »Die wollen die Golflese landesweit anbieten!«

Sie brauchte einen Moment, um zu realisieren, was er gerade gesagt hatte: Die Supermarktkette Jensen Co. KG GmbH aus Eutin wollte die Golflese in ganz Schleswig-Holstein anbieten? Also waren sie auf das Angebot eingestiegen. Das hätte sie nie für möglich gehalten. Tilda unterdrückte einen Jubelschrei. »Im Ernst? Toni, das ist ja total irre!«

Seine nächsten Worte sorgten allerdings dafür, dass ihr Hochgefühl schlagartig verschwand: »Du hast da einen ziemlich dicken Auftrag an der Backe ... Sie wollen in jedem ihrer Märkte 30 Gläser anbieten – als Aktionsware. Solange der Vorrat reicht.«

Tilda schluckte: »Wie viele Filialen betreibt Jensen in Schleswig-Holstein?«

Tonis Antwort zog ihr den Boden unter den Füßen weg: »Ich glaube, die Dame hat 55 gesagt. Und sie wollen mindestens fünf Euro pro Glas zahlen.«

Sie schwieg, während sie im Kopf ausrechnete, wie viel Honig sie brauchte, wenn sie dem Konzern 30 Gläser pro Markt zur Verfügung stellen wollte. Sie schätzte, dass es um 500-Gramm-Gläser ging. Das war die handelsübliche Füllmenge. Sie bräuchte 825 Kilo Honig. Und viele Gläser: 1650, um genau zu sein.

Fieberhaft arbeitete ihr Hirn, um die nächste Rechnung aufzumachen. Sie besaß 60 Völker. Im Juni würde sie mindestens 600 Kilo Honig ernten, hoffte sie. Pro Volk zehn Kilo. Die Ernte fand zweimal im Jahr statt, aber ausgerechnet die Frühjahrsernte Ende Mai, Anfang Juni fiel oft magerer aus als die Sommertracht. Würde sie genug Honig zusammenbekommen, um Jensen beliefern zu können?

»Das Ganze ist kurzfristig geplant, weil ihnen ein Lieferant abgesprungen ist. Du müsstest in den nächsten zwei Wochen liefern«, berichtete Toni und ihre Laune sank. Die Sommertracht könnte sie in dem Fall nicht einkalkulieren. »Scheiße«, entfuhr es ihr. Denn sie hatte just festgestellt, dass ihr circa 200 Kilo Honig zu einem neuen Leben fehlten.

»Du willst Jensen doch nicht absagen, oder? Überleg mal, welche Chancen dir entgehen würden!« Toni machte sich seit der Scheidung ständig Sorgen um sie. Er hatte offenbar den Eindruck gewonnen, dass sie ohne Konrad nicht wirklich zurechtkam. Sie wusste, er meinte es nur gut mit ihr. Gleichzeitig ärgerte es sie, wenn er ihr reinredete.

Sie wusste selbst, dass es verrückt wäre, den Deal abzusagen. Falls sie tatsächlich fünf Euro pro Glas bekäme, könnte sie mit 8.250 Euro auf einen Schlag rechnen und davon nicht nur die Autoreparatur zahlen. Also theoretisch. Toni müsste sie natürlich etwas vom Gewinn abgeben. Aber bitte: Im Juli könnte sie die Sommertracht ernten. Wenn sie Glück hatte, kämen dabei pro Volk 15 bis 20 Kilo Honig zusammen. Langfristig würde sie weitere Völker anschaffen, Leute einstellen, reich werden.

Tilda sah sich bereits unter einem blühenden Apfelbaum auf dem Golfplatz stehen, das Haar zu sanften Wellen gelegt, in irgendein tolles Kleid gehüllt. Ein süßer langhaariger Kameramann würde eine Großaufnahme von ihr machen. Unter dem Bild würde ein kurzer Text eingeblendet: »Tilda Schwan, Schleswig-Holsteins erfolgreichste Honigproduzentin.« Dann würde sie lächeln und ein paar geistreiche Sätze vom Teleprompter ablesen. So etwas wie: »Helfen Sie den Bienen, kaufen Sie Tildas Golflese.«

Sie hörte Toni am anderen Ende der Leitung fragen: »Was soll ich Jensen nun eigentlich von dir ausrichten?«

Abends wollte sie zu Wencke Husmann. Die Fischbudenbesitzerin hatte sie eingeladen. Sie wollte am Ruhetag etwas für ihre neue Speisekarte im Fischhus ausprobieren. Die Karte wurde neuerdings immer offener im Ort kritisiert. Nicht alle Einheimischen, darunter vor allem die Älteren, konnten etwas mit der veganen Rote-Linsen-Kokos-Suppe anfangen.

»Man muss ihnen die neue Küche anders schmackhaft machen«, hatte Wencke gemeint. »Am besten führt man sie mit etwas Althergebrachtem heran, mit etwas, was sie kennen.« Inse hatte entgegnet, dass die meisten Leute im Fischhus wohl ein Fischbrötchen erwarteten.

Natürlich ging Tilda zu dem privaten Kochabend. Sie nahm jede Chance wahr, abends nicht allein auf dem Sofa zu hocken. Seit Konrads Auszug wirkten die Zimmer plötzlich leer. Sie hatte deswegen bereits ein paar Topfpflanzen aufgestellt. Aber das half nur tagsüber. Abends konnte nichts darüber hinwegtäuschen, dass sie einsam war.

Eigentlich hätte sie schon vor fünf Minuten bei Wencke sein sollen, aber sie konnte ihren Haustürschlüssel nirgends finden. Wo steckte der bloß wieder? Konrad hätte jetzt gemeckert, dass sie keinen festen Platz für die Dinge hatte: »Wie kann ein Mensch so chaotisch sein?«

Hatte es an ihr gelegen, dass ihre Beziehung gescheitert war? Und nicht an diesem drallen Unterwäschemodel? Sie wusste überhaupt nicht, was er an dieser langweiligen Sarah fand. »Besser langweilig als so konfus wie du!«, hatte er sie am Tag ihrer Trennung angeschrien und dann einen Schuh gegen das Fenster geworfen, wo gerade ein verwirrter Teilnehmer des Kurses »Bau dir eine Vogeltränke« geklopft hatte, weil sie ihm einen falschen Termin genannt hatte.

Wo konnte nur dieser bescheuerte Schlüssel sein? Ohne konnte sie das Haus nicht verlassen. Nachdem sie ihre Handtasche durchsucht, die ausrangierte Keksdose mit dem Kleingeld wütend über den Bodenfliesen ausgekippt, sämtliche Einkaufstaschen durchwühlt, aber nur Bons und ein klebriges Hustenbonbon gefunden hatte, entdeckte sie den Schlüssel zuletzt doch in ihrer Handtasche.

»Wusste ich es doch. Mein Schlüssel ist immer in der Handtasche«, murmelte sie zufrieden und suchte auf einem Haufen abgelegter Kleidungsstücke ihre Jacke aus schwarzem Lederimitat. Der Stapel kippte vom Stuhl und die Kleidungsstücke verteilten sich auf dem Teppich.

Gereizt bemalte sie sich mit knallrotem Lippenstift die Lippen, presste diese anschließend hart aufeinander, schmatzte laut in den Schlafzimmerspiegel und biss auf ein Taschentuch, was die überschüssige Farbe aufsaugen sollte. Zufrieden betrachtete sie ihr Spiegelbild.

Sie zog die Haustür ins Schloss und atmete die würzige Gartenluft ein. Energisch trat sie den Ständer ihres

Fahrrades beiseite. Sie würde sich heute Abend gewiss nicht selbst die Laune verderben, indem sie weiter über Konrad grübelte. Er würde schon sehen, wen er sitzen gelassen hatte.

Als sie, erhitzt von ihrer Wut auf Konrad und der körperlichen Betätigung an frischer Luft, am Fischhus ankam, hatten die beiden anderen Frauen schon die Köpfe über ein Blatt Karo-Papier zusammengesteckt. Sie erkannte Inses säuberliche Handschrift. »1 TS Gemüsebrühe, 3 EL Ei-Ersatz«, las sie über die Schulter der Freundin. »Was kochen wir eigentlich?«, erkundigte sie sich.

Wencke sah sie groß an: »Na, vegane Fischfrikadellen. Schon vergessen?« Sie hatte es wohl eher verdrängt. Im Grunde genommen hasste sie Kochen. Sie bereitete nie etwas Komplizierteres als Nudeln zu. »Was ist das?«, fragte sie und drehte ratlos eine Dose in den Händen.

»Jackfruit in Salzlake. Das Zeug hat Inse aus dem Asiamarkt in Kiel mitgebracht – für die Frikadellen. Eignet sich bestens, weil es so schön faserig ist.« Sie tat interessiert: »Aha.« Dann betrachtete sie die grünen Platten, die Inse aus einer Plastikfolie holte. »Sind das Algen?«, fragte sie. Inse war so mit der Folie beschäftigt, dass sie nicht aufsah. »Ja, Nori-Algen. Damit kann man auch Sushi machen.«

Sie spürte eine leichte Eifersucht aufkommen. Die anderen beiden waren schon so lange befreundet. »Und was soll ich machen?«, fragte sie. Wencke warf ihr eine Zwiebel zu: »Hacken.« Sie zeigte auf ein Glas. »Und danach kannst du schon mal die Brötchenhälften mit der veganen Majo einstreichen. Ich bin irre gespannt, was unsere Testesser gleich sagen!«

Testesser? Davon hörte sie zum ersten Mal. »Kommt noch jemand ins Fischhus?«, fragte sie irritiert. Inse lachte. »Ja, Oschi und Jan. Sie sollen die neuen Fischfrikadellen aus ›Kabeljau‹ probieren, die angeblich nach einem Rezept meiner Großmutter hergestellt sind.« Inse kicherte nun ebenfalls albern und meinte: »Wetten, dass die beiden Feinschmecker nicht merken, dass sie vegan essen?«

Tilda pellte ein wenig Haut von der Zwiebel. Die Ehemänner würden also demnächst dazustoßen. Dann war sie wieder das fünfte Rad am Wagen. Sie zwang sich zu einem Lächeln. »Das ist also euer Plan. Ihr wollt die Stammgäste betuppern!«

Wencke lachte: »Aber das geschieht nur zu ihrem Besten – und dem des Kabeljaus.«

Jetzt bogen sich auch Tildas Mundecken willkürlich nach oben. Wencke war reichlich ausgebufft, dachte sie ein wenig neidisch. Wenn diese beiden Nordlichter nichts merkten, würden auch die anderen Stammgäste keinen Unterschied zu echtem Fisch schmecken.

Eine Zeitlang arbeiteten sie schweigend vor sich hin. Inse hatte begonnen, die Nori-Algen-Matte zu zerteilen, ihr tränten von der Zwiebel die Augen, und Wencke gab die Jackfruitstücke in eine Pfanne. Bald stieg heißer Dampf in der Bretterbude auf, als die Tropenfrucht in einer Gemüsebrühe köchelte.

Nachdem die Frucht in ihre Fasern zerfallen und abgekühlt war, verknetete sie die Jackfruit mit der Zwiebel und den Nori-Algen und ein paar weiteren Zutaten. Die Männer kamen gerade rechtzeitig, um noch zu sehen, wie Inse die »Fischbrötchen« mit Tomatenscheibchen und einigen Salatblättern dekorierte. »Für mich ohne das ganze grüne Gedöns«, bellte Inses Mann, was bei den Frauen für einen neuerlichen Heiterkeitsausbruch sorgte.

»Was denn?«, meinte Jan. »Ihr drei habt doch wieder was ausgeheckt.« Er biss in sein Brötchen und verzog den Mund. »Ne, nech? Wencke? Das ist nicht dein Ernst, oder?« Oke hatte im selben Moment von seinem Brötchen abgebissen, konnte sich aber offenbar nicht überwinden hinunterzuschlucken. Mit vollem Mund bestätigte er: »Algenknete!«

NIKITA

Ihre Taschenlampen blitzten zwischen den dunklen, hohen Fichten auf. Als sein Kumpel Kay das Gartentor zu dem einsam gelegenen Holzhaus am Selenter See aufstieß, gab die Angel einen quietschenden Ton von sich. Nikita zuckte erschrocken zusammen. Doch im Haus blieb alles ruhig. JP schlug sich genervt gegen die Stirn. Als wenn sie nicht selbst wüssten, dass sie still sein sollten, dachte Nikita, sagte aber nichts. Auch nicht so was wie »Chill mal«. Bei JP musste man immer aufpassen. Er wollte keinen Beef mit dem Typen.

»Wir müssen nach hinten, ums Haus rum«, zischte JP. Der Name wurde englisch ausgesprochen – Jay Pi. Dabei hieß JP eigentlich Jan-Philipp. JP konnte Thai-Boxen und war mit Vorsicht zu genießen.

Nikita wusste nicht, was in dieser Nacht am Haus des Försters passieren sollte, er hatte sich nicht getraut zu fragen. Auf jeden Fall hatte er kein gutes Gefühl bei der Sache.

Inständig hoffte er, dass Kurt Tietjen keinen Bewegungsmelder installiert hatte. »Wenn der Obermacker mich sieht, erkennt der mich«, flüsterte er Kay zu. Vor nicht langer Zeit hatte Nikita dem Förster zusammen mit seinem Vater einen Besuch abgestattet. Nachdem sie in Opas Haus gezogen waren, mussten sie sich auch um Opas Bienen kümmern. Frerk hatte voll auf unsicher gemacht. Er wollte unbedingt ein paar Tipps von einem »richtigen« Imker. Unnötig.

Opa hatte ihm alles beigebracht, was es über Bienen zu wissen gab. In den Ferien hatte Nikita ihn gelöchert. Er wusste nicht nur, was dieser Tietjen ihnen sagte, nämlich, dass Frerk Mitte April die Honigräume aufsetzen sollte. Sicher wusste er tausendmal mehr über Bienen als dieser Förster. Zum Beispiel, dass Bienen sich nach getaner Arbeit gern zusammenkuschelten. Nikita wusste mehr über Bienen, als sein Vater sich vorstellen konnte.

Dieser Tietjen war außerdem tierisch unfreundlich gewesen, meinte, dass seine Tipps nicht kostenlos zu haben seien. Zum Schluss hatte er ihnen ein Glas Waldhonig für sechs Euro aufgenötigt, obwohl sie noch Honig von Opa im Keller hatten.

Im Mondlicht konnte man die Umrisse der Bienenkästen nur erahnen. Sie standen in einer langen Reihe, ganz in der Nähe eines Gartenschuppens. Weil er sich nicht konzentriert hatte, rempelte er versehentlich Kay an, der vor ihm ging. »Aua«, fluchte sein Kumpel leise. »Tritt mir nicht in die Hacken, du Pfosten!«

Gerade als er den Mund öffnete, um Kay ein »selber Pfosten« entgegenzuschleudern, hielt ihm JP einen Böller aus seinem versifften Rucksack hin: »Für dich.«

Nikitas Nackenhaare stellten sich unversehens auf. »Für mich? Wieso? Was – was – soll ich damit?«

JP zeigte auf die Bienenkästen. »Du bist so lost! Los! Deckel auf, Böller rein!«

Nikita spürte plötzlich eine Kälte in seinem Magen, die sich wie ein Virus immer weiter ausbreitete.

Er wollte den Bienen nichts tun. In diesen Kästen, die man Beuten nannte, lebten Wesen, die sich umeinander kümmerten. Im Sommer fächelten sich die Bienen kühle Luft zu, im Winter wärmten sie sich gegenseitig. Die Bereitschaft, alles für die Familie zu geben, unterschied Bienen deutlich von Menschen, besonders von seiner Mutter. Mona war abgehauen. Wahrscheinlich wusste sie nicht mal, dass Frerk und er nicht mehr in Berlin wohnten.

Mit Schrecken erkannte er, dass JP in seinem Rucksack ein ganzes Arsenal an A- und D-Böllern mitgeschleppt hatte. Er erhaschte einen Blick auf Kays pickliges Gesicht: In dessen Augen erkannte er ebenfalls Panik. Keiner von ihnen beiden wollte Tiere töten. Fühlten Bienen Schmerzen?

JP warf ihm ein Feuerzeug zu und zischte: »Alles Gucci – wir machen's zusammen – auf drei.«

Das Feuerzeug prallte an seiner Jacke ab. Er bückte sich in Zeitlupe danach. »Die krepieren doch«, flüsterte er entsetzt, als er hochkam und JP in die Augen sah. JP hatte sie zu schmalen Schlitzen verengt: »Und wen juckt's?«

Nikita verbrannte sich am Daumen, als er das Feuerzeug aufspringen ließ und eine Flamme emporschoss. Er biss sich auf die Unterlippe, während er das Feuerzeug an die Zündschnur hielt. Nikita hörte es knistern, dann schmiss er den Böller so weit weg von den Bienen, wie er konnte. Alle beobachteten, wie das Teil auf dem Schuppendach explodierte.

Seine Füße fingen automatisch an zu rennen. Hinter ihm zischte und krachte es, als zwei der Bienenkästen fast gleichzeitig in die Luft flogen. Holz splitterte und grellrote Flammen loderten vor dem Nachthimmel.

Beim Laufen drehte Nikita den Kopf über die Schulter und sah, dass Kay aufschloss. JP schien am Bienenstand geblieben zu sein, denn es krachte und pfiff noch ein paarmal und Lichtblitze zuckten über den Himmel. Ihm fiel ein, dass es über Wochen nicht geregnet hatte. Das Feuer würde sich schnell ausbreiten.

Schuldgefühle raubten ihm fast die Kraft, um zwischen den Tannen und Schösslingen vorwärtszustürmen. Seine Beine fühlten sich weich wie Pudding an.

Auf Höhe des Forsthauses schaute er ängstlich zu den Fenstern und erstarrte: Hinter einer der Scheiben erkannte er die Frau des Försters. Er sah ihr kleines, blasses Gesicht nur kurz, doch er war sich sicher, dass sie ihn ebenfalls entdeckt hatte.

Nikita rannte blindlings weiter. Immer wieder stolperte er, über Baumwurzeln oder Tannenzapfen. Genau konnte er das nicht sagen, weil er durch einen Tränenschleier sah.

Seine Brust brannte, als er sein Mountainbike aus dem Busch an der Landesstraße zerrte. Dann strampelte er los, als hinge sein Leben davon ab. Es war ihm Latte, wo JP und Kay blieben. Er würde nie wieder mit ihnen reden. Vor allem nicht mit JP. Das schwor er sich, als er verschwitzt an der St.-Jürgen-Kirche am Berliner Platz ankam.

In der Rundkirche hatte der Trauergottesdienst für seinen Großvater stattgefunden. Die goldene Kugel auf dem Dach des Gotteshauses leuchtete mystisch im Mondlicht. Als wollte Hinnerk Ackermann, verstorben mit 96 Jahren, ihm persönlich ein Zeichen aus dem Himmel senden.

Opa würde ihm vielleicht vergeben, wenn er sich ab sofort um alle Bienen der Welt kümmerte. Opa hatte für seine Bienen gelebt. Ohne diese kleinen Bestäuber, hatte er Nikita mindestens hundertmal erzählt, konnten die Menschen nur vier Jahre überleben.

Noch immer aufgebracht pfefferte er sein Rad zu Hause gegen die Schuppenwand. Der Lenker drehte sich und das Velo fiel scheppernd zu Boden. »So ein Mist«, fluchte er leise.

FRERK

Ein Geräusch draußen am Haus ließ ihn hochschrecken. Einbrecher? Frerk lauschte in die Dunkelheit. Doch von unten hörte er jetzt nur das Brummen des Kühlschranks.

Langsam ließ er sich in die Kissen zurücksinken. Er machte sich zu viele Gedanken. Das war sein Problem. Insoweit gab er dem Hausarzt recht. Frerk hatte ihn gebeten, ihm etwas gegen die Erschöpfung und die dauernden Kopfschmerzen zu verschreiben.

Ein halber Mond schien durch die Dachluke und warf grafische Schatten vom Lamellenvorhang auf das breite Ehebett, dessen eine Hälfte leer blieb.

Mona hatte sie vor vier Monaten verlassen, ihn, den Jungen, Barbie. Dabei war Mona es gewesen, die den Mischling aus dem Tierheim in Berlin geholt hatte. Frerk hatte nicht verstanden, warum sie ausgerechnet einen Hund ausgesucht hatte, der nur ein Auge und dafür viele schlechte Zähne besaß. »Ich habe nicht den Hund ausgesucht, der Hund hat mich ausgesucht«, rief er sich Monas fröhliche Antwort ins Gedächtnis. Sie war stets lustig gewesen. Das Leben ficht sie nicht an, hatte er oft neidvoll gedacht. »Du hast dich bei Frauchen vertan. Du hättest dir jemand anders aussuchen sollen«, sagte Frerk bitter und zog sanft an Barbies Ohr. Der Hund öffnete sein Auge und schloss es gleich wieder.

Barbie schlief Nacht für Nacht auf seinen Beinen. Manchmal machte er sich vor, er könnte deshalb so schlecht schlafen, weil seine Beine unter ihrem Gewicht anfingen zu kribbeln. Selten schlief er vor drei oder vier Uhr in der Früh. Mechanisch strich er über Barbies hartes Fell. In Wahrheit hatte er ohne Mona oft das Gefühl, die Tage nicht mehr bewältigen zu können. Er wusste nicht, ob er ihre kleine Gemeinschaft zusammenhalten konnte. Er hatte Angst. Angst, wieder zu versagen und auch noch Nikita zu verlieren. Und mit Hunden kannte er sich auch nicht besonders gut aus.

Barbie gab einen kleinen Schnarcher von sich. Es half kranken Menschen angeblich, Tiere zu halten. Das hatte er aus einem Magazin, in dem eine portugiesische Studie zitiert wurde. Laut der Studie verbesserten sich die Werte depressiver Teilnehmer, wenn sie sich ein Haustier anschafften. In dem Heft stand auch, dass ein Burn-out in vielerlei Hinsicht einer Depression ähnelte.

Frerk wusste nicht, ob er wirklich unter einem Burn-out litt. Sein Hausarzt hatte etwas in dieser Richtung angedeutet. Soweit er sich erinnerte, hatte der Mediziner in dem Gespräch das Wort »Überlastungstendenzen« benutzt und eine Kurzzeittherapie empfohlen. Er fühlte sich innerlich getrieben und doch antriebslos, wollte sich aber keinesfalls einem dieser Psychoheinis ausliefern. Am Ende würde er das Sorgerecht für Nikita verlieren. Und das durfte nie passieren.

Er hegte ein Grundmisstrauen gegenüber Ärzten. Wie er sowieso allem und jedem misstraute. Das brachte sein Beruf als Journalist mit sich.

Als Journalist in der hektisch-nervösen Regierungsstadt standen die Chancen gut, krank zu werden. Er dachte an den ständigen Termin- und Abgabedruck. Er hatte sich in Berlin angewöhnt, hin und wieder einen Joint auf dem Balkon zu rauchen. Dann konnte er sich endlich mal entspannen. Und es half auch gegen die Kopfschmerzen.

Der Kühlschrank wechselte die Tonhöhe. Das tat er meistens gegen zwei Uhr. Er brummte nun eine Oktave tiefer. Frerk versuchte, die brennenden Lider geschlossen zu halten. Vielleicht sollte er sie mit Tesa zukleben.

Dass sein Vater so plötzlich nach der Trennung von Mona gestorben war, hatte auf traurige Weise für einen Neuanfang in Nikitas und seinem Leben gesorgt. Nach Hinnerks Herzanfall kündigte Frerk in der Redaktion. Das hieß, er sagte Tschüss, als er seine Notizen und ein paar private Utensilien vom Schreibtisch eingepackt hatte. Auf Kündigungsfristen musste er keine Rücksicht nehmen: Einen Festvertrag hatte er trotz all der Schinderei für das Blatt nie bekommen.

Nun verkaufte er am Strandweg Kissen mit Anker-Motiv und Lampen in Leuchtturm-Optik an Touristen.

Es konnte schlechtere Neuanfänge geben. Küste oder Großstadtmoloch? Er hatte nicht lange darüber nachdenken müssen. Und Nikita hatte sich wider Erwarten auch auf Hohwacht gefreut. Hier hatte der Junge die schönste Zeit seiner Kindheit verbracht.

Seine Blase drückte. Frerk schlug die Decke zurück und schwang die Beine über den Bettrand. Zur Sicherheit konnte er gleich nach dem Jungen sehen. Seit Nikitas Geburt schlich er sich nachts in dessen Kinderzimmer, um sich zu vergewissern, dass alles seine Ordnung hatte.

»Er schläft ganz tief.« Sätze wie dieser hatten ihn fester mit Mona verbunden, als ein Ehering dies je vermocht hätte. Bis Mona eines Tages abgehauen war, weil sie unbedingt den Mekong sehen musste. Und er sich angeblich nur mit sich selbst beschäftigte.

Die Klobrille fühlte sich eiskalt an. Er bekam Gänsehaut auf den Oberschenkeln. Müde betrachtete er seine Krampfadern. Dick und wulstig lagen sie unter der blassen, behaarten Haut. Endlich kam ein dünner Strahl. Während er sich erleichterte, starrte er die moosgrünen Wandfliesen an. Als er spülen wollte, erschrak er über die dunkle Gelbfärbung des Urins. Vielleicht hatte er eine schlimme Krankheit? Eventuell hatten die Kopfschmerzen einen ernsteren Hintergrund als ein Burn-out? Wer sollte sich um den Jungen kümmern, wenn er vorzeitig ins Gras biss?

Seine Handinnenflächen fühlten sich feucht an, obwohl er sie noch nicht unter den Wasserhahn gehalten hatte. Er fuhr sich durchs Haar und beschwor sich, sich zu beruhigen. Er musste dringend schlafen.

Während er über die Flickenteppiche durch den kalten Flur tappte und sich sein Schädel anfühlte, als ob er beim nächsten Schritt zersprang, überlegte er, ob sein Urin normal gerochen hatte? Wenn Urin komisch roch, konnte das ebenfalls auf Krankheiten hindeuten. Diabetes, ein Infekt – schlimmstenfalls gab es wirklich einen unentdeckten Tumor in seinem Kopf …

Vor Nikitas Tür blieb er stehen. Frerk mochte sie nun doch nicht öffnen. Erst gestern war er mit seinem Sohn in der Dunkelheit des Zimmers zusammengestoßen. »Warum kommst du dauernd in mein Zimmer geschlichen? Das ist so creepy!«, hatte Nikita erschrocken ausgerufen.

Eine Weile stand er unschlüssig vor der eierschalenfarbenen Tür mit dem alten Anti-AKW-Aufkleber. Er hatte ihn selbst auf die Tür geklebt, als dies noch sein Jugendzimmer gewesen war.

Barbies Hinterbeine zuckten im Traum und ihre Krallen kratzten über den Baumwollstoff, als er sich wieder hinlegte. Frerk kraulte sie noch eine Weile. Tief sog er ihren Geruch ein: eine Mischung aus drei Tage altem Gulasch und modriger Pfütze. Er mochte den Geruch. Er war wie das Kühlschrank-Brummen: vertraut.

OKE

Das Diensthandy auf dem Nachttisch klingelte. Mitten in der Nacht! Wie 1993. Damals war ein Fischerboot in Not gewesen, erinnerte er sich, als er den Schlaf abschüttelte und »Oltmanns« in den Hörer grummelte. Die Einsatzzentrale meldete einen Brand: »Nähe Forsthaus, Selenter See.« Wieso riefen die ihn an? Hatte sonst niemand Dienst in Lütjenburg? Wenn er morgens um 4.18 Uhr auf etwas verzichten konnte, dann auf Waldbrände – und Kurt Tietjen.

Trotzdem quälte er sich hoch und warf sich im Dunkeln etwas über, von dem er hoffte, dass es nicht Inse gehörte.

Kurz darauf drehte Oke den Zündschlüssel und die Stimmen von Jermaine Jackson und Pia Zadora dröhnten aus den Boxen im Fahrzeuginneren: »And when the rain begins to fall ...«

In Hohwacht hatte es seit Tagen nicht geregnet. Der Waldbrand konnte verheerende Folgen haben. Die Nadeln der Tannen enthielten leicht brennbare ätherische Öle, die wie Brandbeschleuniger wirkten. Er fragte sich, ob Tietjen und seine Familie ernsthaft in Gefahr waren. Oke drückte das Gaspedal weiter durch.

Hinter ihm heulten Sirenen und Oke ließ einen Feuerwehrwagen vorbeiziehen. Im Scheinwerferlicht sah er eine schwarze Rauchsäule am dunklen Himmel.

Kurz darauf parkte er ziemlich schief neben Kurt Tietjens Kombi. Im Vorübergehen warf er dem Wackeldackel einen verächtlichen Blick zu.

Brandgeruch lag in der Luft. In der Ferne hörte er das Prasseln von Feuer. Vereinzelt klangen Rufe der Brandschützer herüber. Das erste Tanklöschfahrzeug wurde einsatzbereit gemacht.

Über einen schmalen Trampelpfad eilte er zum Forsthaus. Tietjens Frau Annemie stand auf dem Absatz vor der Tür. Sie trug eine braune Wolldecke um die Schultern und hielt eine getigerte Katze auf dem Arm. Ihre Augen lagen in tiefen Höhlen. »Ogottogottogott.« Mehr brachte sie nicht heraus.

»Wo ist Kurt?«, fragte Oke.

Die Försterin zeigte hinter das Haus, von wo Stimmen zu hören waren. Oke lief los, bereit, den Striethammel aus einem Flammeninferno zu ziehen. Auf halbem Weg kam ihm besagter Striethammel im Bademantel entgegen: Ein Feuerwehrmann hielt ihn am Arm gepackt: »Moin, Oschi, kannst du dich mal kümmern? Er wollte uns am Löschen hindern!«

Oke lächelte das erste Mal an diesem Tag und meinte: »Ich kette ihn im Haus an die Heizung.«

Mit eisernem Griff brachte Oke einen zeternden Tietjen ins Haus, wo er ihn zwar nicht ankettete, aber einem gerechten Gott überließ, der just eingetroffen war. Kölsch vor dem ersten Kaffee würde für Tietjen hoffentlich ebenso hart sein wie eine unbequeme Position am Fuße der Röhrenheizung.

So bald wie möglich wollte der Kommissar den Tatort in Augenschein nehmen. Als Oke am Löschfahrzeug ankam, löste sich ein Mann aus der Gruppe. Gruppenführer Hajo Hesse erstattete sofort ungefragt Bericht: »Irgendein Dööskopp hat am Bienenstand ein Feuerchen gelegt!«

Oke sah auf die prasselnden Flammen, die hochschlugen, als wollten sie den halben Wald verschlingen. Oke spürte die Hitze auf seiner Haut. Wenn er hier länger herumstand, würde sie seine Bartstoppeln versengen. »Kriegt ihr das hin?«

Es musste wohl ganz Ostholstein in Schutt und Asche liegen, bevor der Feuerwehrmann unruhig wurde. »Wir haben's gleich. Meine Jungs wissen, was sie tun«, sagte Hesse gelassen. Er hüstelte verlegen. »Meine Jungs – und das Mädel«, fügte er schuldbewusst hinzu. Die Freiwillige Feuerwehr Hohwacht/Neudorf hatte erst kürzlich ein weibliches Mitglied hinzugewonnen. Offenbar musste

Hesse seinen Sprachgebrauch erst der neuen Situation anpassen. Oke nickte. »Wer hat euch informiert?«

Hesse zeigte zum Forsthaus. »Die Frau des Försters. Völlig fertig, die Arme. Sollte man einem Arzt vorstellen.« Hesse deutete auf die verkohlten Reste des Schuppens: »Der war nicht zu retten und die Bienen ... tja ... keinen Schimmer, ob welche überlebt haben. Ich denke, eher nicht.« Oke vernahm Bedauern in der Stimme des Brandschützers.

Kurzzeitig übertönte das Rauschen des Wassers aus den Löschfahrzeugen Hesses kräftige Stimme, ein zweites war nun im Einsatz.

Sein Team leistete ganze Arbeit. Als Oke endlich an den Bienenstand durfte, war der Boden komplett durchnässt. Überall gab es tiefe Pfützen. »Warum wollte Tietjen nicht, dass ihr das Feuer löscht?«

Der Gruppenführer tippte sich an die Stirn: »Der Kerl ist doch ein Wichtigtuer. Meinte, dass die überlebenden Bienen Schaden nehmen könnten. Aber wir können das Wasser wohl schlecht durch Strohhalme pusten, oder was denkt der sich?«

Feuer und Wassermassen hatten alles im Chaos versinken lassen: Die schwarzen Reste der Holzkästen schwammen in Schlammpfützen, überall fanden sich Bruchstücke von Honigwaben. Der Schuppen bestand lediglich aus verkohlten Überresten.

Als Oke etwas Helles im Matsch aufblitzen sah, bückte er sich ächzend. Er war auch schon mal sportlicher gewesen.

Aufmerksam betrachtete er den triefenden Feuerwerkskörper in seiner Hand. Ein Totenkopf zierte das Papier:

Polen-Böller. Illegale Kracher, die die große Gefahr von Fehlzündungen bargen.

Oke sah noch nicht klar. War das hier ein Dummejungenstreich? Oder hatte jemand eine Rechnung mit dem Förster zu begleichen? Die Böller konnten von überallher stammen.

Vorsichtig machte er ein paar Schritte nach rechts und seine braunen Halbschuhe versanken in der weichen Erde. Er suchte nach Schuhspuren. Diese fand man an Tatorten häufiger als Fingerabdrücke, und auch die Abdrücke der Sohlen konnten Ermittlern Aufschluss über eine Menge Dinge verschaffen. Der Sohlen-Spezi bei der SpuSi hatte ihm mal erklärt, inwiefern Sohlenabdrücke sogar etwas über die Herkunft der Täter verrieten.

Oke hegte allerdings wenig Hoffnung, in dieser Schlammwüste überhaupt eine Spur zu finden. Und zwar nicht nur, weil es tagelang trocken gewesen war und die Feuerwehr große Pfützen und tiefe Spurrillen hinterlassen hatte. Sondern vor allem, weil seine Brille im Auto lag!

Bei seiner weiteren Suche fiel sein Blick auf eine Wabe. Eine Biene irrte darauf umher, als suchte sie nach Überlebenden. Ein Tropfen Löschwasser glitzerte auf ihrem Pelz. »Wat 'ne Quäleree«, murmelte er.

Misshandlung von Tieren wurde bei Wirbeltieren nach Paragraf 17 Tierschutzgesetz geahndet. Hundebesitzern, die ihre Tiere qualvoll verhungern ließen, drohten Freiheitsstrafen von bis zu drei Jahren. Er wusste nicht, was einen Bienenmörder erwartete.

Und dann waren da noch Brandstiftung und Sachbeschädigung. Nachdenklich ging er noch ein Stück weiter, wieder zurück Richtung Forsthaus, wo die Erde fester wurde. Keine drei Minuten später stieß er auf einen halbwegs brauchbaren Abdruck, einen halben Schuhabdruck. Oke stieß einen Pfiff aus: Der mutmaßliche Täter hatte einen Abdruck mit Wabenmuster hinterlassen.

Gerade überlegte er, ob der Abdruck von Tietjen selbst stammen könnte, als der Förster unvermutet auftauchte. »Der Schaden geht in die Zehntausende! Schreib das mal schön in deinen Bericht rein!«

Oke richtete sich zu voller Größe auf: »Verdammig, Kurt Tietjen, du solltest im Haus bleiben! Willst du, dass ich dich festnehme?«

Kurt Tietjen blinzelte. »Wenn du eine Anzeige wegen Freiheitsberaubung riskieren willst!«, kam es grob zurück.

Einerseits würde er sich nie im Leben von diesem Aushilfsförster sagen lassen, was er in seinen Bericht zu schreiben hatte. Anderseits brauchte er dafür die Einschätzung des Eigentümers zum Ausmaß des Schadens. 10.000 Euro erschienen ihm jedoch sehr viel. »Wir werden einen Sachverständigen zu Rate ziehen. Du kannst mir aber schon mal deine Schuhsohlen zeigen.«

Er hätte Tietjen auch bitten können, sich nackt auszuziehen. Der Effekt wäre der gleiche gewesen. »Gibt es für diese Anordnung einen gerichtlichen Beschluss?«, fragte Tietjen mit vor der Brust verschränkten Armen.

Aber diesmal würde der Sturkopp nicht mit seinen Fisimatenten durchkommen. Diesmal war das Gesetz eindeutig auf Okes Seite: »Zeig deine Schuhe oder ich nehme dich mit auf die Wache!« Kurt Tietjens Sohlen zierte ein Rautenmuster, wie er feststellen konnte, als der Förster mit verkniffenem Gesichtsausdruck den rechten Fuß anhob. »Hast du jemanden noch mehr geärgert als mich oder warum ist dein Bienenstand in die Luft geflogen?«, fragte Oke.

Kurt Tietjen sah ihn böse an. Er schien seine Antwort sorgfältig abzuwägen. »Was habe ich damit zu tun, wenn irgendwelche Idioten ein Feuerwerk im Wald veranstalten?« Demonstrativ schaute er auf den nassen Böller in Okes Hand.

»Du meinst, das Inferno hier hatte nichts mit dir zu tun?«, bohrte Oke nach.

Kurt Tietjen wirkte selbstsicher, wie er da in seinem Bademantel im Luftzug stand: »Wer sollte mir was Böses wollen?«

Oke hätte sich durchaus jemanden vorstellen können. Dieser Jemand war überdurchschnittlich groß, uniformiert und an überfahrenen Wildtieren interessiert. Zu Tietjens Glück nahm es dieser Jemand mit dem Gesetz sehr genau.

»Ich bin von der Knallerei draußen aufgewacht«, berichtete etwas später die aufgelöste Annemie Tietjen. Um die Schultern trug sie noch die fusselige Decke. Ihre Frisur erinnerte Oke an ein aus dem Baum gefallenes Vogelnest.

Sie saßen zu viert in Tietjens Stube, das Ehepaar Tietjen, Gott und er. Unbequemer ging es nicht: Sein Hintern klemmte zwischen den beiden Lehnen eines Polstersessels, der ohne Weiteres in einem Puppenhaus hätte stehen können. Während er sich wie im Schraubstock fühlte, tippte Gott munter die Aussagen des Ehepaares in seinen virtuellen Memoblock.

»Haben Sie jemanden gesehen?«

Annemie machte einen unentschlossenen Eindruck: »Nein ... Es war dunkel.« Er glaubte ihr nicht recht. Ihr

Zögern hatte ihn stutzig werden lassen. War es wirklich dermaßen finster gewesen? Musste der Himmel nicht wie in einer Silvesternacht geleuchtet haben? Womöglich kannte sie den oder die Täter und wollte diese schützen? All das ging ihm im Bruchteil einer Sekunde durch den Kopf.

Auf dem Schoß hielt er derweil eine Miniatur-Teetasse, deren blassgelber Inhalt ihn an einen Krankenhausaufenthalt in Kindertagen zurückdenken und erschaudern ließ. Die Tasse hatte Kurt Tietjen, der leider immer noch nicht festgekettet war, seiner Frau gebracht. Doch Annemie hatte den Tee an ihn weitergereicht: »Ich kann jetzt nichts trinken, aber Sie, Herr Oltmanns, Sie kommen doch gebürtig aus Ostfriesland.« Oke stellte die winzige Tasse auf dem Eichentisch ab. Warum dachten immer alle, Ostfriesen müssten Tee trinken? Er konnte das labbrige Zeug nicht ausstehen. Backemoor hin oder her.

»Um wie viel Uhr haben Sie es knallen gehört?«, fragte er.

Annemie warf einen Blick auf das Ziffernblatt der hölzernen Standuhr neben der Vitrine. »Um drei?«

Es klang wie eine Frage, und er wartete, ob sich Annemie korrigieren würde. Sie tat es nicht. »Also um drei Uhr?« Seine Stimme dröhnte durch den mit Möbeln und Porzellanfiguren vollgestopften Raum. Er hatte seine Probleme mit der Zeitangabe. Feuerwehr und Polizei waren erst viel später benachrichtigt worden. Das musste aber nichts heißen. Die Ereignisse hatten die Frau offenbar sehr verwirrt.

»Du machst meine Frau kirre«, mischte sich Kurt Tietjen ein. »Merkst du nicht, dass sie noch ganz durcheinander ist? Unser Haus hätte abfackeln können …

Wahrscheinlich müssen wir wegen des Brandgeruchs renovieren!«

Das waren ja ganz neue Töne von einem, der eben noch die Rettungskräfte am Löschen hatte hindern wollen. Das Wort »Versicherungsbetrug« tauchte in Okes Kopf auf.

Gern hätte er gewusst, wie sein Kollege die Sache einschätzte. Aber der Hibbelmoors war gerade schon rausgelaufen, um die Kollegen von der SpuSi zu unterstützen. Während er selbst zwischen zwei Sessellehnen feststeckte.

Eine gute Stunde später traf Oke auf der Hohwachter Wache ein. Vor der Tür parkte schon wieder Jana Schmidts Wagen. Dann holte sie jetzt wohl tatsächlich den letzten Karton.

Mit einem Ruck riss er einen verblassten Fahndungsaufruf von der Eingangstür ab. Ein bräunlich verfärbter Klebestreifen blieb haften und er rubbelte diesen, so gut es ging, mit dem Daumennagel ab. Es wurde Zeit, sich mit dem Gedanken anzufreunden, dass ein neues Kapitel anbrach – längst angebrochen war. Irgendwann würde es nur noch Müllabfuhr-Tage und keine Polizei-Tage mehr in Hohwacht geben.

Wenn er gehofft hatte, dass seine Kollegin ihn mit frisch gebrühtem Kaffee begrüßen würde, sah er sich getäuscht. Das Großraumbüro wirkte kahl, nachdem Jana Schmidt ihren Schreibtisch nun komplett geräumt hatte. Die beiden Fotorahmen mit den Aufnahmen ihres inzwischen verschiedenen Karotten-Meerschweinchens Toto fehlten, ebenso die chinesische Winkekatze und der Plüschteddy, den sie vor Jahren beim Bremer Freimarkt gewonnen hatte. Der Raum war überdies menschenleer.

»Oh, Moin, Herr Oltmanns. Ich bin eigentlich schon fast wieder weg«, sagte sie, als sie aus dem Bad kam. Der Pferdeschwanz saß wie immer fest am Kopf. Der Anblick ihres wippenden Zopfes würde ihm ebenso fehlen wie die Meersäue.

Sie lächelte ihn an: »Könnten Sie vielleicht noch beim letzten Karton mit anfassen? Da müsste jetzt wirklich alles drin sein. Ich hoffe, wir kriegen ihn in den Käfer.« Oke tat ihr den Gefallen, bückte sich und packte das unhandliche Teil mit beiden Händen. Noch beim Hochkommen durchzuckte ihn ein ungeahnter Schmerz: »Arg!«

Der Karton rutschte ihm aus den Händen. Ein Stifthalter, zwei Kugelschreiber und andere Kleinigkeiten wie Heftklammern fielen heraus und verteilten sich über der blauen Auslegeware. Ein Flummi hüpfte auf und nieder. Oke landete erst auf den Knien und sank dann seitlich unter den Schreibtisch der Kollegin. Anders als der Flummi kam er nicht ein einziges Mal wieder hoch.

»Oh mein Gott!«, rief Jana Schmidt, während Oke ungefähr zur selben Zeit ein »Düvel ok ne!« ausstieß. Vor Schmerzen fiel ihm das Atmen schwer.

Jana Schmidt konstatierte: »Hexenschuss – oder was Schlimmeres.« Ihre Stimme klang ungewohnt besorgt.

Einen Augenblick später wusste Oke, warum sie so unruhig wirkte: »Lassen Sie mich los! So geht das nicht, Frau Schmidt!«, grantelte er mit erstickter Stimme, während sie mit hochrotem Kopf an seinem rechten Bein zog.

»Ich ruf einen Krankenwagen«, entschied seine ehemalige Kollegin in resolutem Ton.

»Keinen Krankenwagen!«, japste er hinter ihr her.

In dem Moment ging die Glastür der Wache auf und Sieglinde Meyer schlurfte hinter ihrem Rollator in das Großraumbüro. »Herr Oltmanns?«, hörte er sie nach ihm rufen. Die 102-jährige Anwohnerin des Strandwegs ließ nur wenige Sekunden verstreichen, dann rief sie erneut: »Herr Oltmanns! Wo sind Sie? Heute ist Dienstag! Ihr Dienst-Tag, und ich will sofort Anzeige erstatten!«

Oke sah von seiner Warte aus nur die mattschwarzen Gesundheitsschuhe mit dem Klettverschluss und einen Teil ihrer auf Falte gebügelten Stoffhose. Die Meyersche hatte offenbar nicht mitbekommen, dass er nicht an seinem Schreibtisch saß. »Hier unten!«, dröhnte Oke schlecht gelaunt.

Sieglinde Meyer bückte sich. Oke sah in ein fragendes Gesicht, das ihn an eine schrumpelige Kartoffel denken ließ. »Was machen Sie da?«, krächzte sie verwundert.

Er wusste, dass sie die Ironie nicht verstehen würde, aber er sagte trotzdem: »Verbreker söken.«

Endlich beendete Jana Schmidt ihr Telefonat. Sie hatte gegen seinen ausdrücklichen Willen das Plöner Krankenhaus angerufen. »Wenn Sie Anzeige erstatten wollen, Frau Meyer, müssen Sie jetzt nach Lütjenburg fahren«, informierte sie die Dorfälteste. So unbarmherzig kannte er seine ehemalige Kollegin gar nicht. Vermutlich machte sie sich wirklich Sorgen um ihn – oder sie hatte zu lang mit einem Bullerjan gearbeitet …

Die Meyersche fasste sich ans Ohr. »Haben Sie Lütjenburg gesagt, junge Deern? Mit dem Ding soll ich nach Lütjenburg hin?« Sie stieß mit dem Fuß gegen die Gehhilfe. Da hatte Hallbohm es: Mit dem Rollator waren neun Kilometer eine ganze Ecke.

»Haben Sie wieder die Kerle mit den Taschenlampen gesehen?«, fragte Oke unterm Tisch liegend. Schließlich kannte er seine Pappenheimer. Und der Meyerschen würde er noch hundertmal erklären müssen, dass die »Kerle« nur Jugendliche waren, die auf virtuelle Pokémons Jagd machten.

In der Notaufnahme im Plöner Kreiskrankenhaus wollte eine zierliche Ärztin wissen, ob die Schmerzen vom Rücken ins Bein ausstrahlten. »Ne«, antwortete er knapp.

Die Ärztin konfrontierte ihn nun mit einer Feststellung, die ihm nicht viel sagte: »Sie haben vermutlich eine Bandscheibenvorwölbung.« Er erhaschte einen Blick auf ihr Namensschild: »Dr. Holtzbrink«, stand darauf.

Es hatte ihm nie viel ausgemacht, in seiner Werkstatt Tiere zu zerlegen. Über die Beschaffenheit seiner eigenen Bandscheibe hingegen wollte er nicht nachdenken. Oke wollte weder hören, dass »jede unserer 23 Bandscheiben im Inneren aus einem Gallertkern besteht«, noch, »dass sie von einem harten Faserring in Position gehalten« würden. Und schon gar nicht wollte er von Dr. Holtzbrink wissen, »dass mit dem Alter die Elastizität des Rings nachlässt«.

Die Ärztin ignorierte sein gelegentliches Stöhnen: »Es passiert gar nicht so selten, dass der Gallertkern den Faserring durchbricht. Dann kommt es zum Prolaps.« Bei dem Gedanken daran, dass in seinem Körper irgendwo etwas Gallertartiges herausquoll, wurde ihm ganz anders.

Ob es sich um eine Vorwölbung oder sogar um einen Riss handele, könne niemand ohne weitergehende Untersuchung sagen, dozierte Holtzbrink. »Ich kann Sie einweisen. Dann wissen wir bald mehr.«

Einweisen. Das Wort hallte in seinem Kopf. Oke rappelte sich ächzend hoch: »Niemand weist mich ein!«

Eine Stunde später hatte Inse ihn zwischen zwei kratzige Paillettenkissen drapiert; die Knie durch Unterlegen einer Getränkekiste samt Wolldecke im 90-Grad-Winkel angewinkelt. »So, das entlastet jetzt wunderbar die Bandscheiben.« Mit diesen Worten hauchte sie ihm einen Kuss auf die gerunzelte Stirn und er war umgeben von einem Hauch Honigduft. Seit sie auf dem Bienen-Trip war, wusch sie ihr Haar nur noch mit Tildas selbstgefertigtem Honigshampoo.

Mit der Getränkekiste konnte er sich vielleicht abfinden, mit den Paillettenkissen sicher nicht. Sie schürften ihm bereits die Haut vom Wangenknochen. Doch er fühlte sich zu schwach, um zu protestieren.

So sah es aus: Draußen wütete ein Feuerteufel, Kurt Tietjen lief wahrscheinlich Amok und Oke Oltmanns war zur Bewegungslosigkeit verdammt. Nicht mal Fernsehen durfte er, stattdessen musste er sich einen Vortrag von Inse anhören: »Ich habe dir immer gesagt, dass du zu viel sitzt!« Ihre Stimme – ein einziger Vorwurf. »Dazu kommt deine ungesunde Ernährung. Glaube ja nicht, ich wüsste nicht, dass du dich heimlich zusätzlich mit Hackepeter-Brötchen und Donuts in der Bäckerei eindeckst. Du hältst es vielleicht für Hexerei, aber: Ich kann Zwiebelmett riechen!«

GOTT

Dä Himmel üvver Hohwacht wor ärg schön! Er stand an der Tür zur Bäckerei, hatte den Griff schon in der Hand und konnte dennoch den Blick nicht abwenden. Das Wolkenpanorama sah aus, als hätte Monet es mit ein paar Pinselstrichen auf die Leinwand gebracht: weiße Tupfen auf hellblauen Grund. Er konnte sich nicht sattsehen an dieser flüchtigen Schönheit. So einen Himmel gab es in Köln nicht. Er dachte an Theodor Storm:

> Aber die Gedanken tragen
> Durch des Himmels ewig Blau
> Weiter, als die Wellen schlagen,
> Als der kühnsten Augen Wagen,
> Mich zur heißgeliebten Frau.

»Moin, Herr Gott.« Schon am Klang ihrer Stimme bemerkte er, dass die Bäckereifachverkäuferin Edeltraut sehnsüchtig auf die Polizeikräfte des Ortes gewartet hatte. »Was war denn da bloß los heute Nacht bei Tietjen im Wald? Waren ja eine Menge Sirenen zu hören …«, erkundigte sie sich eifrig.

Um Edeltraut ein bisschen auf die Folter zu spannen, zeigte er seelenruhig auf ein Schokohörnchen. »Ich nemme dat Croissant.« Sie packte ihm das süße Brötchen ein, ließ ihn aber nicht aus den Augen. »Unbekannte han e Feuerwerk jezündt.«

Edeltraut hielt sich erschrocken die Hand vor den

Mund. »Was ist mit Annemie? Kurt? Sarah? Alle unverletzt?« Gott tat der Bäckereifachverkäuferin den Gefallen und schilderte ihr in allen Einzelheiten, wie die Hohwachter Feuerwehrleute gerade noch einen großen Flächenbrand hatten verhindern können. Edeltrauts sorgfältig gewundener Haartuff und ihr Doppelkinn zitterten vor Aufregung. »Hat Oschi die Täter?«

Gott straffte die Schultern und gab lässig zu verstehen: »Noch ha' mer die nit, die dat jedon han.« Die Betonung lag auf »mer«.

Er legte das Kleingeld auf den Tresen, ein Zehncentstück rollte davon.

Während Gott sich bückte, um das Geldstück zu suchen, kam ihr offenbar etwas in den Sinn: »Wüllst nicht een Brötchen für Oschi köpen?«

Gott richtete sich erneut zu voller Größe auf und erklärte, dass sein Kollege außer Gefecht gesetzt worden war und er nun den Fall da draußen allein lösen würde. »Ich fahre jetz allein noch ens erus.«

Tonlos fragte sie, Bestürzung im Blick, ob Oke Oltmanns ein Opfer der Flammen geworden sei. Gott winkte ab. »Ne, ävver et bliev nix wie et wor.« Sie sah ihn verständnislos an. Er erklärte ihr geduldig, dass Oke im Bett lag, da er was mit der Bandscheibe hatte und man in Hohwacht nun offen für Neuerungen sein musste: Nichts bleibt, wie es war.

Er ließ eine geschockte Edeltraut zurück. Hohwacht ohne den XXL-Kommissar – das war was ganz Neues.

TILDA

Die Schlange an der Kasse reichte fast zurück bis zur Käsetheke. Zumindest würde sie Zeit haben, ihre Mails im Handy zu checken. Eine hatte die Firma Jensen geschickt. »Werbemaßnahmen für ›Golflese‹«, stand in der Betreffzeile. Das Piepen der Kasse verblasste zum Hintergrundgeräusch, als sie mit flattrigem Herzen zu lesen begann.

»Sehr geehrte Frau Schwan, als Erstes möchten wir Ihnen mitteilen, dass wir uns freuen, dass in Kürze der landesweite Verkauf der ›Golflese‹ starten kann. Unsere Fachabteilung ist aktuell dabei, die Verträge aufzusetzen.« Wie in Trance schob sie ihren Wagen 30 Zentimeter weiter.

»Überwiegend stammt der Honig, den wir bisher in unseren Märkten verkaufen, aus Importen. Deshalb freuen wir uns besonders, unseren Kunden in Zukunft regionalen Honig in allerbester Qualität anbieten zu können. Wir rechnen zurzeit mit 30 Gläsern Aktionsware in jedem unserer Supermärkte.«

Hinter ihr moserte ein Mann: »Hey, falls Sie's nicht gemerkt haben: Es geht weiter!« Sie wollte eine Entschuldigung murmeln, verschluckte sich dabei jedoch an ihrer eigenen Spucke. Hustend bedeutete sie der Kassiererin, dass sie ihre Waren sofort aufs Band legen würde, sobald sie wieder Luft bekam. »Was ist los?«, erkundigte sich ein weiterer Kunde. Sie war so damit beschäftigt, ihren Husten unter Kontrolle zu bekommen, dass sie sich nicht nach ihm umdrehen konnte.

Röchelnd klammerte sie sich an die Umrandung des Kassenbands. »Geht's?«, fragte die Kassiererin alarmiert, eine am Hals tätowierte Frau. Tilda versuchte zu nicken, was wegen eines neuerlichen Hustenanfalls misslang. Mit Schwung öffnete die Mitarbeiterin ihr Kassentürchen: »Warten Sie, ich komm lieber zu Ihnen rum. Ich kann den Heimlich-Griff.«

Die junge Frau stellte sich hinter sie, fasste ihr unter die Arme und zog Tildas Oberkörper ruckartig zu sich heran. Dann half sie ihr, sich vorzubeugen, und klopfte ihr auf dem Rücken herum, als wäre sie ein zähes Schnitzel.

Als Tilda endlich wieder auf dem Fahrersitz ihres Wagens saß, gab sie den Entsperr-Code des Smartphones ein, um die Mail zu Ende zu lesen: »Wir von der Abteilung Verkaufsförderung möchten so früh als möglich mit Ihnen die Werbemaßnahmen erörtern«, las sie weiter. »Als vordringlichste Maßnahme sehen wir einen Namenswechsel des Produkts. ›Golflese‹ ist zwar in Hohwacht bereits etabliert. Da wir Ihren Honig jedoch landesweit als Ostsee-Honig vermarkten wollen, sollte sich die Region im Namen widerspiegeln. Unsere Fachabteilung wird nun Vorschläge erarbeiten, die wir Ihnen in Kürze unterbreiten wollen. Sollten Sie eigene Vorschläge einbringen wollen, begrüßen wir dies. Mit freundlichen Grüßen ...«

Tilda atmete nun stoßweise. Sie hatte wirklich ein Problem: Bis zur Ernte der Frühtracht, in Schleswig-Holstein waren das vor allem die Raps- und Gehölzblüte, würde es noch dauern. Jetzt hatten sie April. Frühestens Ende Mai könnte sie neuen Honig aus den Waben schleudern. Im März und auch Anfang April war es kühl und die

Bienen deshalb kaum unterwegs gewesen: Sammelflüge starteten die Bienen erst ab zwölf Grad.

Erschöpft lehnte sie ihren Kopf an die Kopfstütze. Und wenn sie ihre Reste vom letzten Jahr doch mit Sirup streckte? Wenn der Sirup-Anteil nicht allzu groß ausfiel, würde man es möglicherweise nicht mal schmecken.

Melamin in Milch, Ziegelsteinpulver in Paprikagewürzen, Sägemehl in Tee. In den Zeitungen stand alle Nase lang, dass die Firmen in der Lebensmittelbranche trieksten. Hatte Hortenses Freund nicht erzählt, dass Honig unter den gepanschten Waren sogar auf dem dritten Platz lag? Was andere konnten, konnte sie doch auch!

Tilda drehte den Zündschlüssel. Nichts. Der Wagen sprang nicht an. Schon wieder! Das hatte ihr gerade noch gefehlt. Sie versuchte es erneut. Der Motor stotterte und soff ab. Jetzt nur nicht nervös werden.

Ein Mann starrte bereits herüber. Als er sah, dass sie ihn bemerkt hatte, marschierte er auf ihren Wagen zu: »Brauchst du Hilfe, Süße?«

Sie öffnete die Tür einen Spalt, ließ den Blick an einem ungepflegten Vollbart hinabgleiten zu einem Schmerbauch und noch weiter runter zu ausgelatschten Turnschuhen. »Nein, danke. Das kenn ich schon! Der kommt gleich.« Sie riss am Türgriff, bis die Tür ins Schloss fiel.

Was sie brauchte, war keine Anmache, sondern einen Kfz-Mechaniker oder besser noch: ein neues Auto. Wie sollte sie sonst die schweren Bienenkästen und Imkerutensilien ins Kleingartengebiet oder zum Golfplatz transportieren? Mit dem Fahrrad? Unmöglich. Spring an, flehte sie in Gedanken.

Sie pustete sich eine Haarsträhne aus dem Gesicht und drehte den Schlüssel erneut. Der Motor sprang diesmal tatsächlich an. Erleichtert atmete sie auf. Beim Wegfahren winkte sie dem Schmerbauch zu.

Im zweiten Gang tuckerte sie langsam Richtung Ausfahrt. Hier lief nichts rund! Das Auto musste dringend in die Werkstatt. Obwohl sie sich keine Reparatur leisten konnte, wie die Dinge derzeit standen. Im Februar hatte sie den Klempner rufen müssen. Und die blöde Heizung funktionierte immer noch nicht einwandfrei. Wie schön wäre es, wenn sie jetzt schon das Geld von Jensen hätte.

Sie stoppte vor einer Ampel. Und wenn die Jensen Co. KG ihren Honig testen lassen wollte? Davon hatte zwar nichts in der Mail gestanden, aber ihr fiel wieder ein, dass Hortenses Gerrit von »Testeritis« gesprochen hatte.

Sie bog auf »Am Buchholz« ab und legte den nächsthöheren Gang ein. Der Auspuff röhrte. »Bitte nicht noch das«, betete sie zu niemand Bestimmtem.

Hätte sie nur auf ihre Mutter gehört und studiert oder wenigstens eine Ausbildung absolviert. Aber sie hatte ja dummerweise gedacht, das bräuchte sie mit Konrad an ihrer Seite nicht. Konrad hier und Konrad da, und nun gab es keinen Konrad mehr.

Wenn sie sich wie jetzt im Rückspiegel ansah, hoffte sie, eine starke Frau zu sehen. Sie wäre gern jemand, der es aus eigener Kraft schaffte. Seit der Scheidung träumte sie davon, sich eine florierende Berufsimkerei aufzubauen. Sie wollte einfach nicht mehr abhängig sein, von niemandem!

Die Realität sah leider ganz anders aus: Aus dem Spiegel starrte sie eine unsichere, nicht mehr ganz junge Frau an, die hoffte, dass diesmal tatsächlich alle Sargbauer und Honigkunden zahlten, weil sie sonst bald nicht mal mehr neues Baumaterial kaufen konnte.

Wer die Mundwinkel anhob und die Stirn entspannte, fühlte sich gleich etwas besser, hieß es immer in den Frauenzeitschriften. Versuchsweise lächelte sie in den Rückspiegel. Immerhin schien die neue Bleichcreme zu wirken. Oder bildete sie sich nur ein, dass die Schneidezähne einen Tick weißer aussahen?

Abrupt trat sie auf die Bremse, als plötzlich ein Junge mit dem Rad die Straße querte. Sie verfehlte ihn knapp und der Duft-Tannenbaum am Rückspiegel vollführte einen Looping.

Sie musste mit der Jensen Co. KG ins Geschäft kommen – koste es, was es wolle.

Es gab diese Idee der vorzeitigen Ernte. Den Honig aus den Waben schleudern, bevor ihn die Bienen mit ihrem Wachs verdeckelt hatten. Dann wäre er zwar unreif und zu wässrig. Aber sie würde Zeit gewinnen, und die Bienen würden sofort neuen Nektar eintragen.

Einige chinesische Imker machten das angeblich so. Allerdings würde Honig, der zu flüssig war, gären, und sie hatte absolut keine Ahnung, was man dagegen tun konnte. Sie war keine Honigpanscherin.

Je länger sie nachdachte, desto sicherer wurde sie: Anders als die Betreiber der Märkte, auf denen sie hin und wieder verkaufte, würde Jensen von ihr nicht nur ein hundertprozentig reines Produkt erwarten. Das Unternehmen würde mit Labortests sicherstellen, dass es dieses Produkt bekam. Sie hatte plötzlich Gerrits Schmatzen im Ohr: »Du wirst kein einziges Glas Honig in einem deutschen Supermarkt finden, das nicht von einem Labor getestet wurde.«

Sie würde sich etwas einfallen lassen müssen.

Nervös trommelte sie auf dem Lenkrad herum. Wirklich zum Piepen: Endlich bot sich ihr eine echte Chance. Und dann zerplatzte der Traum, bevor sie ihn zu Ende geträumt hatte.

Und wenn sie den billigsten Honig im Supermarkt kaufte und diesen unter ihre Golflese mischte? Sie verwarf den Gedanken sofort: Gerrits Kollegen aus dem Labor würden vermutlich auch das herausfinden. Er hatte gesagt, dass die Pollen von Hand ausgezählt wurden, seitdem Honigwäscher darauf verfallen waren, ausländischen mit deutschem Honig zu mixen. Die Mitarbeiter des Honiglabors konnten sehr genau erkennen, auf welchen Blüten die Bienen den Nektar gesammelt hatten. Und manche Blüten gab es eben nur in Spanien und nicht an der Ostsee.

Ihr Mut sank. Sie scheiterte schon in der Theorie. Wie sollte es da in der Praxis funktionieren? Sie würde weiter ihr kleines bescheidenes Tilda-Leben führen und neidisch auf andere blicken, die Designerfummel trugen und in Sterne-Restaurants aßen. Schicksal, Bestimmung? Wieso hatten andere immer mehr Glück als sie?

Plötzlich hatte sie die Idee! Sie konnte versuchen, anderen Imkern aus der Gegend ihre Reste aus dem letzten Jahr abzukaufen. Das wäre nicht mal Etikettenschwindel, da der Honig aus dem Küstenort stammte.

Ein kribbeliges Gefühl machte sich in ihrer Magengegend breit und sie nahm ihre Auffahrt mit etwas zu viel Schwung. Um ein Haar verfehlte sie den Leuchtturm, der halb verdeckt zwischen den frisch austreibenden Gräsern und vertrockneten Lavendelbüschen stand.

Auf Anhieb fielen ihr zwei Imker ein: Friedhelm Hansemann aus Hohwacht und der neue Förster Kurt Tietjen, der in der Nähe des Selenter Sees jede Menge Bienen hatte. Zweifel hegte sie nur, weil sie A nicht wusste, ob der alte Hansemann noch imkerte, und B Tietjen ausgerechnet der Erzeuger des Unterwäschemodels war, in das Konrad sich verliebt hatte.

Sie packte ihre Einkäufe auf den Küchentisch. Putzmittel, Nudeln, Obst und Gemüse. Fahrig räumte sie alles in die Schränke ein. Erst als sie feststellte, dass sie die Gurke zusammen mit der Scheuermilch in den Putzmitteleimer gesteckt hatte, ließ sie sich schlapp auf die Eckbank plumpsen.

Tilda ließ die heiße Stirn auf den kühlen Holztisch sinken. Was für eine Aufregung. Wieso nur hatte Toni sie dazu gebracht, Jensen eine Zusammenarbeit vorzuschlagen? Jetzt wurde sie ungerecht: Toni hatte gewollt, dass sich die ganze Plackerei lohnte.

Keine Stunde später hatte sie sich eine Portion Schnüsch gemacht. Weil die Gemüsesuppe etwas fad schmeckte, streute sie Parmesankäse drüber. Im Mund hatte sie noch den Geschmack von ranzigem Käse – der alte Kühlschrank tat's offenbar auch nicht mehr richtig –, als sie die Nummer von Friedhelm Hansemann suchte. Sie hatte Glück im Unglück. Er gehörte zu den wenigen Menschen, deren Namen noch im Telefonbuch standen.

»Dich schickt der Himmel!«, nuschelte Hansemann. Sie hatte Schwierigkeiten, ihn zu verstehen. »Ich denke schon länger darüber nach, die Imkerei aufzugeben.«

Was den Preis anging, so liefen die Verhandlungen zäher, aber am Ende einigten sie sich: Friedhelm Hansemann hatte sich erinnert, dass in seinem Zeitschriftenständer ein Fachblatt für Imker lag. Und in diesem habe ein Großkonzern eine Anzeige geschaltet, der Freizeitimkern pro Kilo 1,80 Euro für ihren Honig anbot. Tilda wartete ungefähr fünf Minuten, während sie im Hintergrund Papierrascheln vernahm. »Ja, richtig, hier steht es: 1,80 Euro«, meldete Friedhelm Hansemann pflichtschuldig in den Hörer. Sie sagte, sie sei bereit, ihm diesen Preis zu zahlen.

Das Problem lag nur darin, dass Tilda derzeit nicht flüssig genug war, um ihm sofort Geld zu geben. Sobald das erste Geld von Jensen eintraf, würde es anders aussehen. »Kann ich später bezahlen?«, fragte sie. Der Imker lachte, ließ sich aber auf ihre Bitte ein. »In ein paar Monaten könnte ich Ihnen auch die Bienenstöcke abkaufen.«

Der einzige Haken: Ihr neuer Geschäftspartner hatte nur noch drei »fast volle 25-Kilo-Eimer« aus dem Vorjahr übrig. Warum aßen die Leute plötzlich Honig, als gäbe es kein Morgen?

Sie hatten aufgelegt und sie versuchte, den grässlichen Käsegeschmack mit einem Glas Orangensaft hinunterzuspülen. Es gelang ihr nicht, und sie spürte eine leichte Übelkeit aufsteigen. Sie würde mit Tietjen reden müssen. Immerhin fehlten für ihre erste Lieferung an Jensen noch circa 130 Kilo Honig.

Sie überlegte, ob sie anrufen oder vorbeifahren sollte. Im persönlichen Gespräch wäre es eventuell einfacher als am Telefon. Sie dachte an ihr kaputtes Auto. Bei Kurt Tietjen im Wald wollte sie gewiss nicht festsitzen.

Dann würde sie eben zum Forsthaus radeln. Wenn sie

erst eine Nacht über die Entscheidung schlief, würde sie nur der Mut verlassen. Sie rang mit sich, ob sie roten Lippenstift auflegen sollte, entschied sich aber dagegen. »Ich werde doch an niemanden aus diesem Haus meinen guten Lippenstift verschwenden«, dachte sie, während sie sich auf ihr Hollandrad schwang.

Die Luft roch nach Frühling. Die Plastikblüten an ihrem Fahrradlenker leuchteten mit den pinkfarbenen Rhododendren am Nixenweg um die Wette. »Es wird schon, denk mal positiv«, machte sie sich Mut.

Als sie an der Zuwegung zum Forsthaus ankam, wunderte sie sich im ersten Moment. Schwere Fahrzeuge hatten tiefe Spurrillen hinterlassen. Zahlreiche Zweige der umstehenden Fichten waren abgebrochen. Mit einem Mal erinnerte sie sich an das Feuer im Wald. Sie hatte im Radio davon gehört und Wencke hatte es ihr erzählt. Wo hatte sie nur ihren Kopf, dass sie den Brand bei Tietjen hatte vergessen können?

Vorsichtig umrundete Tilda das Forsthaus und erschrak. Dahinter breitete sich nichts als Schwärze aus. Der Brand hatte Teile des Waldes vernichtet, die Fläche war so groß wie zwei Fußballfelder. Statt Bäumen gab es hier nur noch schwarz verkohlte Baumstümpfe.

Am Haus machte sie zwei Bienenkästen aus. Beide wirkten alles andere als angekokelt – sie waren nagelneu. Tietjen hatte mindestens 25 Völker gehabt. Beklemmt ging sie zum Hauseingang.

Das Forsthaus war unversehrt. Es fiel inmitten der hohen Fichten kaum auf. Tietjens Vorgänger hatte eine Lärchenverschalung ans Haus gezimmert, die inzwischen eine silbergraue Patina trug. Einen richtigen Garten gab es nicht. Jemand mit Hang zum Gärtnern oder Liebe zu guter Küche hatte jedoch vor der Haustür ein paar Findlinge zu einem Kreis gelegt und verschiedene Kräuter hineingepflanzt. An diesem schattigen Ort hatte die kräftige Minze jedoch bereits fast alle anderen Kräuterpflanzen unter sich begraben.

Die gute Stube der Tietjens, in die Annemie sie geführt hatte, wirkte erdrückend. Die Schränke im Stil Gelsenkirchener Barocks, winzige Sessel mit Schondeckchen, die dunkle getäfelte Zimmerdecke, das zusammen nahm ihr schon die Luft zum Atmen. Dazu roch es im Haus entsetzlich nach Kohl. Annemie, sicher bereits Ende 60 oder älter, stand mit eingezogenen Schultern im Türrahmen. Immer wieder sah Tilda über ihre Schulter in den Flur, ob Sarah und Konrad dort auftauchten. Sie hoffte, dass dies nicht passierte.

»Kurt wäscht sich kurz die Hände«, sagte Annemie in neutralem Ton und streichelte dann die getigerte Katze, die sich an ihrem Bein rieb. »Hhm«, machte Tilda und trat zu dem Vertiko mit den Familienbildern. Sie wünschte, sie hätte es nicht getan: Aus einem Silberrahmen lächelte ihr die Tochter des Hauses entgegen, Arm in Arm mit Konrad.

»Ach, die Tilda!« Kurt Tietjen machte einen Schritt ins Zimmer, dabei wischte er sich die Hände an der ausgebeulten Cordhose ab.

Sie sah, dass sein Hosenstall offen stand, und schaute weg. Sie musste taktisch vorgehen, wenn sie ihr Ziel erreichen wollte. »Hallo, Kurt. Wie schrecklich, das mit dem Feuer! Gut, dass euch nichts passiert ist. Aber was ist mit deinen Bienen? Sind alle Völker verbrannt?«

Der Förster winkte ab und meinte barsch: »Stand doch

in der Zeitung. Ich hab noch die Reste von zweien zusammengekratzt und auf neue Rähmchen gezogen. Mal sehen, ob sie sich berappeln.« Mit ausladender Geste forderte er sie auf, in einem der Polstersessel Platz zu nehmen. »Setz dich doch!« Es wirkte nicht so, als wollte er tatsächlich gern mit ihr sprechen.

Tilda tat wie geheißen. Eine böse Vorahnung erfüllte sie: »Hast du deinen Honig retten können?«

Kurt Tietjen stutzte. »Was für einen Honig? Die Honigräume habe ich doch gerade erst aufgesetzt. Da war nicht so viel drin.«

Sie schluckte. »Ich meinte den Honig aus dem Vorjahr ...«

Er ließ sich in das Sofa ihr gegenüber sinken, stellte dabei fest, dass seine Hose offen stand, zog den Reißverschluss hoch. »Ne, der steht bei uns sicher und trocken im Keller.« Sein Gesicht wirkte verkrampft, als er das sagte.

Konnte er sich denken, weshalb sie hier war? »Für dich sind Waldbrände ja nichts Neues«, sagte sie und fühlte sich wie ein Schauspieler, der seinen Text nicht genügend gelernt hatte. Nervös blickte sie zu Annemie, die weiterhin reglos in der Tür stand. Auch Tietjen verhielt sich abwartend. »Bei dieser Trockenheit hast du sicher noch eine Menge anderer Probleme. Da gibt es doch diesen Borkenkäfer?«, fragte sie unsicher.

Im Fernsehen hatte sie einen großen Bericht darüber gesehen, dass es in trockenen Jahren zu verheerenden Schäden durch Borkenkäferfraß kam. Der Käfer brachte ganze Wälder zum Absterben. Und die Förster hatten alle Hände voll zu tun: Sie konnten die Käfer nur loswerden, indem sie befallene Bäume schlugen und abtransportierten.

Sie wollte sich an die Kaufanfrage herantasten, aber er spielte nicht mit. »Wieso kommst du hierher? Was willst du wirklich?«

Sie zog in gespieltem Erstaunen die Brauen hoch: »Na hör mal, wir sind doch Kollegen – als Imker. Da erkundigt man sich doch, wie es so geht ...«

Er machte ein Geräusch wie ein Reifen, aus dem Luft entwich. »Tut man nicht«, raunzte er. »Oder habe ich mich bei dir jemals erkundigt?«

Fahrig blickte sie auf ihre im Schoß gefalteten Hände. »Ich dachte einfach, äh, wenn du im Wald so viel zu tun hast, würdest du dir ein wenig Hilfe wünschen?«

Aufmerksam studierte er ihr Gesicht. »Du willst mir helfen? Wobei?«, fragte er ungläubig.

Nun würde es drauf ankommen, die richtigen Worte zu wählen. »Was hältst du zum Beispiel davon, wenn ich dir deinen restlichen Honig abkaufe? Dann hättest du genug Zeit, dich um die Arbeiten im Wald zu kümmern.«

Sein Gesicht ließ keinen Zweifel daran, dass er sich auf den Arm genommen fühlte. »Was willst du mit meinem Honig? Du hast doch selber welchen. Oder streiken deine Bienen neuerdings?« Er lachte ein keckerndes Lachen, in dem nicht ein Funken Freude lag.

Nervös rutschte sie auf dem Sessel hin und her. Sie wollte ihm nichts von ihren Plänen verraten. Das würde nur den Preis in die Höhe treiben. Sie schnüffelte. Es roch eindeutig nach angebranntem Kohl. Annemie rannte aus dem Zimmer. Wahrscheinlich, um das Essen zu retten und den Herd herunterzuregeln. Die Katze blieb reglos sitzen und beobachtete sie.

Auf der Fahrt hierher hatte sich Tilda ihre Worte halbwegs zurechtgelegt. »Toni und ich haben viel von der Golflese verkauft ...« Das war zumindest die halbe Wahrheit. »Und ich will die Golfer nicht enttäuschen. Sie fragen schon nach Nachschub ...« Auch dies entsprach den Tatsachen.

Sie fühlte sich wie ein Reh, das der Förster gerade ins Visier genommen hatte. In seinem Blick lag etwas Lauerndes: »Quatsch nicht. Wenn du tatsächlich Honig zukaufen musst, hast du noch einen anderen Abnehmer«, sagte er ihr auf den Kopf zu. Perplex rückte sie mit der Wahrheit heraus.

»Wie viel würdest du mir zahlen?«, fragte er abfällig. Sie bezweifelte, dass er ein Angebot von ihr akzeptieren würde.

Sie hatte erst überlegt, ihm 1,50 Euro pro Kilo zu bieten, damit er handeln konnte. Dann entschied sie sich, bei einer einmal genannten Summe zu bleiben. Tilda versuchte, ihrer Stimme einen festen Klang zu geben: »1,80 Euro pro Kilo.«

Er tat entsetzt. »1,80 Euro?« Kurt Tietjen lief rot an. »Sieh zu, dass du Land gewinnst. Es reicht, dass du Konrad das Geld aus der Tasche ziehst! Warum suchst du dir nicht endlich eine richtige Arbeit?«

Sie kam nicht dazu, auf die Unverschämtheit zu reagieren. Denn es passierte genau das, wovor sie sich insgeheim gefürchtet hatte: Ein Wagen hielt vor dem Forsthaus. Sie hörte, wie eine Autotür ging. Kurz darauf rief Sarah Tietjen durchs gekippte Fenster: »Huhu! Seid ihr drinnen?« Tilda hätte sich liebend gern in Luft aufgelöst oder wenigstens hinter den dunkelbraunen Vorhang gestellt. Doch sie blieb wie festgetackert auf dem Polstersessel sitzen.

Vielleicht kam Sarah nicht ins Wohnzimmer. Sie betete, dass die Tochter des Hauses als Erstes dem Gestank des Kohls folgte. Doch ihr Gebet wurde nicht erhört. Schon tauchte Sarahs unbändige walnussbraune Mähne im Türrahmen auf. Als sie Tilda erblickte, wich die Freundlichkeit aus ihrem Gesicht. Feindselig starrte das Model sie an: »Was will die Stalkerin hier? Konrad ist nicht da! Und ich weiß, dass er diesen Monat das Geld überwiesen hat!«

Bevor Tilda den Mund öffnen konnte, informierte Kurt seine Tochter: »Angeblich will sie meinen Honig kaufen.«

Sarah rümpfte die Nase. »Ich muss Mama in der Küche helfen. Und die soll hier sofort verschwinden!« Tietjen stand auf: »Geh deine Bienchen streicheln, vielleicht geben sie dann mehr Honig.«

Schamesröte schoss ihr in die Wangen. Wie behandelte sie diese Familie? Und dieser Chauvi nahm sie gar nicht ernst! Sie hatte vielleicht keinen Beruf erlernt, aber vom Imkern verstand sie eine Menge. Bienchen streicheln? Was bildete sich dieser Widerling ein? Sie fühlte sich schrecklich gedemütigt.

Es erforderte Überwindung, aber sie schluckte ihren Ärger hinunter. »Kurt, lass uns über den Preis reden ... bitte.« Wie konnte sie sich nur so erniedrigen? Sie hasste sich in diesem Moment selbst, aber sie brauchte Honig!

Statt zu antworten, brach Kurt Tietjen wieder in sein blödes keckerndes Lachen aus, und sie hatte endgültig genug. Sie rauschte aus dem Zimmer – und stolperte über die Katze. Als sie sich am Türrahmen abfing, brachen zwei ihrer Fingernägel ab. Tränen schossen ihr in die Augen.

Als Tilda endlich zu Hause in ihrer Küche stand, zitterte sie so heftig, dass sie es nicht mal schaffte, eine Teepackung aus dem Küchenregal zu nehmen. Die Beutel fielen ihr entgegen. Es dauerte ewig, bis sie sie eingesammelt hatte und eine Tasse »Kraft für deine Seele« aufgießen konnte.

Eine Weile saß sie einfach nur da wie gelähmt, dann griff sie zum Telefon. Toni hatte sie in der Zeit ihrer Scheidung so oft mit seiner immer heiser klingenden Stimme und gutem Rat getröstet. Er würde es wieder tun.

OKE

Das Ledersofa hielt der Dauerbelastung nicht stand. Mittig sackte es bereits leicht ab. »Das schöne Sofa!«, sagte Inse in einem vorwurfsvollen Ton. Beide, Basislager und Ehefrau, schienen seit seiner Krankschreibung kurz vor einem Zusammenbruch zu stehen.

»Musst du die schönen Kissen so knautschen, dass die Pailletten abgehen?«, »Willst du schon wieder auf dem Sofa frühstücken?«, »Warum liegen schmutzige Socken in der Ritze?« Seine Antworten auf ihre gereizten Fragen lauteten: »Ja«, »Ja« und »Die sind nicht schmutzig!«

Im Stillen fragte er sich allerdings, ob es Inse lieber wäre, er würde sich seine Versorgungs- und Regenerationsstation im Schlafzimmer einrichten. Vorstellen konnte er sich dies allerdings auch nicht: Sie hasste doch Krümel im Bett!

»Du musst rausgehen und dich bewegen«, sagte seine Frau gefühlskalt und zog ihm die Heizdecke weg. Dann ging sie in die Küche und kam mit einem leeren Honigglas wieder. »Und wenn du schon unterwegs bist, kannst du mir gleich ein neues Glas von Tilda mitbringen! Dann könnt ihr zwei bekakeln, wann du die Bienen holst ...«

Schicksalsergeben warf Oke die Beine über den Couchrand und schrie vor Schmerz auf. Düvel ok ne!

Zwei Schmerztabletten und eine gute Stunde später empfing ihn emsiges Geklopfe unter Tildas Terrassendach. Ein halbes Dutzend Frauen und Männer zimmerten aus langen Brettern Särge. Interessiert begutachtete er Deckel, Böden und Seitenwände.

Die meisten hatten für ihre Särge die Standardgröße gewählt. Zwei Meter Länge mal ungefähr 65 Zentimeter Breite, mal 70 Zentimeter Höhe, schätzte er. In so eine kleine Kiste würde er im Leben nicht passen, im Tod aber auch nicht.

»Ja, so ist es fast richtig«, hörte er Tilda Schwan sagen. Sie beugte sich gerade zu einer Rentnerin mit violett schimmernder Dauerwelle hinunter, die sich mit einem Akkuschrauber abmühte. Die Kursleiterin musste seine Blicke gespürt haben, denn sie wandte sich zu ihm um und schien ein wenig zu erschrecken. Das gab ihm zu denken: Sie kannte ihn schließlich flüchtig durch Inse und so furchteinflößend sah er nun auch wieder nicht aus!

»Moin, ich brauche Honig. Für Inse«, fing er an.

Tilda Schwans Reaktion kam unerwartet. Sie begann zu stottern: »Äh, ja, nein, Mist! Ich weiß, äh, ich habe Inse letzte Woche schon Honig versprochen, aber …« Sie ließ den Satz in der Luft hängen, so als müsste sie dessen Ende erst suchen. »Jetzt im Moment kann ich gerade nicht mit Nachschub dienen«, sagte sie nervös und nahm der Dauergewellten den Akkuschrauber ab. »Ich muss mich um meine Kursteilnehmer kümmern.«

Eine Frau mit Kurzhaarfrisur und markanter Lücke zwischen den Schneidezähnen kam auf sie zu: »Da ihr gerade drüber sprecht: Ich will nachher auch ein Glas Golflese mitnehmen. Am besten zwei – mein Schwiegervater ist da so was von wild drauf!« Die Zahnlücke wurde nun durch ein breites Lächeln betont, das kurz darauf verschwand, weil Tilda nicht reagierte.

Oke beobachtete, wie Tilda Schwan der älteren Dame wortlos den Akkuschrauber wiedergab. Offenbar wusste sie selbst nicht mehr, was sie hier tat. Die violett gefärbte Dame blickte sie irritiert an.

Tilda Schwan wollte partout nicht über Honig sprechen. Sünnerbor. Zumal für eine Imkerin, die davon lebte, Honig zu verkaufen. Die Kurzhaarige mit der Zahnlücke ließ sich nicht so leicht abwimmeln. »Tilda, du hast mir schon letzte Woche versprochen, dass ich Honig bekomme!«

Tilda druckste herum: »Ja, klar, äh. Das weiß ich. Bloß im Moment ist es wirklich schwierig.«

Die Frau sah verärgert aus. »Soll das etwa heißen, du hast keinen Honig?«

Tilda schüttelte eine Spur zu heftig den Kopf, fand er. »Doch, natürlich. Ich muss heute Abend nur ein paar neue Gläser abfüllen. Bin in letzter Zeit gar nicht dazu gekommen.« Sie lachte ein helles Lachen, das in Okes Ohren übertrieben klang.

Bevor er noch ein weiteres Wort mit Tilda Schwan wechseln konnte, wurde er von hinten unsanft mit einem Sarg angestoßen. »Aua!«

»Entschuldigen Sie bitte vielmals. Das war keine Absicht.« Der Sargträger, der ihn angerempelt hatte, fühlte sich offensichtlich durch Okes Blick eingeschüchtert, denn er setzte zu einer längeren Erklärung an: »Ich muss hier lang, damit ich da drüben die Folie im Sarg festtackern kann. Verstehen Sie, das ist der Auslaufschutz ...«

Oke fragte sich, was der örtliche Bestatter davon hielt, dass Tilda Schwan ihm mit ihren Kursen Konkurrenz machte.

Es gab mehrere Bausätze: die mit den Griffen an den Seiten dienten offenbar als Erd-Särge. Die ohne Griffe kamen sicher nur für Feuerbestattungen infrage. Ziemlich geschäftstüchtig, diese Tilda. Wirklich sünnerbor, dass sie ihren Honig nicht verkaufen wollte, das vermutete er zumindest.

»Kann ich da mit den Kindern vielleicht was draufmalen?«, fragte eine Frau, an deren Rock ein circa dreijähriges Kind mit Schokomund hing.

»Kein Problem!«, antwortete Tilda. »Dahinten steht Fingerfarbe bereit.«

Die Kurzhaarige mit der Zahnlücke kreischte begeistert auf. »Au ja! Sargbemalung! Super Idee! Das will ich auch machen. Du, Tilda, und den Honig kriege ich dann aber bestimmt nächste Woche, okay?«

Oke stand unter dem Wellblechdach. Jeder hier wirkte

beschäftigt, niemand kümmerte sich um ihn. Er konnte Inse allerdings nicht damit kommen, dass es keinen Honig gab. Wenn sie sich einmal etwas in den hübschen Kopf gesetzt hatte, akzeptierte sie kein Nein. In keiner Beziehung. Ohne Frage würde sie ihn ohne Rücksicht auf seinen momentanen Gesundheitszustand sofort wieder aus dem Haus jagen, um woanders Honig zu holen. Deshalb entschied er sich, gleich zu dem alten Hippie an der Steilküste zu laufen. Friedhelm Hansemann hatte vermutlich schon geimkert, bevor Tilda Schwan ihren ersten Geburtstag gefeiert hatte.

Normalerweise dauerte es über den Möwenweg und durch den Kurpark nur ein paar Minuten Richtung Dünenweg und bis zur Steilküste. Oke brauchte in seinem Zustand eine Viertelstunde. Unterwegs überholte ihn die Meyersche mit ihrem Rollator.

»Ich habe sie wieder gesehen! Die Kerle mit den Taschenlampen! Unternehmen Sie endlich etwas, Herr Oltmanns! Die bringen uns noch alle um!«, rief sie ihm während eines waghalsigen Überholmanövers auf dem Gehweg zu, bei dem ihr Rollator seinen Hacken gefährlich nahe kam. Oke kam gar nicht dazu zu antworten. Dann drehte sie sich noch mal um: »Ach so, Herr Oltmanns, wann kann ich Miezi abholen?«

»Honig aus eigener Imkerei«, las er ein paar Minuten später auf einem kleinen Schild an Friedemanns gusseisernem Gartentor. Kaufwillige wurden mit einem selbstgebauten Wegweiser zu einem Anbau an der Garage geleitet, in dem sich der Verkaufsraum befand, wie Oke von früheren Besuchen wusste. Die Tür schien verschlossen zu sein.

Neugierig sah er in den Garten, der hauptsächlich aus einer Wildblumenwiese bestand. Überall leuchtete gelber Löwenzahn. Versuchsweise drückte Oke die Klinke der Gartenpforte hinunter. Das Tor ließ sich öffnen. Oke humpelte durchs knöchelhohe Gras, um an die Tür des Verkaufsschuppens zu klopfen. Diese hing ziemlich windschief in den Angeln. »Friedhelm?« Niemand antwortete.

Oke folgte einem ziegelsteinroten Weg. Immer tiefer drang er in das private Refugium des Imkers vor und stand plötzlich vor einer mannshohen Ligusterhecke. Dahinter hörte er ein Zischen und eine brüchige Männerstimme. »Du hast recht, Ylvie!«, drang Friedhelm Hansemanns Stimme an sein Ohr. Womit Ylvie recht hatte, erfuhr Oke nicht.

Hansemann hatte ihn durch ein Loch in der Hecke erspäht. Der alte Imker trug einen nicht mehr ganz weißen Imkeranzug. Die grauen Haare hatte er locker zum Zopf gebunden. Darüber trug er ein gelbes Bandana. In den Siebzigern hatte Hansemann die Hohwachter Friedensbewegung angeführt. An diesem Tag fuchtelte er heftig mit einem Gasbrenner umher: Der Imker ließ die Flamme aus der Düse über die innenliegenden Wände eines leeren Bienenkastens wandern.

»Moin, Friedhelm, ich dachte erst, du hättest Besuch«, begrüßte Oke den Alten.

Ohne von seinem Gasbrenner aufzusehen, antwortete Friedhelm Hansemann: »Nö.« Oke erinnerte sich, dass Hansemanns vor Jahren verstorbene Frau Ylvie geheißen hatte. Da ihm der Zugang für Gespräche mit Personen aus dem Jenseits fehlte, ließ er es auf sich beruhen.

»Was machst du da?«, fragte Oke stattdessen.

»Desinfizieren.« Mit einer vom jahrelangen Pfeiferauchen unsauber gewordenen Aussprache schilderte der Imker auf Nachfrage, dass in Kiel eine tödliche Bienenseuche ausgebrochen sei, die Amerikanische Faulbrut. Die Imker seien vom Verband dazu angehalten worden, verstärkt auf Hygiene zu achten.

Mit den Augen verfolgten beide den blauen Strahl aus dem Gasbrenner. Dort, wo die heiße Flamme auf das Holz traf, wurde die Fläche schwarz und ein süßlicher Geruch stieg auf. Oke fragte sich, wie Inse auf die Nachricht mit der Faulbrut reagieren würde. Wusste sie überhaupt, was mit der Imkerei alles auf sie zukam?

Bei dem Gedanken an Inse fiel ihm wieder ein, warum er hier war: »Kann ich bei dir Honig kaufen?« Friedhelm wackelte mit dem Kopf. »Nö. Ik hev all Honnig verköpt.« Seine Lippe hing beim Sprechen so weit herunter, dass Oke Mühe hatte, ihn zu verstehen. Ausverkauft! War das zu fassen?

Friedhelm drehte nun den Hahn des Gasbrenners ab, das Zischen hörte auf und eine Kohlmeise nutzte die plötzliche Stille für ein lautes Zi-zi-bä. »Und sonst?«, fragte der Imker.

Da er schon mal hier war, konnte er wenigstens seine Ermittlungen voranbringen. Oke hatte sich überlegt, dass es in Hohwacht einen Bienenhasser geben könnte. Vor nicht allzu langer Zeit hatten Unbekannte am Niederrhein Lack und Flüssigseife in Bienenbehausungen gekippt. »Weißt du von dem Feuer bei Kurt Tietjen?«, fragte Oke in seinem knurrigen Alltagston. Hansemanns betroffenes Gesicht sagte ihm, dass der Imker Bescheid wusste. Wie sollte es in Hohwacht auch anders sein?

»Hat sich an deinen Bienen mal jemand zu schaffen gemacht?«, wollte Oke wissen. Der Imker schüttelte den Kopf: »Nö.«

Oke fragte sich, ob Hansemann eventuell selbst als Feuerteufel infrage käme: »Zeig mal deine Sohlen.« Der Imker hob verwundert die Brauen. Doch Oke blieb dabei: »Een Schoh her!«

Hansemann hielt sich an der Hecke fest und winkelte dann ein Bein ab, sodass Oke die abgelaufene Sohle begutachten konnte. Kein Wabenmuster. Nicht, dass er ernsthaft damit gerechnet hatte, dass dieser friedliebende Methusalem etwas in die Luft sprengte. Aber sicher war sicher.

Friedhelm Hansemann schüttelte den Kopf über Okes vermeintlich seltsames Verhalten, griff sich einen Holzkasten und schleppte ihn mit federnden Knien zu einem Stapel weiterer, schon gereinigter Kästen.

Es sah nach schwerer Arbeit aus. Oke fragte sich, ob Inse überhaupt einen Bienenkasten anheben konnte. »Wat sinnierst du?« Friedhelm sah ihn fragend an.

»Hochtietsdag«, antwortete Oke mit vielsagendem Blick. »Inse wünscht sich Bienen.«

Friedhelm antwortete nicht, sondern winkte ihn tiefer in den Garten hinein: »Kiek mol.« Friedhelm ging mit unsicheren Schritten voran, nahm im Vorbeigehen einen Hut mit Schleier von einem verrosteten Nagel am Gartenhaus und hielt ihn Oke hin. Oke hob abwehrend die Hände: Hansemann glaubte doch wohl nicht ernsthaft, dass sich Hohwachts Kommissar verkleidete!

Der Imker führte Oke zu seinem Bienenstand, zog Pfeife und Feuerzeug hervor. Wenig später hatte er sie beide und die Bienenkästen in dicke Rauchschwaden gehüllt.

Friedhelm Hansemann öffnete den Deckel des ersten Bienenhauses und nahm die darunterliegende durchsichtige Plastikfolie ab. Oke vernahm ein lautes Summen. Es klang, als ob sich die Bienen über die Störung beschwerten. Er fragte sich, wie sie das Geräusch erzeugten. Wahrscheinlich mit ihren winzigen Flügeln.

Unbeeindruckt blies Hansemann weiter Rauch auf die Waben. Wie Oke später von ihm erfuhr, sollte der Rauch den Bienen weismachen, der Wald brenne. Dies brachte sie dazu, sich sofort ins Nest zu begeben, wo sie sich die Bäuche mit Honig vollschlugen, um für die Flucht gerüstet zu sein. Nur eine Biene deutete die Hansemannschen Rauchzeichen falsch: Statt zu verschwinden, schoss sie hervor und versenkte ihren Stachel knapp unterhalb Okes rechter Braue.

»Aua! Düvel ok!« Oke hielt sich die wild pochende Stelle. Mit wutverzerrtem Gesicht brüllte er den Imker an, als der an der Einstichstelle rumfummelte. Später erklärte ihm Hansemann, dass er nur den Stachel hatte entfernen wollen, weil dieser sonst weiter Gift pumpte. Woher hätte er das wissen sollen?

Er brüllte dann ein weiteres Mal, und zwar, als Hansemann ihm kaltes Wasser aus der Gießkanne über den Kopf goss und ein Schwall Wasser in seinen geöffneten Hemdkragen floss. Hansemann beschwichtigte ihn mit einer neuen Erklärung. Diesmal gab Hansemann an, die Markierung abwaschen zu wollen, die die Biene zusammen mit dem Stich an ihm hinterlassen hatte. Damit sich nicht noch ihre Schwestern auf ihn stürzten. Die Biester hielten offenbar zusammen.

Er befingerte sein Auge und fühlte eine Schwellung,

die sekündlich größer zu werden schien. »Imkern macht nicht schierer«, sagte Friedhelm Hansemann glucksend.

Er meinte es nicht bös' und bot ihm als Trostpflaster einen Sitzplatz auf der Terrasse und Kekse an. Oke beäugte das Gebäck. Es machte auf ihn den Eindruck, als hätte Ylvie es vor Jahren gebacken. Nach einem Bissen war er überzeugt, dass es sich so verhielt: Sein Schneidezahn fühlte sich locker an.

Am Gartentor schlug ihm der Alte kurz darauf zum Abschied auf den Unterarm. »Wat anners«, fing Friedhelm Hansemann noch mal an, inzwischen offenbar redselig geworden. »Die Polizei söcht een Wohnwagen-Deev ...« Im Fischhus habe er gehört, dass es sich um ein richtiges Luxusgefährt handle, das da vom Campingplatz Dünenwind am Hundestrand geklaut worden war. Ob es schon Neuigkeiten gebe?

Neuigkeiten zum Wohnwagen-Diebstahl in Hohwacht? Davon hörte Oke das erste Mal. Im Fischhus, dachte Oke perplex, weiß man offenbar mehr als der zuständige Kommissar. Dieser Gedanke versetzte ihm einen schmerzhaften Stich. Noch einen.

FRERK

Hinter dem Trecker wirbelten dichte Staubwolken auf. Während Barbie auf einem Grashalm kaute, als wäre sie ein Hase, beobachtete er, wie der Landwirt irgendein weißes Zeug aufs Feld aufbrachte. Er tippte auf Kalkstickstoff und fühlte, wie er sich in seinen Lungen festsetzte. Seine Kopfschmerzen wurden wieder stärker.

Die Europäische Union hatte Kalkstickstoff zwar als Düngemittel zugelassen, die Substanz konnte aber schädlich für Umwelt und Menschen sein. Frerk kannte sich damit aus, seit er für die Zeitung in Berlin einen Artikel darüber verfasst hatte.

Das Thema Kalkstickstoff zog unweigerlich die Beschäftigung mit Nitrat-Grenzwerten nach sich. Sogar das Bundesumweltministerium hatte eingeräumt, dass Babys Blausucht bekamen, wenn der Grenzwert überschritten wurde. Frerk hustete.

Das Nitrat, hieß es, könne durch Bakterien in Nitrit umgewandelt werden, das den Sauerstofftransport durch die roten Blutkörperchen störte. Laut Bundesinstitut für Risikobewertung konnte das sogar zur Erstickung führen. Auch diese Tatsache hatte er im Artikel erwähnt. Und was hatte es geändert? Nichts, sonst könnte er jetzt frei atmen. Frerk hustete wieder.

Kalkstickstoff, Nitrat, und wenn er erst daran dachte, wie viele Bauern gerade jetzt zur Vorbereitung auf die Saat Glyphosat ausbrachten, um die Felder unkrautfrei zu bekommen …

… was machte Barbie denn jetzt wieder? Entgeistert beobachtete er, wie die Mischlingshündin plötzlich über das Feld jagte: Sie verfolgte einen Storch, der sich am Rande des Ackers niedergelassen hatte. »Komm sofort zurück. Barbie!« Barbie lief weiter. »Barbie! Fuß!«

Nervös registrierte er, dass der Traktor direkt auf den Hund zusteuerte. »Barbie!« Er schrie, so laut er konnte.

Einen panischen Moment lang stellte sich Frerk vor, wie die zierliche Barbie von den monströsen Reifen des Treckers zermalmt würde. Vielleicht hatte es der Landwirt auf den Hund abgesehen? Weil er Hundekot auf seinem Feld leid war? Er wusste, dass viele Landwirte aus diesem Grund nicht gut auf Hundehalter zu sprechen waren. Angst schnürte ihm die Kehle zu, die Kopfschmerzen setzten ihm wieder stärker zu. Trotzdem rannte er durch die Staubwolke und über das gepflügte Feld. Seine Turnschuhe versanken in der aufgeworfenen Erde: »Barbie!« Seine Stimme gellte ihm in den Ohren: »B-a-r-b-i-e-!«

Plötzlich war der Traktor neben ihm. Die Reifen waren größer als er. Die Fahrertür flog auf und ein grobschlächtiger Kerl in gelben Gummistiefeln beugte sich zu ihm hinunter: »Nehmen Sie den Hund an die Leine, Mann!«, schrie der Fahrer gegen den Motorenlärm an. »Ich will den nicht unter meinen Reifen!«

Frerk verstand den Satz erst, als der Mann die Tür schon wieder zugeknallt hatte.

»Barbie!« Ob es an der Verzweiflung in seiner Stimme lag oder ob Barbie keine Lust mehr auf Storchenjagd hatte – endlich trabte die Hündin mit heraushängender Zunge und wehenden Ohren an. Liebevoll nahm er ihren

Kopf zwischen beide Hände und drückte ihr einen Kuss auf den harten Schädel. Erst jetzt merkte er, dass er weinte.

»Barbie!«

Der Bauer hatte ihr überhaupt nichts tun wollen. Aber das hatte er nicht wissen können, oder? Und dass er sie alle vergiftete mit seiner blöden Chemie, stand wohl außer Frage.

NIKITA

Ein Polizeiauto hielt vor der Schule, gerade als die Physikstunde mit Högeler begann. Er sah es durchs Fenster. Physik langweilte ihn. Lag ihm irgendwie nicht. Er kapierte nie, was der Högeler von ihm wollte. Und er dachte gleich, dass die Beamten wegen JP, Kay und ihm gekommen waren.

Nur mit großer Mühe konnte er sich auf den Unterricht konzentrieren. Die ganze Zeit hatte er Angst, dass jemand die Tür aufriss und er zur Rektorin bestellt wurde. Er fragte sich nicht das erste Mal, wie wahrscheinlich es war, dass die Förstersfrau ihn erkannt hatte. Ziemlich wahrscheinlich. Doch niemand kam, um ihn zu einer Vernehmung abzuholen.

Dafür lauerte ihm JP in der zweiten Pause hinter der Turnhalle auf. »Wem hast du was erzählt?«

Nikita schluckte und versuchte, cool zu bleiben: »Niemandem. Alles gechillt, Mann.«

JP wirkte alles andere als gechillt. »Und warum sind die Bullen dann hier?« Nikita gab sich ahnungslos, was ihm nicht sonderlich schwerfiel: Er hatte keinen Schimmer, was die Beamten in der Schule wollten.

Dass ein Polizeiauto vor der Schule parkte, war im Prinzip nichts Ungewöhnliches. Erst vergangene Woche waren Beamte gekommen, weil Ben Maximilian im Kunstunterricht eine Schere in die Hand gerammt hatte. Absichtlich. Daran erinnerte er nun JP, und der schien fürs Erste beruhigt zu sein. Fertig war JP mit ihm aber noch nicht. JP drückte ihn so hart gegen die Außenwand der Turnhalle, dass er kaum Luft bekam. »Meinst du, ich hab nicht gesehen, wo du den Böller hingeworfen hast, Loser? Jedenfalls nicht in den Bienenkasten!«

Glücklicherweise bog in diesem Augenblick die Sportlehrerin um die Ecke. Nikita konnte ihm den letzten Satz von den Lippen ablesen: »Wir sehen uns noch ...« Damit ließ JP ihn stehen.

In der Zeitung hatte er gesehen, dass die Feuerwehr einen großen Waldbrand verhindert hatte. Nicht, dass er regelmäßig Zeitung las. Aber das Bild von dem verwüsteten Bienenstand auf dem Küchentisch war ihm sofort ins Auge gesprungen.

Seitdem träumte er, dass Opas Haus in Flammen aufging. Der Traum kehrte wieder.

Als er in dieser Nacht hochschreckte, noch benommen von dem Albtraum, schlich er ins Bad, um sich kaltes Wasser ins Gesicht zu klatschen. Unten rumorte sein Vater. Jede Nacht rannte der durchs Haus. Voll krank.

So langsam machte er sich wirklich Sorgen um Frerk. Schon in Berlin hatte er nie mit ihm reden können. Frerk machte »hmm«, und Nikita wusste, er hatte wieder nicht zugehört, weil er gerade an »einer ganz schwierigen Geschichte« arbeitete oder eine »ganz wichtige E-Mail« las. Deshalb erschien es ihm damals in Ordnung, dass sein Vater viel trank und sich auf dem Balkon Joints baute. Er war kein kleines Kind, er wusste, dass sein Vater in Berlin unter Stress gestanden hatte. Aber in Hohwacht? Da überanstrengte Frerk sich doch nicht! Und trotzdem rauchte er weiter heimlich Gras, und im Keller türmten sich leere Weinflaschen.

Sein Vater durfte auf keinen Fall Wind von der Sache mit JP bekommen. Sonst würde er wieder rumschreien: »Wenn du so weitermachst, kommt dich das Jugendamt holen!« So wie letzten Winter, als er zusammen mit Leif einen von Frerks Joints durchgezogen hatte. Frerk war fast durchgedreht deswegen.

Nikita fuhr sich mit den nassen Fingern durch den Pony. Er trug die Haare jetzt länger als in Berlin und der Pony hing ihm ständig in die Augen. An Berlin vermisste er bis auf seine Freundin Alex fast nichts. Und hier hatte er, abgesehen von dem Ärger mit JP, wenigstens Bienen.

Nach der Schule wollte er auf dem Dach eine Wassertränke aufstellen. Dort oben knallte die Sonne mittags schon ziemlich stark. Von Opa wusste er, dass Bienen ihr Zuhause klimatisierten. Bei Hitze holten sie mit ihrer

Honigblase Wassertropfen aus Pfützen und Teichen und würgten diese im Stock wieder aus.

Er würde dann auch ein Selfie vor den Bienenkästen machen und einen Snap rumschicken. Nikita hoffte, dass Alex antworten würde.

Sie war keine von den Basic Bitches mit Assi-Sticker am Knöchel. Sie war ganz anders, spielte Geige und so. Bei dem Gedanken an Alex' goldene Locken lächelte er dümmlich in den Spiegel. Was zum Teufel machte er hier so lange im Bad? Wieso legte er sich nicht einfach wieder hin?

Als er in seinem Zimmer aufs Handy schaute, sah er, dass er sowieso aufstehen musste. Genervt zog er seine Jeans unter dem Bett hervor. Irgendwo dort hinter der leeren Chipstüte musste auch sein T-Shirt sein. Es hatte nur einen winzigen Fleck. Das konnte er noch mal anziehen.

Falls Alex nach Hohwacht kam, könnten sie mit Barbie am Hundestrand spielen. Vielleicht hätte sie Lust, mit ihm zum Leuchtturm Neuland in Behrensdorf zu radeln, oder sie könnten sich in der Tauchschule anmelden. Na gut, die Tauchschule war eventuell zu teuer. Aber sie konnten ja auf eigene Faust schnorcheln.

Die Sommerferien ließen auf sich warten. Er würde noch gefühlt 100-mal so wie jetzt im Morgengrauen zur Schule fahren müssen.

Er konnte kaum die Hand vor Augen sehen, als er sich mit dem Rad auf den Weg machte. Sein Vorderlicht leuchtete nur einen Ausschnitt des Feldwegs aus. Nieselregen legte sich wie ein nasses Handtuch auf seine Haut.

Nikita stellte den nächsthöheren Gang ein. Es knackte, als die Kette übersetzte. Dann schnurrte das Rad weiter. Als hätte es ein Eigenleben und wüsste den Weg.

Dabei fuhr er nicht auf dem »offiziellen« Schulweg, sondern auf einem der vielen Landwirtschaftswege. Rechts und links ragten die Stummel abgehackter Maisstängel aus dem Boden. In der Ferne sah er die Lichter eines Traktors.

Nikita kam an dem abgeranzten Stall vorbei. Durch die Aussparungen in der Mauer sah er Kühe. Sie standen in Gitterboxen und fraßen Stroh. Im Wohnhaus des Landwirts, keine 500 Meter entfernt, brannte Licht. Nikita stellte sich vor, wie der Bauer und seine Familie gemeinsam um den Tisch saßen.

Er selbst hatte am Morgen keinen Bissen von dem labbrigen Toast runtergekriegt, den er im Küchenschrank gefunden hatte, aber langsam musste er mal Kalorien tanken. Außerdem fror er erbärmlich in seiner dünnen Jeansjacke.

Um warm zu werden, trat er kräftiger in die Pedale und hauchte auf seine abgefrorenen Finger. Ein Zweig peitschte ihm ins Gesicht und sein Lenker schlug aus. Alter Lachs! Fast hätte er sich langgemacht.

Seine Nase brannte. Probehalber wischte er mit dem Handrücken drüber: »Kein Blut«, murmelte Nikita. Im nächsten Augenblick flog er über den Lenker und alles um ihn herum wurde schwarz. Das Nächste, was ihm in den Sinn kam, war der dumpfe Schmerz in seinem Ellbogen.

Langsam hob er den Kopf: Sein Rad lag ein paar Meter von ihm entfernt, das Vorderrad drehte sich noch. Hoffentlich war die alte Alugurke nicht Schrott. Er kapierte nicht, was hier gerade passiert war.

Nachdem er sich hochgehievt hatte, boah, tat ihm der Arm weh, entdeckte er einen dünnen Metalldraht: Jemand hatte ihn straff über den Feldweg gespannt. Wer machte so was? Ehrenlos!

Vorsichtig befühlte er den stechenden Ellbogen und betrachtete nachdenklich den Draht. Es könnte eine Absperrung sein. Aber für wen? Hier kam doch keiner lang. Außer dem Bauern. In der Nähe gab es einen Hochsitz, fiel ihm ein. Jetzt raffte er es: Er hatte in die Falle gehen sollen! Die Försterfrau hatte ihn erkannt, und jetzt wollte die Alte Rache für die toten Bienen.

OKE

Als es klingelte, war Inse noch nicht zurück. Sie wollte ihm nach der Arbeit in der Fewo-Agentur eine Salbe für den Bienenstich besorgen, nachdem er sich geweigert hatte, sich von ihr mit einer Zwiebel belegen zu lassen. Er war doch kein Hackepeter-Brötchen!

Stöhnend schleppte er sich zur Eingangstür. Postbote Holger Holtermann wartete mit Paket und Stift zum Unterschreiben. Als er Okes verschwollenes Gesicht sah, zuckte er zusammen. »Oha, Oschi! Hast'n paar Rabauken verhaftet? Tja, ich sage ja immer: Augen auf bei der Berufswahl!« Holger lachte über seinen eigenen Scherz. Aber nur, bis er in Okes noch offenes Auge sah, danach verabschiedete er sich hastig.

Wenig begeistert kratzte sich Oke mit der Ecke des Pakets am Auge, um die Ware dann auszupacken. Ob er das Refraktometer umtauschen konnte? Er überlegte, was er auf den Retourenschein schreiben sollte: »Hobby gefällt nicht mehr« vielleicht.

Kaum hatte er sich erneut auf dem Sofa niedergelassen, die Heizdecke umgewickelt und den Kältebeutel gegen den Stich gedrückt, läutete es wieder. Dammi noch mal to! Oke humpelte zur Haustür. »Leck mich en der Täsch. Der Chef ist zu Hause.« Vincent Gott stand neben der Schale mit gelben Tulpen und Oke hätte nicht sagen können, wer mehr strahlte: Gott oder die Primeln.

»Wo soll ich sonst sein? In der Marzipanstadt Lübeck? Gott – ich bin krankgeschrieben!«

Gott wirkte zerknirscht. »Hätt Ihre Inse Ihnen eine jetitsch?« Als Oke »Ne« knurrte, fragte er bittend: »Kann ich erenkumme?« Oke musste einen Augenblick überlegen, bis ihm klar war, dass der Kollege reinkommen wollte.

Gott stand sowieso schon halb im Flur, da konnte er ihn auch ins Wohnzimmer lassen.

Der Kollege schielte unentwegt zu der türkisblauen Muranoglas-Schale aus dem vorletzten Italien-Urlaub. Inse hatte sie für ihn mit Schokoeiern befüllt. »Bei Schokelad sag' ich nit nä ...«, gab Gott zu verstehen.

Weil er froh war, nicht gänzlich bei den Kollegen abgeschrieben zu sein, und auch, um Inse zu beweisen, dass die Bezeichnung »Bullerjan« auf ihn nicht zutraf, bot Oke dem Kollegen ein Schokoei an. Obwohl er es eigentlich nicht leiden konnte, wenn ihm unangemeldete Gäste die von Inse streng rationierten Süßigkeiten wegfraßen.

Während Oke die Kompresse erneut nutzte, um sich damit ausgiebig am Auge zu scheuern, wickelte Gott im Stehen bereits das zweite Schokoladenei aus. »Ich han Neuigkeite!« Gott rollte das Papier zwischen Daumen- und Mittelfinger zu einer winzigen Kugel.

»Ein Campingwagen wurde gestohlen«, platzte Oke schlechtgelaunt heraus.

Gott wirkte ehrlich überrascht: »Woher wesst Ehr dat?«

Er habe seine Quellen, ließ Oke rüde verlauten. Das Kühlpaket war nur noch lauwarm und Oke fühlte sich – auch angesichts der leerer werdenden Schale und des nur schwer verständlichen Dialekts – reizbarer als ein australisches Leistenkrokodil. Die bösen Blicke schien der Kölner aber zu verstehen. Immerhin behielt er nun die Finger bei sich.

Oke interessierte eher, ob es Neuigkeiten zum Feuer am Bienenstand gab. Aber Gott winkte ab. Die Ermittlungen lägen auf Eis, er habe stattdessen die Wohnwagen-Sache übernehmen sollen. Hallbohm meinte, es habe sich bei der Bienenattacke um einen Dummejungenstreich gehandelt. Das ärgerte Oke nun wieder. Er hätte Tietjen gern irgendwas nachgewiesen. Versicherungsbetrug zum Beispiel.

»Et kütt wie et kütt«, sagte Gott. Es kam, wie es kam. Und das musste er wohl so hinnehmen, auch wenn es ihn wurmte.

Gott berichtete dann alles über den neuen Fall. Dass er zwar selbst noch nicht vor Ort gewesen sei, aber den Bericht eines Kollegen gelesen habe. Demnach habe der Campingwagen den Winter über auf dem Platz am Hundestrand gestanden – bis Unbekannte das Deichselschloss geknackt hatten.

»Gab es Zeugen?«, fragte Oke.

Gott schaute in sein Memo im Handy und bedauerte. Es seien aktuell nur acht Camper zu Gast auf dem Platz. Die meisten Stellplätze seien leer oder würden von Dauercampern genutzt, die ihre Wohnwagen den Winter über auf dem Platz am Hundestrand abgestellt hatten und selbst nur in den Ferien kämen. Gott seufzte. »Was?«, schnauzte Oke. Wenn einer Grund zum Seufzen hatte, dann ja wohl er. Gott gestand ihm, dass er immer davon geträumt hatte, morgens aufzuwachen und aufs Meer zu schauen. Er würde zu gern mal campen. Das müsse ein unbeschreibliches Jeföhl sein. Jetzt seufzte Oke. Er hatte es nicht so mit der Gefühlsduselei.

Gott riss sich zusammen und scrollte weiter übers Display. Ein Urlauber habe in der fraglichen Nacht etwas gehört, las er aus dem Protokoll des Kollegen vor. Der Mann sei gegen drei Uhr morgens durch Motorenlärm geweckt worden. Der Urlauber, Horst Wieczorek hieß er, habe sich noch gewundert, warum einer mitten in der Nacht den Campingplatz verließ. »Der Hors Wieczorek hät jedaach, dat et Ärger wäje däm Klo jov.« Oke ließ den Kollegen den letzten Satz übersetzen: »Der Horst Wieczorek hat gedacht, dass es Ärger wegen dem Klo gab«, wiederholte Gott langsam auf Hochdeutsch. Ging doch.

Dann stutzte Oke: Horst Wieczorek kannte er. Das war

dieser nervige Feriengast, der im vergangenen Jahr eine Leiche im Hafenbecken entdeckt hatte. Manche Leute zogen das Unglück aber auch magisch an. Wieczorek schien so jemand zu sein.

Die zweite Sache, die ihn wunderte: »Was gibt es für Ärger mit den Toiletten?«

Gott sah ihn ratlos an: »Wat weiß ich! Op Campingplätz sin de Klos dreckelich«, tippte der Kölner. Dreckige Toiletten ...

Er würde sich selbst mit den Örtlichkeiten vertraut machen müssen. Oke konnte sich dennoch nur schwer vorstellen, dass Camper wegen des Zustands der Sanitäranlagen mitten in der Nacht abreisten.

Gott mopste sich ein weiteres Schokoei: »Ich kann nit anders bei Schokelad«, entschuldigte er sich. »Ich weede zor ›diebischen Elster‹.« Oke konnte das Verlangen des Kollegen nach Schokolade zwar nachvollziehen, aber nicht gutheißen. Er mochte die Schokoeier selbst sehr gern. Seine Blicke sprachen offensichtlich Bände.

Gott schluckte hastig und las dann aus seinem Memo vor, in dem er weitere Wohnwagen-Diebstähle im Raum Ostholstein vermerkt hatte. Danach griff er wie hypnotisiert wieder in die Schale.

»Verdammig!«, brüllte Oke und Gott sah ihn zerknirscht an.

»Sorry, Herr Oltmanns, ich ben süchtig noh Schokelad ...«

Oke fühlte sich mit einem Mal putzmunter. »Warum haben Sie das nicht gleich gesagt?«

Gott starrte ihn irritiert an: »Han isch!«

»Ich meinte, dass es weitere Diebstähle gab!« Nachdem das Missverständnis geklärt war, schaltete Oke wieder in den Dienstmodus: Er dachte an den Anrufer, der die gestohlenen Nummernschilder gemeldet hatte. Normalerweise hätte er sich längst darum gekümmert. Das hing sicher zusammen: Wer Wohnwagen entwendete, brauchte neue Nummernschilder! Er ließ die Kompresse auf den Schoß sinken: Die Täter – es mussten mehrere sein – würden erneut zuschlagen.

»Auf dem Platz am Hundestrand gibt es Dauercamper«, überlegte Oke, »die wenigsten dieser Caravans dürften schon bewohnt sein. Fragen Sie Wieczorek noch mal, was ihm sonst so aufgefallen ist«, schlug Oke vor.

Dann fiel ihm etwas Besseres ein: »Oder Sie gehen ein paar Tage campen. Inkognito.« Gott löste langsam den Blick von der fast leeren Muranoglas-Schale. »Ich soll campe?«

GOTT

Gern hätte er einen Freudentanz aufgeführt, ließ es dann aber bleiben. Im Norden fehlte es an Verständnis für derartige Gefühlsbekundungen. Die meisten Nordlichter hatten bisher jedenfalls eher verstört auf seine Tanzeinlagen reagiert. Auch Spontan-Schunkel-Versuche und Überraschungs-Bonbon-Regen waren auf der Wache in Lütjenburg nicht wirklich gut angekommen.

Gott blinzelte die Glückstränen weg. »Ich soll campe«, flüsterte er selig. Campen wor Freiheit, Campen wor Therapie! »Morjens wach weede ...«, seufzte er wohlig, »de Osssee aanluure ...«

Christian Morgenstern kam ihm in den Sinn:

Herrlich schäumende Salzflut
im Morgenlicht,
die tiefen Bläuen
in weißen Stürzen auskämmend,
hin
über grünere Seichten
zur Küste stürmend –
aus-rollend dich nun,
die Felsen hochauf umleuchtend!

Im Taumel der Glücksgefühle war ihm gerade noch rechtzeitig eingefallen, dass er keine Campingausrüstung besaß. Der Kollege hatte daraufhin angeboten, ihm sein Zelt zu leihen. Er holte es eben aus dem Keller. Nett für einen bärbeißigen Typen, wie Oltmanns einer war.

Okes Gesichtshaut wirkte von Natur aus rötlich, aber nach dem Gang in den Keller hatte sie die Farbe eines Hummers, den man aus dem kochenden Wasser zog. Dazu kam das zugeschwollene Auge. Gott dachte unwillkürlich an einen Oger, dem die Gegner im Kampf übel zugesetzt hatten.

Der Oger stützte sich am Türrahmen ab und hielt ihm japsend eine Rolle entgegen: »Wollen Sie mir das nicht abnehmen?«

Als der Hohwachter Kollege von Campingplatz-Überwachung im eigenen Zelt gesprochen hatte, hatte Gott an ein innovatives Quick-Up-System gedacht, Aufbau in 60 Sekunden. Nicht an ein Pfadfinder-Zelt in Orange-Braun aus den Siebzigern. Da konnte er sich für die Observation auch gleich noch eine Schlaghose besorgen.

Um das alte Ding aufzubauen, würde er mit Sicherheit Stunden brauchen. Vermutlich würde er in diesem Zelt nicht mal stehen können. Trotzdem streckte er lächelnd die Hand nach der Zeltrolle aus. Ein Rheinländer sagte ungern Nein.

Der matschäugige Oger rang noch immer nach Luft. Der Kerl war wirklich fett. Sein Kollege hielt ihm jetzt eine Tüte hin: »Die Heringe«, schnaufte Oke Oltmanns.

Der Campingplatz Dünenwind am Sehlendorfer Strand lag auf der einen Seite in der Nähe des Hundestrands und grenzte auf der anderen Seite fast an die Bundesstraße 202 in Blekendorf. Hauptsächlich bestand der Platz aus übersichtlichen Rasengitter-Stellplätzen und ordentlich gestutzten Hecken. Auf jedem der Plätze ragten Versorgungsleitungen aus dem Boden.

Die meisten Plätze waren um diese Zeit leer. Ein Bereich in der Nähe der Bundesstraße schien für die Dauercamper reserviert zu sein: Hier standen Wohnwagen, die über die Wintermonate Grünspan angesetzt hatten.

Eine leere Wagenburg. Gotts Blick fiel auf zugezogene Gardinen und ein Fahrrad, das jemand an einen Zaun gekettet und vielleicht dort vergessen hatte.

Gott hatte Okes altes Zelt geschultert und suchte seinen reservierten Platz. Er lief an der Ausschilderung des Biergartens vorbei. Unter einen Arm hatte er sich seine 1.-FC-Köln-Wolldecke geklemmt, nachts wurde es empfindlich kalt, und mit der anderen Hand zog er einen schweren Rollkoffer über den Weg hinter sich her. Man wusste nie, welche Kleidung bei solchen Einsätzen gefragt war. Und natürlich hatte er sich ein Fernglas mit Aufzeichnung besorgt.

Er kam jetzt zu den Plätzen, die am dichtesten am Wasser lagen. Gras wucherte durch die betonfarbigen Rasengittersteine. Als er hochsah, erhaschte er zwischen zwei Wohnwagen einen Blick auf die vollkommen blank daliegende Ostsee. Die Sonne spiegelte sich auf der Wasseroberfläche. Gott hielt einen Moment inne, konnte seinen Dusel kaum fassen: hier am Meer zu sein!

Und wieder Morgenstern:

Es war ein solcher Vormittag,
wo man die Fische singen hörte;
kein Lüftchen lief, kein Stimmchen störte,
kein Wellchen wölbte sich zum Schlag.

Nur sie, die Fische, brachen leis
der weit und breiten Stille Siegel
und sangen millionenweis'
dicht unter dem durchsonnten Spiegel.

Da er gerade mit dem Gesang der Fische beschäftigt war, zuckte er erschrocken zusammen, als zwei kleine Mädchen in bunten Sommerkleidchen um die Ecke bogen und schief »In der Weihnachtsbäckerei, gibt es manche Leckerei …« schmetterten.

Platzwart Timme Ahlers hatte ihn in die grobe Richtung »Meer« geschickt. Gott hätte ihn gern unauffällig zum Diebstahl befragt, doch der Platzwart schien es sehr eilig zu haben wegzukommen. Gut, er würde die Befragung nachholen. »Et kütt wie et kütt …«, murmelte er vor sich hin.

Gotts reservierter Platz lag, wie sich herausstellte, zufällig neben dem des Zeugen Horst Wieczorek. Dieser besaß einen beigefarbenen Hymer mit einem großen roten Palmenaufkleber. Unter dem Vorzelt auf einem Campingstuhl saß eine Frau, die wortlos Pommes frites in sich hineinstopfte. »Gesprächig wird sie nur bei Columbo«, erklärte Wieczorek.

»Wir haben zwei VHS-Kassetten mit: ›Der Tote in der Heizdecke‹ und ›Tödliche Schüsse auf dem Anrufbeantworter‹. Vielleicht kommen Sie heute Abend rüber?«

Gott verriet Wieczorek, dass er dienstlich auf dem Platz sei, aber mal sehen werde, wie der Abend verlaufe. »Ah ja«, sagte Wieczorek, sichtlich erfreut, hautnah polizeiliche Ermittlungen mitzuerleben. »Dann zeige ich Ihnen hier gleich alles. Wir sind ja schon länger da, meine Frau und ich. Zur Eingewöhnung gestatten Sie ein paar Hinweise ...« Wer war dieser Wieczorek? Ein Ersatz-Platzwart?

»Verzeihung, dass ich das so direkt anspreche«, legte Wieczorek los, »aber ich hoffe, Sie sind kein Wildpinkler ... Ich sage so was lieber immer direkt und sofort. Nur das hilft.«

Gott spürte einen abschätzenden Blick über seinen Kaschmir-Pullover wandern – bis hinunter zu den Lederschuhen. Als könnte Wieczorek mittels Röntgenblicks herausfinden, ob sein neuer Platznachbar dazu neigte, den Sanitäranlagen fernzubleiben und nach dem Zähneputzen noch heimlich Schaum in fremde Hecken zu spucken.

»Dat maache ich nit«, beteuerte er.

»Ich kann Ihnen natürlich nichts verbieten, was läge mir ferner!«, sagte Wieczorek jovial. »Aber falls, und ich sage falls, also falls Sie im Laufe Ihrer Ermittlungen ein Schäferstündchen planen, bedenken Sie bitte: Zeltwände sind dünn ...«

Es et jot, dachte Gott. Obwohl ihm klar war, dass Wieczorek bestimmt noch einen »Hinweis« für ihn hatte. »Gettoblaster sind hier verboten. Das muss ich Ihnen vermutlich nicht sagen? Aber um ehrlich zu sein, auch mit einem Kofferradio hätten meine Frau und ich so unsere Probleme ... oder, Schatz?« Schatz stopfte zwar gerade weitere Pommes nach, nickte aber energisch.

Gott versprach, sich zu benehmen. »Mer muss et nemme wie et kütt«, sagte sich Gott, während er begann, das Zelt aufzubauen. Da er zu wenige Heringe hatte, stand es am Ende schief.

Schließlich siegte seine rheinische Frohnatur und er lud sich Stimmungsmusik aufs Handy.

Campen wor Freiheit! Und heute Abend würden hier vielleicht doch die Löcher aus dem Käse fliegen! Gleich nach »Der Tote in der Heizdecke«.

MARIA

Sie liebte Spaziergänge im Wald, zumal am frühen Morgen. Übermütig wippte Maria Müller in ihren Sneakern ein wenig auf dem weichen Moos auf und ab und strich anschließend mit den Fingerkuppen über die glatte, harte Rinde einer Buche. Hohwacht war so vielseitig. Im Sommer zog es sie ans Meer, aber im Frühling lockten sie die weiten Wiesen, Wälder und blühenden Rapsfelder zu Spaziergängen in die Natur.

Johann-Magnus hatte die Idee gehabt, gleich morgens durch den Wald zum Hochstand zu wandern und, wenn möglich, Tierfotos zu schießen, um diese später in der Badehütte abzumalen. Die Idee war ihm nach ihrem gemeinsamen Besuch einer privaten Kunstausstellung mit

Bildern von Wildporträtisten gekommen. »Das Motiv des Brunfthirsches am Hang stammt aus der Spätromantik«, hatte ihr Gastgeber doziert, ein 80-Jähriger mit Einstecktuch und Uhrenkette. »Der akademische Einfluss sorgte dafür, dass aus dieser Richtung ausgesprochene Tiermaler hervorgingen. Christian Kröner zum Beispiel.« Von einem Maler Kröner hatte sie bis dato nie gehört, obwohl sie sich wie Johann-Magnus für Kunst interessierte. Der Strandkorbvermieter, mit dem sie nun fast ein Jahr liiert war, war ein begnadeter Kunstmaler. Sie war gespannt, ob sie an diesem Morgen überhaupt ein Tier zu Gesicht bekommen würden.

Plötzlich hallten dumpfe Schläge durch den Wald. Tack, tack, tack. Filou begann zu knurren, doch sie konnte vor lauter Ästen, Zweigen und Blättern nichts sehen. Ängstlich ergriff sie Johann-Magnus' Hand. »Was ist das?« Er zog die Mundwinkel nach unten, was bedeutete, dass er es auch nicht wusste. Da war es wieder. Tack, tack, tack. Und wieder!

Je weiter sie gingen, desto lauter wurden die Schläge. Der Yorkshireterrier knurrte lauter. »Tack, tack, tack«, hallte es durch den Wald. Und dann sah sie hinter einem Gebüsch den Zipfel eines fleckigen Parkas. Kurz darauf wurde die ganze Person sichtbar. Der Mann schlug mit einem Stock auf einen Baum ein. Ein Verrückter! Maria blieb abrupt stehen und quetschte Johann-Magnus vor lauter Angst die Finger. Sie bemerkte es erst, als er leise jammerte.

In diesem Augenblick drehte ihnen der Mann den Kopf zu und Filou preschte kläffend los – die Leine reichte fast bis zu den Füßen des Fremden. Dieser hob den Stock über den Kopf. Maria kreischte: »Lassen Sie meinen Hund!«

Sie standen sich gegenüber, Maria betrachtete den Mann argwöhnisch. Keiner von ihnen bewegte sich.

Johann-Magnus setzte ein entwaffnendes Lächeln auf. »Wir beißen nicht!«, versuchte er, die Situation zu retten.

Der Mann kniff die Augen zusammen. Krampfhaft hielt er seinen Stock fest, als rechnete er damit, jeden Augenblick doch noch zuschlagen zu müssen: »Sie vielleicht nicht, aber was ist mit dem Hund?« Seine Stimme klang aggressiv.

Johann-Magnus hob Filou hoch: »So – Gefahr gebannt.« Er lächelte weiterhin. »Wir wollen heute zum Hochstand, und was machen Sie hier?« Er deutete auf den Stock und den Baum.

Ihr Gegenüber schien sich zu entspannen. »Ich suche Käfer«, antwortete es.

»Oh, interessant!«, rief Johann-Magnus aus. Maria wäre gern weitergegangen, aber Johann-Magnus stellte sie beide vor und sie erfuhren, dass Fritjof Bäder Käferkundler aus Hagen im Bremischen war.

Nach der Vorstellungsrunde regelrecht zutraulich geworden, präsentierte Bäder ihnen sein Klopftuch. »Ich klopfe auf den Ast und halte das Tuch darunter. Normalerweise sollte es voller Käfer sein. Aber es gibt hier kaum welche.«

Sechs Augenpaare starrten auf das Leinentuch: »Leer«, bestätigte Johann-Magnus. Der Käferkundler knüllte das Tuch zusammen und warf es in eine Plastikbox.

Dann führte er sie ein paar Schritte weiter, zu einer Art Nistkasten aus Plexiglas, der in einem Baum hing: »Eine meiner Hängefallen für flugaktive Insekten.«

Auf Zehenspitzen versuchte Maria, die Hängefalle zu inspizieren, konnte aber wenig erkennen: »Und wie funktioniert die?«

Bäder freute sich offensichtlich über ihr Interesse. »In der Fangflasche befindet sich ein Lockstoff«, erklärte er und hielt ihr die Falle dicht vors Gesicht.

»Die sind ja alle tot!«, rief Maria beim Anblick einiger lebloser Insekten hinter der Plexiglasscheibe aus.

Fritjof Bäder schaute sie kühl an. »Würden sie leben, könnte ich sie nicht so leicht bestimmen.«

Seine unergründlichen graugrünen Augen ließen sie frösteln. Maria fasste Johann-Magnus am Arm, um ihn wegzuziehen, aber er spürte offenbar nicht ihr Unwohlsein und stellte eine weitere Frage: »Haben Sie schon außergewöhnliche Käfer gefunden?«

Fritjof Bäder machte plötzlich einen niedergeschlagenen Eindruck. »Wir sind in Schleswig-Holstein«, meinte er, als wäre damit alles gesagt.

»Und was bedeutet das?«, fragte Johann-Magnus. »Na, dass bei dem Wind die ganzen Herbizide, Fungizide und Insektizide in der Gegend verteilt werden – da ist nicht mehr viel mit Artenvielfalt.«

Was er sagte, stimmte sie nachdenklich. Die Käfer verschwanden also auch? Und sie hatte das nicht mal bemerkt. Alle Welt redete über Bienen, über Käfer sprach niemand.

Tack, tack. Bäder hatte ohne Vorwarnung den Stock wieder erhoben und traktierte den nächsten Ast. Zwischen den Schlägen sprach er vor sich hin: »Und ich habe mich noch bei diesem Umweltzerstörer eingemietet!«

Johann-Magnus fragte neugierig: »Bei wem?«

Der Käferkundler drosch weiter auf den Baum ein, als er antwortete: »Gunnar Peters.«

Johann-Magnus zog die Augenbrauen hoch: »Gunnar Peters? Der Landwirt? Der ist doch kein Umweltzerstörer!« Ihr Verlobter klang entrüstet. Maria war klar, dass er nie etwas auf die Dorfbewohner kommen lassen würde. Schon gar nicht von einem, der nicht aus der Gegend stammte.

»Peters hat hier großzügig Glyphosat verteilt!«, widersprach Bäder.

Johann-Magnus' Nachfrage kam wie aus der Pistole geschossen: »Woher wollen Sie das wissen?«

Bäder ließ den Knüppel sinken und zeigte in Richtung Süden: »Hab's am Löwenzahn am Feldrand erkannt. Der war komplett hinüber.«

Er haute wieder auf den Ast: »Und wenn die Bienen an den Löwenzahn gehen, werden sie sterben!«, sagte er. Johann-Magnus schwieg betroffen und Bäder ergänzte, offenbar befriedigt, recht gehabt zu haben: »Und nur mal so nebenbei: Löwenzahn ist im Frühjahr eine wichtige Nahrungsquelle für Bienen.«

»Warum sterben sie?«, fragte Johann-Magnus nach.

Bäder ließ seinen Knüppel für einen Augenblick sinken. »Glyphosat schwächt ihr Immunsystem.«

Als Johann-Magnus zu einer weiteren Frage ansetzen wollte, krallte Maria ihre Fingernägel in seinen Unterarm. Sie sah zu ihm hoch und fragte: »Wollten wir nicht picknicken?«

Noch eine Weile, nachdem sie sich verabschiedet hatten, hörten sie Bäders »Tack, tack, tack« durch den Wald hallen. »Seltsamer Kauz, oder?«, erkundigte sich Maria.

Johann-Magnus legte den Kopf zur Seite. »Tja, was soll ich sagen? Er hat recht, es stimmt sicher, dass Glyphosat zum Artensterben beiträgt. Man hat ja viel drüber gelesen, dass es für das Bienensterben mitverantwortlich sein soll – und wenn er jetzt hier nicht mal mehr Käfer findet ...«

Maria wusste nicht, was sie erwidern sollte. Deshalb ging sie eine Zeitlang schweigend neben ihm her. Der Weg wurde zunehmend beschwerlich: Immer wieder mussten sie mit langen Ausfallschritten über hohe Baumwurzeln steigen oder ausladende Sträucher umrunden. »Wie weit ist es noch bis zum Hochstand?«

»Nicht weit«, antwortete ihr Verlobter, noch immer etwas abwesend. Sie wusste, dass er die Natur liebte. Möglicherweise sogar mehr als die Leute aus dem früheren Fischerdorf, in dem er geboren war.

Mit einem Mal stürmte Filou los und riss ihr die Leine aus der Hand. Sie sah dem Lederriemen nach, wie er über das Moos schlingerte.

Maria entschied sich gegen ein Wettrennen mit dem Yorkshireterrier. »Läuft er wenigstens in die richtige Richtung?«, fragte sie ihren Begleiter genervt.

Johann-Magnus schien nun fertig mit Grübeln und fast wieder der Alte zu sein. Verschmitzt bestätigte er: »Ja, wahrscheinlich riecht er schon den Wildbraten.«

Filou lief vor ihnen her. Sie sahen, wie er Heidelbeersträucher zum Zittern brachte, als er durchs Unterholz peste. Kurze Zeit später lichtete sich der Wald und sie traten auf einen sonnenbeschienenen Feldweg. »Was haben wir für ein Glück mit dem Wetter«, hatte sie sagen wollen, verstummte aber bereits nach »Glück«: Einige Meter entfernt lag etwas Großes auf dem sandigen Boden, etwas, was ihr trotz der wärmenden Sonnenstrahlen eine Gänsehaut bereitete.

Jäh begriff sie, dass sie nicht mehr zum Hochstand kommen würden. Auf dem Weg lag eine Gestalt. Es war ein Mann. Er musste vom Moped gestürzt sein: Sie erblickte das Fahrzeug ein paar Meter entfernt. Als Maria näher kam, fiel ihr die seltsam verdrehte Haltung des Mannes auf. Aus einer Wunde am Kopf lief Blut seitlich an der Schläfe herab. Im Sand hatte sich eine Lache gebildet, bräunlich und an den Rändern etwas eingetrocknet.

»Filou!«, schrie sie entsetzt, als er begeistert am Hosenbein des Mannes schnüffelte. Johann-Magnus war schneller als sie bei dem Unfallopfer. Überrascht rief er: »Das ist Kurt Tietjen! Um Himmels willen!« Er packte den aufgeregten Terrier, drückte ihn ihr in die Arme und kniete sich dann neben den Mann.

Dieser Tietjen lebte vermutlich nicht mehr. Die Erkenntnis traf sie brüsk. »Ist er tot?«, flüsterte sie und hoffte inständig, dass Johann-Magnus »Nein« sagen würde. Doch ihr Verlobter reagierte nicht auf die Frage.

»Kurt? Kannst du mich hören, Kurt?« Als der Förster nicht reagierte, hielt Johann-Magnus sein Ohr an dessen schmale, leicht geöffnete Lippen. Dann nahm er vorsichtig das Handgelenk des Försters. Sie ahnte, was Johann-Magnus' verstörter Gesichtsausdruck ihr bereits sagte: Es gab auch keinen Puls.

Johann-Magnus setzte zu einer Herzdruckmassage an, zeitgleich wählte Maria mit klopfendem Herzen den Notruf.

Während sie auf das Freizeichen lauschte, ging sie ein paar Schritte. Ein paar Jungbullen auf der Weide glotzten ihr hinterher. Da sah sie etwas aufblitzen. Beim Näherkommen erkannte sie einen dünnen Metalldraht, der fest zwischen zwei Bäumen gespannt worden war. Wozu ist der gut, fragte sie sich verwundert. Maria wurde plötzlich ganz anders und ihre Augen wanderten zu Tietjen, der immer noch genau so auf dem Weg lag, wie sie ihn zurückgelassen hatte. Vollkommen reglos wie die toten Käfer in Bäders merkwürdiger Hängefalle. Wer wusste schon, ob dieser Käfer-Verrückte in dem schmutzigen Parka wirklich nur seltene Insekten hatte fangen wollen. Vielleicht hatte er es auch auf das Exemplar eines Försters abgesehen, welches ihm dann auch prompt in die Falle gegangen war ... augenscheinlich ganz ohne Lockstoff. Die Stimme am anderen Ende der Leitung riss sie aus ihren Gedanken.

OKE

Schmeißfliegen. Ihre Körper schillerten grünlich im Sonnenlicht. Als er näher trat, stiegen sie als schwarze Wolke auf.

Wie lange Tietjen hier gelegen hatte, konnte er schwer abschätzen. Ein paar Stunden mindestens. Dem angetrockneten Blut an seiner Schläfe nach zu urteilen. Die Kollegen von der Spurensicherung, die gleich eintreffen mussten, würden den Todeszeitpunkt bestimmen können.

Durch die verschiedenen Larvenstadien der Fliegen ließen sich Rückschlüsse ziehen. Oke erkannte aus den Augenwinkeln, dass Gott ihn zu sich winkte. Sein Kollege war vom Campingplatz herbeigeeilt und kniete jetzt an einer dicken Wurzel am Fuß eines Baumes und hielt etwas in einer Plastiktüte hoch: »Dat kleine Deil han ich jefunge.«

Natürlich lag die Lesebrille in Okes Werkstatt. Ohne Sehhilfe sah es für ihn einfach nach einem Stück Plastik aus. Gott musste Adleraugen haben, dass er ein derart kleines Teil im Gras gefunden hatte.

Oke griff nach der Tüte: »Fragen wir Gunnar Peters, ob er uns sagen kann, was das ist.« Gott wusste nicht, wer Peters war. »Der Landwirt, dem das Land hier gehört. Er baut Raps, Mais und Hafer an und hat auch einen Milchviehbetrieb.«

In Tietjens Rucksack fand Oke eine zerlegte Flinte und Munition. Dass der Förster auf seinem Moped mitsamt Waffe und aufmunitioniertem Rucksack durch sein Revier knatterte, war weder ungewöhnlich noch rechtlich ein Problem. Wahrscheinlich hatte er sich zum Hochstand aufgemacht. Wäre er von dort gekommen, hätte er auf der anderen Seite des Drahts liegen müssen, schlussfolgerte Oke.

Einer der Jungbullen auf der Weide muhte durchdringend. Er schenkte dem Vieh keine Beachtung, sondern suchte weiter den Tatort ab.

Auf dem Weg lagen ein paar rosafarbene Glasscherben. Diese sahen an den Rändern so abgestoßen aus, dass sie vermutlich schon seit Jahren hier lagen. Gunnar Peters hatte sie wohl zusammen mit den Bruchstücken von braunen Keramikfliesen zur Wegbefestigung abgeladen. Anders als im Wald gab es hier keinen eindeutigen Schuhabdruck. Oke würde einen Besen fressen, mehr noch: einen von Wenckes Gurken-Smoothies trinken, wenn das Feuer am Bienenstand nicht mit dem jähen Ableben des Försters zusammenhing.

Landwirtschaft und Forst grenzten aneinander. Ob es zwischen Peters und Tietjen Revierstreitigkeiten gegeben hatte? Der Landwirt galt wie der Förster als notorischer Nörgler. Nichts war ihm recht, das Wetter nicht, der Milchpreis nicht und seine Mitmenschen schon gar nicht. Es würde ihn nicht wundern, wenn Gunnar Peters etwas gegen ballernde Wichtigtuer auf Mopeds auf seinem Feldweg gehabt hatte.

»Der Täter konnte den ›Unfall‹ sogar genüsslich von seinem Traktor aus beobachten. Oder was meinen Sie?« Oke wollte, dass Gott alle Gedanken zum Fall in seinem Klönkasten festhielt. Doch Gott machte mit dem Handy gerade ein Selfie an der Weide. »Dä Bulle, leev!«

Warum Gott an einem Tatort mit Holsteinischen Schwarzbunten herumtüdelte und diesen Bullen offenbar besonders lieb fand, ging über Okes Vorstellungskraft hinaus. Er mochte die Tiere zwar auch, aber nur, wenn sie gut durch waren.

Oke lehnte sich gegen den meterdicken Eichenstamm, um den schmerzenden Lendenwirbel ein wenig zu entlasten. Das Bücken nach Spuren bekam ihm nicht. Immerhin juckte sein Auge nur noch, wenn er an Bienen dachte.

Was hatte dieser straff gespannte Draht auf einer Höhe von etwa 1,10 Metern zu bedeuten? Wenn der Draht höher gehangen hätte und Tietjen mit mehr Tempo unterwegs gewesen wäre, hätte es den Förster den Kopf gekostet. Wie eine Klinge hätte der Draht den Hals durchschnitten. »Zack. Rübe ab«, überlegte Oke laut.

Gott schaute erschrocken herüber. Oke würde ihn »richtig bang« machen, wisperte er.

Die Frage, die Oke sich noch stellte, lautete: Hatte es der Täter tatsächlich auf Kurt Tietjen abgesehen oder hatte er einen x-beliebigen Unfall provozieren wollen? Oke glaubte das nicht. Aber sie mussten in alle Richtungen denken. Apropos: »Nächste Frage«, diktierte Oke seinem Kollegen. »Heute Mittag Fisch im Fischhus oder Hackepeter-Brötchen bei Edeltraut?«

Gott sah ihn irritiert an. Was mit seiner Krankschreibung sei? Er dürfe nicht arbeiten, eigentlich nicht mal hier sein, sondern müsse sich schonen. Es gebe kein größeres Leid als das, was man sich selbst antat, sagte Gott. Jedenfalls glaubte Oke das, denn »Et jitt kei jrößer Leid, als wat der Minsch sich selvs aandeit« klang zumindest danach.

Oke winkte ab. Er war dankbar, dass Gott ihn sofort über das Ableben des Försters informiert hatte. Schließlich konnte er schlecht die Couch ausbeulen, wenn in seinem Fischerdorf plötzlich tote Förster auf Feldwegen herumlagen. Und wenn er sich beeilte, schaffte er es vor dem Mittagessen auf einen Sprung zu Gunnar Peters und würde vielleicht einen Hinweis auf das Indiz in der Tüte erhalten.

Er fand den Landwirt in seinem Kuhstall. Die Ausdünstungen der großen Tiere, vermengt mit dem Geruch von Heu und Kraftfutter, schlugen ihm entgegen. Gunnar Peters stand mit dem Rücken zu ihm. Er erkannte ihn dennoch sofort an der Latzhose, den Gummistiefeln und seinen Ohren. Peters' Ohrmuscheln standen in einem unwahrscheinlichen Winkel vom Kopf ab und das Tageslicht, das durch eine große Maueröffnung fiel, schien durch die Haut, sodass die Ohren rötlich schimmerten.

Der Landwirt fummelte an seiner computergesteuerten Melkmaschine. Als die Kühe ihre Köpfe wandten, bemerkte der Milchbauer den Kommissar.

»Moin«, grüßte Peters flüchtig über die Schulter. Oke grüßte zurück, blieb dann jedoch stumm. Er wollte sehen, wie Peters darauf reagierte, dass die Polizei plötzlich auf seinem Grundstück auftauchte. Peters drehte sich erneut um: »Hilfe!«, rief er unvermittelt. »Was ist denn mit deinem Auge passiert?«

Unwillig berichtete Oke von seinem Zusammenstoß mit Hansemanns Biene. »Das tut jetzt aber nix zur Sache«, dröhnte er.

»Mach 'ne Zwiebel drauf«, riet Peters und widmete sich dann wieder seinem Apparat.

Oke musste zugeben: Der Hofbesitzer wirkte nicht wie jemand, der wusste, dass die Polizei gerade unweit seines Gehöfts eine Leiche abtransportieren ließ.

»Weißt du, was das hier ist?« Er hielt die Plastiktüte mit dem grünen Plastikstäbchen hoch, das Gott am Wegesrand gefunden hatte.

Der Landwirt trat näher und schüttelte dann den Kopf.

»Nö.« Oke steckte das Tütchen weg. Sie sahen sich eine halbe Sekunde in die Augen. »Was war es denn?«, wunderte sich Peters.

Statt auf ihn einzugehen, fragte Oke: »Wann hast du zuletzt etwas von Kurt Tietjen gehört?«

Gunnar Peters schüttelte den Kopf und erklärte: »Mit dem rede ich nicht mehr.« Oke stellte fest, dass der Landwirt in der Gegenwartsform über Tietjen sprach. »Ihr hattet Streit?«

Der Mann mit den großen Ohren zog eine verbitterte Miene: »Könnte man so sagen.«

Oke bohrte weiter: »Weswegen?« Gunnar Peters sah nicht so aus, als wollte er das Streitthema an die große Glocke hängen. »Ik hev Tiet!«, blaffte Oke, obwohl ihm der Magen knurrte.

Gunnar Peters gab sich einen Ruck: »Wenn du es unbedingt wissen musst: Tietjen meint, ich hätte seinen Honig versaut.« Nach dem Satz verstummte er.

»Und?«, forderte Oke ihn zum Sprechen auf.

»Er hat seinen Honig testen lassen. In so einem Speziallabor. Wegen des Glyphosats sei sein Honig nur noch Müll. Angeblich wurde eine 134-prozentige Überschreitung des Grenzwertes festgestellt. Wer's glaubt!« Gunnar Peters' Wangen hatten die Farbe seiner Ohren angenommen. »Tietjen hat mir die Schuld gegeben und sich wahnsinnig aufgeregt. Ist richtig aggressiv geworden. Lotte hatte Angst. Ich war froh, dass unsere Kinder in der Schule waren an dem Tag!« Das war eine lange Rede für den sonst so wortkargen Landwirt gewesen.

»An welchem Tag?«, wollte Oke wissen.

»Gestern …«

Oke triumphierte: »Aha.« Bei sich dachte er: wunderbar, Mörder vor dem Mittag gefunden.

Peters fragte: »Wieso ›Aha‹?«

Oke antwortete auch darauf nicht, sondern stellte eine weitere Frage: »Wieso hast du überhaupt Glyphosat ausgebracht? Ist das nicht krebserregend?«

Gunnar Peters bekam hektische Flecken am Hals: »Fang nicht du auch noch an, Oschi. Soll ich etwa hingehen und von Hand Unkraut zupfen? Weißt du, wie viele Hektar ich für die Aussaat vorbereiten muss? Glyphosat ist ein gängiges Mittel – und zwar nicht nur hier, sondern in ganz Deutschland!«

Oke sagte nichts. Oft brachte es mehr, die Menschen einfach reden zu lassen. »Ich habe diesem Waldschrat gesagt, wenn er ein Problem hat, soll er sich an die Regierung wenden. Ich halte mich an die Vorschriften: Ich bin Bauer, kein Krimineller.« Er war noch nicht fertig: »Ehrlich, Oschi, ich könnte kotzen. Weißt du, welchen Zwängen wir Landwirte unterliegen? Nicht? Dann versuch doch mal, Milch in der Molkerei loszuwerden!«

Stroh raschelte. Eine Schwarzbunte tappte neugierig heran. Oke sagte immer noch nichts. »Und dieser Torfkopp Tietjen will mich noch anzeigen und auf Schadensersatz verklagen. Ja, geht es noch? Wenn es nicht so traurig wäre, würde ich mich totlachen!« Der Milchbauer wartete diesmal gar nicht erst eine Antwort ab. »Jeder Gartenbesitzer kann Glyphosat ausbringen, aber die Landwirte sind selbstverständlich schuld am Insektensterben. Dabei müssen wir einen Sachkundenachweis im Pflanzenschutz erbringen. Alles ist streng geregelt! Und ich frage dich, Oschi: Glaubst du, ein Hobbygärtner denkt daran, wenn er dem Giersch zu Leibe rückt, dass Bienen das Glyphosat mit Pollen und Nektar aufnehmen?«

Es entstand eine kurze Pause. Oke studierte die Mimik des Landwirts genau, als er ihm mitteilte: »Kurt Tietjen wurde heute Morgen tot auf einem Feldweg ganz in der Nähe deines Hauses aufgefunden.«

Alle Farbe wich schlagartig aus Peters' Gesicht. »Ach du Schann!«, brach es aus ihm hervor.

Die Nachricht vom Tod des Försters schien den Milchbauern tatsächlich mitzunehmen. Er ließ sich langsam auf einen Mauervorsprung sinken und es dauerte einen Moment, bis er sich gefasst hatte. Dann fragte Peters: »Hatte er einen Herzinfarkt oder so was?«

Oke verneinte. »Hast du eine Idee, wieso jemand einen Draht über einen der Wirtschaftswege spannen sollte?«

Der Milchbauer sah ihn verwirrt an. Dann begriff er. Erschrocken schlug sich Peters die Hand vor den Mund. »Er ist in einen Draht gefahren? Mit dem Moped?«

Oke nickte und Peters ließ den Kopf sinken. Als erfahrener Kriminaler wusste Oke, dass es unter Straftätern viele gute Schauspieler gab. Vielleicht hatte Kurt Tietjen seinem Mörder gestern sogar erzählt, dass er am nächsten Morgen zum Hochstand fahren wollte.

Er musste klarsehen. »Was passierte nach eurem Streit?«, erkundigte sich Oke bei Peters, der nun langsam die hüfthohe Gittertür öffnete, um aus dem Stall zu kommen. Die Probleme mit seinem automatischen Melk-System schien er über die Nachricht vom Tod des Försters vergessen zu haben.

»Wie gesagt, er hatte mir mit einem Anwalt gedroht…«

Gunnar Peters schwieg ein paar Sekunden. »Und dann habe ich ihn vom Hof gejagt.«

Er würde den Landwirt mit zur Wache nehmen. »Du hast die Gelegenheit und ein Motiv gehabt ...«

Gunnar Peters starrte ihn entgeistert an. »Das ist jetzt nicht dein Ernst, Oschi, oder?«

Sie standen draußen auf dem gekiesten Platz vor dem Stall. »Doch, ist es, und ich muss auch mit Lotte reden. Ob sie deine Aussage bezeugen kann. Ich muss wissen, was ihr die letzten 24 Stunden gemacht habt.«

Sie schauten beide zum Wohnhaus hinüber. Ein altes Fachwerkgebäude, das bereits im 18. Jahrhundert an der Stelle gestanden hatte. Vor dem großen zweiflügeligen Tor, dessen grüne Farbe langsam abblätterte, goss Peters' Frau die Blumentöpfe, die den Eingang säumten. Sie hatte die gleichen gelben Primeln gepflanzt wie Inse, dachte Oke.

»Was hast du eigentlich an dem Abend gemacht, als es bei Kurt Tietjen gebrannt hat?«, fragte er seinen Hauptverdächtigen.

Gunnar Peters' Ohren hatten inzwischen ein Bordeauxrot angenommen. Als er sprach, waren seine Augen zu Schlitzen verengt und seine Hände zu Fäusten geballt. »Was willst du mir noch alles anhängen, Oke Oltmanns? Hast du nicht auch einen brutalen Raubmord in einer Bank offen, zu dem dir der Täter fehlt?«

Dass es Menschen gab, die Genickbrüche überlebten, hätte er nicht gedacht. Doch Dr. Axel Scheller überzeugte ihn am Nachmittag vom Gegenteil. Scheller, dünn wie ein Hering und mit einer hellrosa Schuppenflechte im

Nacken geschlagen, war der Orthopäde in Lütjenburg und sollte Oke gesundschreiben.

Noch war nicht klar, ob Tietjens Tod vorsätzlich herbeigeführt worden war (seine Idee) oder ob es sich um einen gefährlichen Eingriff in den Straßenverkehr handelte. Letzteres war Hallbohms These. Er konnte nicht verstehen, wieso sein Chef keinen Zusammenhang zwischen einem Feuer am Forsthaus und dem Tod des Försters erkannte. Derweil verbreitete sich die Nachricht vom »Drahtzieher« schneller im Küstenort als zu der Zeit das Feuer im Wald.

Die Sprechstundenhilfe nahm ihm bei der Anmeldung erst die Versichertenkarte und dann das Versprechen ab, den »Drahtzieher« zu fassen, der unschuldige Hohwachter köpfen wollte. Oke hatte Edeltraut hier im Verdacht, streng geheime polizeiliche Informationen unerlaubt weitergegeben zu haben, weil er bei ihr auf dem Rückweg von Gunnar Peters einen kurzen Zwischenstopp eingelegt hatte.

Bevor noch eine Massenpanik im Badeort ausbrach, sollten sie Peters die Tat schnell nachweisen oder jemand anderes überführen.

Scheller führte ihn zu der für einen Mann von Okes Statur viel zu schmalen Behandlungsliege. Sie quietschte bedenklich, als er sich drauflegte. »I break together, das sieht gar nicht gut aus!«, sagte Scheller und Oke war nicht klar, ob er seinen Stich am Auge, seinen Rücken oder die Liege meinte.

Der Orthopäde hatte einen zweifelhaften Ruf im Küstenort, was weniger an seinen Fähigkeiten als Mediziner lag als vielmehr an seinem Klub »Englisch für Fortgeschrittene«. Man munkelte, dass die meisten Teilnehmer kein richtiges Englisch konnten. Die Klubmitglieder trafen sich dienstags in den Sozialräumen der Praxis. Angeblich wurde nicht nur Small Talk auf Englisch gemacht, sondern auch dem Sanddornlikör zugesprochen. Das wusste Oke von Edeltraut, die es wiederum von der Praxishelferin gehört hatte, zu deren regelmäßigen Aufgaben die Entsorgung leerer Likörflaschen gehörte.

»Natürlich kann man einen Genickbruch überleben«, meinte Scheller etwas später im Brustton der Überzeugung. »Manche Leute mit gebrochenem Genick haben lediglich Nackenschmerzen. Andere allerdings sind nach dem Bruch querschnittsgelähmt oder mausetot. Life is no pony range.«

Wenn Oke Scheller richtig verstand, war es besonders übel, wenn der zweite Wirbel brach. Dieser zweite Wirbel wurde für die Kopfdrehung benötigt. »Ein Bruch an dieser Stelle ist fatal«, wiederholte Scheller und drückte bei der nun folgenden Untersuchung Okes Rückens auf die schmerzhafteste Stelle: »Tut's hier weh?« Oke gab ein gefährlich klingendes Grunzen von sich. »Dachte ich's mir. Ich erwische immer den richtigen Punkt!«

In weniger schwerwiegenden Fällen, erläuterte der Mediziner, Okes Schnaufen ignorierend, sei es möglich, einen gebrochenen Wirbel bei einer OP zu stabilisieren. »Es gibt ein famoses Schrauben-Stab-System. Sogar Bandscheiben kann man durch diese Titan-Implantate ersetzen.«

Die Vorstellung, dass Scheller an ihm rumschrauben wollte, gefiel Oke nicht. Auf der Stelle versuchte er, von der Liege hinunterzukommen, ohne vor Schmerz ohnmächtig zu werden. »Kann ich wieder zum Dienst?«

Scheller hatte sich eben mit dem Rücken zu ihm an seinen Computer gesetzt, um irgendetwas in die Krankenakte zu schreiben, schenkte ihm nun aber wieder seine ganze Aufmerksamkeit: »Come me not so! Das müssen Sie entscheiden! Arbeitsrechtlich gesehen braucht es keine Gesundschreibung. Nur nicht zu viel am Schreibtisch sitzen! Ich will deutlicher werden: Sie müssen sich mehr bewegen. Bei Ihrer Fettleibigkeit ist der nächste Vorfall sonst schon vorprogrammiert.«

Fettleibig! Oke klammerte sich sprachlos an die Liege. Das hatte ihm noch keiner gesagt! »Machen Sie für den Anfang was mit Poolnudel«, schlug Scheller unbeeindruckt vor. Oke müsse dringend Rückenmuskulatur aufbauen, falls er nicht wolle, dass der Faserring riss und Gewebe austrat. Oke sagte nichts, was Scheller offensichtlich als Einladung verstand, ins Detail zu gehen: »Stellen Sie sich einen gefüllten Krapfen vor: Wenn der Druck zu hoch ist, quillt auf einer Seite die Füllung raus. And then we have the salad!«

Oke schnaufte noch, als er die Praxis bereits verlassen hatte und auf dem Lütjenburger Marktplatz stand. Langsam humpelte er an einem Schaufenster mit Landkarten, Kalendern und Kinderbüchern vorbei. Hinter der Scheibe winkte ihm die Buchhändlerin freundlich zu und machte ein besorgtes Gesicht und eindeutige Handzeichen, die offensichtlich sein noch immer leicht geschwollenes Auge betrafen. Oke nickte ihr zu. Man konnte sich sicher an Lütjenburg gewöhnen.

Aus dem Café an der Ecke drang köstlicher Kuchenduft. Er hielt sich ein paar Sekunden länger als nötig vor der Tür auf. Der Cafébetreiber hatte bereits für Außenbestuhlung gesorgt. Die Nachmittagssonne schien einladend auf braunes Polyrattan-Geflecht. Oke machte auf dem Absatz kehrt und lief so schnell er konnte Richtung Parkplatz.

Scheller hatte ihm den Appetit gründlich verdorben. Besonders um Apfelkrapfen würde er in nächster Zeit einen Bogen machen.

TILDA

»Mit allen Eisen richtig treffen«, »Flugkurven«, »schwierige Lagen«. Mit einem Blick überflog sie die Aushänge für das neue Kursangebot im Eingang des East-Coast-Clubs. Dazwischen prangte das Foto einer Apfelblüte mit Biene: »Klubmitglied Tamara Jedoscheit war wieder mit ihrer Kamera auf dem Platz unterwegs«, stand darunter. Tildas Blühstreifenprojekt begeisterte viele Mitglieder des Klubs. Entsprechend beliebt war der Honig ihrer Bienen auf dem Golfplatz. Nicht ein Glas Golflese lag mehr im Verkaufskorb.

Tilda hatte nicht vor, den Korb aufzufüllen. Hoffentlich würde sie niemand darauf ansprechen. Sie verspürte absolut keinen Drang, jemanden vom Klub zu treffen. Trotzdem musste sie an diesem Nachmittag noch die Bienenvölker an Bahn vier durchsehen und würde einer Menge Leuten begegnen. Es fanden immer irgendwelche Wettspiele statt, Klubfeste oder Meisterschaften. Tilda sah die Mitglieder oft von Weitem feiern.

Normalerweise hätte sie sich mit Toni nach getaner Arbeit auf einen lauwarmen Stremellachs auf Schwarzbrot in die Küche des Klubbistros gesetzt. Der Koch liebte die Golflese und gab ihnen für ein paar Extragläser immer gern einen kleinen Imbiss aus. Aber Toni lag mit einer Erkältung im Bett. Deshalb hatte er den Korb am Eingang nicht nachfüllen können. Glücklicherweise.

Mit tief in die Stirn gezogenem Käppi schwang sie sich in eines der Golfcarts. Sie hatte einen Korb mit ihrer Imkerausrüstung dabei. Eine Rolle Küchenpapier steckte auch drin – als Brennmaterial für den Smoker, ihr Rauchgerät. Den Korb stellte sie auf den Beifahrersitz.

Der Hohwachter Platz war in eine A- und B-Runde eingeteilt. Tilda hatte dafür gesorgt, dass neben den Spielflächen rund 60 Hektar der Fläche extensiv gepflegt wurden oder sich als Biotop völlig selbst überlassen blieben.

Eine Stunde später hatte sie die ersten vier Kästen durchgesehen. Sie ging schnell und routiniert vor. Inzwischen imkerte sie seit fast sechs Jahren. Was sie nicht in dem Imkerkursus gelernt hatte, zu dem sie eine frühere Bekannte geschleppt hatte, brachte sie sich selbst bei. Versuch und Irrtum. Anders ging es nicht. Imkern war eine Wissenschaft für sich. Ida, die Bekannte, hatte aufgesteckt, nachdem ihr Volk von Milben befallen worden war.

Mit beiden Daumen und Zeigefingern griff sie das nächste Holzrähmchen und zog es vorsichtig aus dem Kasten. Sie hatte auf den Holzrahmen dieser Wabe ein »D« geschrieben, denn hier wuchsen in buckligen Zellen die männlichen Drohnen heran. Ein paar Bienen flogen auf. Tilda gab Rauch aus ihrem Smoker und sagte leise: »Hey Mädels, beruhigt euch! Sind nur eure Männer, die ich will.« Ihre Stimme klang immer sanft, wenn sie mit den Bienen sprach. Egal, was vorher gewesen war. Trauerfälle und andere Katastrophen inklusive.

Tilda fegte die Arbeiterinnen, die auf den Waben sitzen geblieben waren, entschlossen mit ihrem Bienenbesen ab. Es handelte sich um eine Art Handfeger. Die Bienen stoben auseinander. Es surrte gefährlich nah an ihren Ohren. Schnell zog sie ihren Schleier über den Kopf. Die Mädels konnten durchaus ungemütlich werden.

Tilda nahm ein Teppichmesser aus ihrem Korb. Sie wollte die Waben mit der Drohnenbrut fein säuberlich aus dem Holzrahmen schneiden, rutschte aber mit der Klinge ab und zerteilte dabei einige fette weiße Maden. »Mist«, entfuhr es ihr.

Doch keine einzige Drohne sollte den Tag überleben. Tilda würde die männliche Brut zu Hause in den Tiefkühler befördern. Bienen waren wechselwarme Tiere. Sank ihre Temperatur auf unter zehn Grad, verfielen sie in eine Starre. Zwölf Stunden auf Eis überlebte keine Biene.

Sie kannte Imker, die die ausgeschnittene Drohnenbrut einfach auf dem Rasen liegen ließ. Falls kein hungriger Vogel vorbeikam, führte dies aber erst nach Tagen zum Tod. Sie war kein Unmensch. Sie tat, was getan werden musste. Auf humane Weise.

In den Drohnenzellen wuchsen nicht nur männliche Bienen, sondern auch die für Honigbienen lebensgefährlichen Varroamilben heran. Drohnen zu töten, hieß, das ganze Volk zu retten. Getötet wurde natürlich erst, nachdem die Königin begattet worden war.

Mord war nicht in jeder Hinsicht verwerflich. Man musste nur die Zusammenhänge sehen, das große Ganze. Auch das hatten die Bienen sie gelehrt.

Aus einiger Entfernung klang der »Fore«-Schrei eines Golfspielers herüber. Vermutlich hatte ein Anfänger einen Ball abgeschlagen. Einsteigern misslangen die Abschläge häufig. Sie konnten den Flug der Bälle noch nicht kalkulieren. Vorsichtshalber duckte sie sich und legte sich zum Schutz die Hände über den Kopf. Niemand würde sie zu Fall bringen.

OKE

Gunnar Peters war zäh wie eine Scholle, die Touristen in der Pension »Malgorzatas Zimmer und Meer« auf die Teller geknallt wurde. Der Landwirt behauptete immer wieder, nichts mit Tietjens Tod zu schaffen gehabt zu haben.

Oke telefonierte mit einer Mitarbeiterin der Umweltbehörde des Kreises. »Gibt es eine Verordnung, an die sich Landwirte bezüglich eines Einsatzes von Glyphosat halten müssen, wenn ein Bienenstand in der Nähe ist?« Die Frau erklärte, dass sich Nutzer von Pflanzenschutzmitteln immer an das Pflanzenschutzgesetz, die Bienenschutzverordnung und die in der Zulassung der Pflanzenschutzmittel festgelegten Anwendungsbestimmungen halten müssten: »In diesem Fall gilt insbesondere Paragraf 13, Absatz 1: ›Pflanzenschutzmittel dürfen nicht angewandt werden, soweit der Anwender damit rechnen muss, dass die Anwendung im Einzelfall erstens schädliche Auswirkungen auf die Gesundheit von Mensch oder Tier oder auf das Grundwasser oder zweitens sonstige erhebliche schädliche Auswirkungen, insbesondere auf den Naturhaushalt, hat.‹«

Oke interessierte vor allem ein Detail: »Wer überprüft jetzt, ob Gunnar Peters zu viel Glyphosat gespritzt hat?«, fragte er nach.

»Die Durchsetzung und Überwachung der Rechtsvorschriften obliegt den zuständigen Behörden der Bundesländer«, sagte die neutrale Stimme aus dem Amt. Also nicht der Polizei. Oke kam die Auskunft gelegen: Sollten sich gern andere mit diesen Umweltfragen auseinandersetzen. Er fühlte sich hier keinesfalls zuständig.

Er hatte genug damit zu tun, Gunnar Peters' Alibi auseinanderzunehmen. Peters und seine Frau Lotte hatten auf der Wache zu Protokoll gegeben, dass sie den Abend und die Nacht vor Kurt Tietjens Tod zusammen gewesen seien. Erst hätten sie mit Peters' Schwager über den Bau einer Biogasanlage geredet, dann das Fernsehen eingeschaltet und danach seien sie zu Bett gegangen. Ihr Alibi war demnach lückenlos. Einen wirklichen Grund, den Milchbauern festzuhalten, gab es nicht.

Nach Feierabend, müde von diesem alles andere als ruhigen Tag, stieß Oke die Tür zu seiner Küche auf. Es schien ihm seltsam still im Haus zu sein. Auf dem Küchentisch fand er einen Zettel aus Inses Karo-Kästchen-Block: »Suppe steht im Kühlschrank«, stand darauf. Er überlegte, welcher Tag war und bei welcher Aktivität seine Frau sein konnte. Es gab die Kochworkshops, regelmäßige Besuche von Ausstellungen, Yoga. Er hatte längst den Überblick verloren. Vielleicht war sie auch mit Tilda Schwan in Sachen Bienen unterwegs. Jedenfalls hatte er nun Zeit.

Entweder aß er die Suppe und kümmerte sich dann in der Werkstatt um die tote Katze, was sicher nicht gut war für den Rücken, oder er unterstützte Gott auf dem Campingplatz und warf auf dem Weg einen Happen ein. Mal sehen … Oke öffnete die Kühlschranktür und zog den von Inse bereitgestellten Topf hervor: Unter dem gläsernen Deckel schwappte eine graugrüne Flüssigkeit. Oke erschauderte, schob den Topf schnell zurück und schmiss die Kühlschranktür mit einer solchen Wucht zu, dass der Eisschrank erzitterte. Was für ein Gemüse war grau? Eine besondere Art von Kohlrabi – vielleicht Schimmelrabi?

Auf dem Campingplatz war es um diese Jahreszeit angenehm ruhig. Ostern war vorbei und die Sommerferien hatten noch nicht begonnen. In wenigen Wochen wäre es anders, der Biergarten allabendlich gefüllt und die Wege übersät mit Spaziergängern, Bollerwagen und Hunden.

Oke folgte der Ausschilderung zum Biergarten. Ein kühles Bier und ein saftiges Holsteiner Schnitzel mit Spiegelei und Bratkartoffeln. Das wäre es, dachte er hungrig. Er war Stressesser und hatte den Geschmack des Schnitzels bereits auf der Zunge, als er die Tafel im Fenster der Gastwirtschaft las: »Heute Ruhetag.«

Enttäuscht und immer noch versessen auf Fleisch kam er an mehreren verschlossenen Campingwagen vorbei. Verlassen standen die Wagen der Dauercamper in einer Reihe. Der Anblick musste jeden halbwegs interessierten Wohnwagen-Dieb ermutigen. Und wo steckte nun die Task-Force?

Oke ging weiter. Sie wussten von mehreren Wohnwagen-Diebstählen entlang der Küste. Er rechnete fest damit, dass die Täter auch in Hohwacht wieder zuschlugen oder zumindest den Versuch unternahmen, einen Caravan zu stehlen. Als Erstes wollte er herausfinden, ob der Platzwart den Campingplatz nachts bewachen ließ. Doch er stieß auf ein leeres Kassenhäuschen. Gott hatte die Frage vermutlich ohnehin längst geklärt. Nun musste er nur herausfinden, wo zur Hölle Gott steckte.

Oke kam zu einem belebteren Abschnitt des Campingplatzes. Unter einem schwarz-rot-goldenen Stofffetzen saßen zwei mittelalte Pärchen an einem runden Plastiktisch. Eines der Paare hatte den Fahnenmast direkt neben ihrem Knauff aufgestellt. Das andere Pärchen hatte offenbar den Grill beigesteuert. Ein verkohltes Würstchen lag auf dem Rost.

»Alles alle, Herr Wachtmeister!« Die Frau in dem T-Shirt mit ausgestreckter Zunge hielt ihm bedauernd einen mit Senf beschmierten Pappteller unter die Nase. Sie schien ein wenig angeschickert zu sein. Oke schielte zu dem Würstchen, ließ sich aber nichts anmerken. Er konnte zur Not auch mal eine Mahlzeit aussetzen, redete er sich ein.

Der weibliche Rolling-Stones-Fan saß offensichtlich neben seiner besseren Hälfte, denn dieser Mann trug ein zu ihrem Shirt passendes Käppi. »Ist was passiert?«, fragte er.

Oke bejahte und berichtete von dem verschwundenen Wohnwagen. »Das haben Sie vielleicht mitbekommen, ein Fendt, weiß, aufgemalte Berge, Baujahr 2019.« Gott war gut, Oke war besser: Wenn der Jungspund aus Köln noch nix rausgefunden hatte, dann nur, weil er vermutlich nicht alle Campingplatzbesucher ausgiebig genug befragt hatte. Polizeiarbeit war eben Beinarbeit.

Die vier Urlauber schüttelten jedoch die Köpfe. Von einem Diebstahl wussten sie nach eigener Angabe nichts. Oke kontrollierte aufmerksam ihre Personalien. »Unser Wohnwagen wäre auch fast geklaut worden!«, berichtete der Käppi-Träger, dessen Name Oke aus dem Ausweis ablas: Lothar Schubinsky.

Okes Halsschlagader begann zu pulsieren. »Wann und wo?«, dröhnte er.

Lothar Schubinsky lehnte sich auf seinem Campingstuhl zurück. »Letzten Herbst – in Hannover.« Seine Enttäuschung musste ihm anzusehen sein, denn Lothar Schubinsky schmückte die Geschichte ein wenig aus. »Wäre ich nicht aufgewacht, weil der Täter so belämmert war, unsere Überwachungskamera vom Haus zu reißen, wäre der schöne Knauff futsch gewesen. Aber so bin ich gleich raus ...«

Beifall heischend sah er sich in der Runde um. »Die Geschichte kennen wir, Lothar!«, sagte der zweite Mann am Tisch, der Anton Hartmann hieß, kein Käppi, aber dafür einen Schnauzbart trug.

Seine Frau Birgitta, eine zierliche Blondine, schlug ihm mit einer Fliegenklatsche aufs Knie. »Anton, sei nicht so unhöflich, vor dem Polizisten da.« Anton schwieg beleidigt.

Lothar ließ sich durch den Einwand ohnehin nicht aus dem Konzept bringen: »Seitdem habe ich immer ein komisches Gefühl, wenn ich ins Bett gehe«, beendete Lothar die Geschichte.

»Wissen wir alles«, sagte Anton Hartmann, der immer noch genervt aussah. Die blonde Birgitta schlug wieder zu. Diesmal traf sie seinen Oberarm.

»Solche Typen müsste man wegsperren«, meldete sich nun Lothar erneut zu Wort, seine Frau Petra leierte ein bekräftigendes: »Wegsperren, Herr Wachtmeister« und hob ihr Bierglas, um ihm zuzuprosten. Die hatte wirklich einen im Kahn!

Lothar sprach weiter: »Aber die kriegt man nicht. Das sind doch organisierte Banden. Die grasen die Städte nach teuren Wohnwagen ab und verkaufen die weiter. Diese Typen suchen doch gezielt nach Wohnanhängern, vor denen kein Auto steht und deren Kupplung möglichst zur Straße zeigt«, mutmaßte er. Wo er recht hat, dachte Oke.

Anton mischte sich ein. »Wahrscheinlich Ausländer. Und weil es in Europa keine Grenzkontrollen mehr gibt, ist es ein Leichtes, die Wagen abzutransportieren und ins Ausland zu verkaufen.« Birgitta klatschte auf seinen leer gegessenen Teller. »Birgitta! Muss das sein?«, empörte sich ihr Mann.

»Du sollst nicht ausländerfeindlich sein vor dem Polizisten da!«, wies ihn Birgitta zurecht.

Oke räusperte sich. »Hier auf dem Campingplatz haben Sie aber bisher nichts Verdächtiges gehört oder beobachtet?« Er hoffte, er würde nichts über den Zustand der Sanitäranlagen erzählt bekommen.

Die Frauen und Männer am Tisch sahen sich an. »Leider nein«, gab Lothar zu.

Oke fragte, wie lange das Kassenhäuschen besetzt sei. »Auf dem Schild steht: November bis Mai bis 20 Uhr, und Juni bis Oktober bis 22 Uhr. Wie läuft das hier ab, wenn Sie zum Beispiel heute Nacht um 23 Uhr abreisen wollten?«

Die vier sahen sich an: »Das steht doch auch da«, wies ihn Lothar Schubinsky irritiert auf einen Zettel am Kassenhäuschen hin. »Da ist klein die Handynummer des Platzwarts angegeben. Für Notfälle. Dann kommt er rüber und macht die Schranke auf.«

Oke hüstelte: »Ah, das hatte ich übersehen.« Er musste wohl oder übel anfangen, seine Brille zu tragen.

Oke riet den Gästen, ihre Wohnwagen stets gut zu verschließen und die Schlüssel sicher zu verwahren. »Rüsten Sie Ihr Fahrzeug mit einem Ortungssystem und einer Warnanlage aus«, empfahl er, bevor er sich verabschiedete.

Im Weggehen hörte er die Fliegenklatsche ein weiteres Mal auf den Tisch knallen und Lothars Stimme, die verkündete: »Birgitta! Jetzt reicht's mir. Hier ist nicht eine Fliege!«

Oke erblickte sein altes Zelt und stellte sich vor, mit Gott eine Dose Labskaus auf dem Gaskocher aufzuwärmen, doch der Zeltplatz schien verwaist zu sein. Als er versuchte, Gott auf dem Handy zu erreichen, ging der nicht dran. Nicht mal auf Gott war heute Verlass.

Auf dem scheinbar endlosen Weg an Caravan-Stellplätzen vorbei wurde ihm immer flauer zumute. Oke entschied, beim SB-Laden Station zu machen. Der Ladenbesitzer bekam eine Menge mit und verkaufte Lebensmittel …

Oke rüttelte versuchsweise an der Klinke, aber der Ladenbesitzer hatte bereits Feierabend gemacht. Unzufrieden stand er vor dem Schaufenster, in dem der Inhaber Schwimmreifen, Tauchermasken und ein paar Küsten-Krimis dekoriert hatte. Selbstkritisch betrachtete Oke sein Spiegelbild in der Scheibe. Fettleibig. Übertrieben. Gut genährt um die Bauchmitte herum traf es wohl eher.

Er hatte sich immer für stark und stattlich gehalten. XXL eben. Oke hielt die Luft an und zog den Bauch etwas ein. Dann ließ er die Luft entweichen und beobachtete dabei, wie sich sein Spiegelbild veränderte. »Moin! Kann ich helfen, Oschi? Ich verkaufe auch Appetithemmer …«

Ladeninhaber Berko Bruns in seinem schwarzen Arbeitskittel und Platzwart Timme Ahlers, wie immer in seiner leuchtend blauen Outdoor-Jacke und mit einem roten Käppi auf dem Kopf, hatten ihn von der Straßenecke aus feixend beobachtet. Oke warf ihnen finstere Blicke zu.

Die beiden Männer reagierten fröhlich: »Spooß, Oschi!«

Bei der folgenden Befragung gab Bruns an, nichts vom Wohnwagen-Diebstahl mitbekommen zu haben. Und Timme Ahlers versicherte, alles, was er wusste, inzwischen längst »dem Kollegen mit Bart und Dutt« mitgeteilt zu haben. Oke ließ sich nicht von einer Befragung abbringen: »Ich will wissen: Wie ist der Caravan vom Platz gekommen? War die Schranke geschlossen oder offen? Wer hatte an dem Abend Dienst im Kassenhäuschen?«

Der Ladeninhaber zuckte bei jeder Frage leicht zusammen. Timme Ahlers hingegen, Mitte 50, braungebranntes Gesicht und forscher Blick, gab sich cool. Dann sagte er: »Mein Junge, Jan-Philipp, hilft hier hin und wieder aus. Kann sein, dass er schon mal vergisst, die Schranke wieder runterzufahren.« Er grinste schief. »Trifft sich mit seinen Kumpeln, und weg ist er. Na ja, die Jugend von heute kennst ja selber, Oschi.«

Er wollte ihm kumpelhaft auf den Rücken hauen, überlegte es sich aber noch mal anders. »Also stand die Schranke offen und die Diebe sind einfach so mit dem Gespann los?«, fasste Oke zusammen. Als Ahlers nichts sagte, meinte er: »Na, dann werden wir deinen Sohn wohl wegen Beihilfe zum bandenmäßigen Diebstahl drankriegen.« Das saß. Ahlers schien endlich begriffen zu haben, dass Oke nicht zum »Spooß« hier war.

Einen Moment schwiegen die drei Männer.

Ahlers erkundigte sich unvermittelt: »Was hat es eigentlich mit diesem Drahtzieher auf sich? Meine Frau ist schon ganz ängstlich, fährt nur noch Auto. Sie sagt, sie will nicht geköpft werden.« Oke wertete den Einschub als Ablenkungsversuch und kündigte Ahlers an, dessen Sohn auf der Wache vernehmen zu wollen. Irgendwann mussten sie ja mal zu Potte kommen.

Als er auf dem Rückweg erneut an seinem alten Zelt vorbeikam, nahm er darin eine Bewegung wahr. Kurz darauf öffnete sich der Spalt ein Stück. Zum Vorschein kam Gotts Allerwertester. Dammi noch mal to! Blieb ihm denn überhaupt nichts erspart? Seine Frau stellte ihm eine undefinierbare graue Masse in den Kühlschrank, der Gastwirt feierte Ruhetag, aber als Kompott bekam er den blanken Hintern vom Kollegen frei Haus?

Die Tür des benachbarten Caravans stand jetzt ebenfalls offen und er hörte drinnen eine durchdringende Frauenstimme sagen: »Horst Wieczorek! Warum hast du kein Handtuch mitgenommen? Du machst hier alles nass!« In dem Moment steckte Gott den Kopf aus dem Zelt, Wasser tropfte aus seinen Haaren, entdeckte Oke und verkündete strahlend: »D'r Zeuge un isch woren en d'r Ostsee schwemmen. Nackig. Campen es Freiheit!«

TILDA

Ihr Hauptproblem bestand darin, die erste Lieferung zusammenzubekommen. Wenn sie die erste Lieferung hatte, war der Drops gelutscht.

Sie durchstöberte die Golfklub-Vorräte. Toni hatte in den letzten Monaten leider bestimmt noch mal an die 100 Gläser Honig verkauft.

Toni konnte nichts dafür. Woher sollte er wissen, wie sich die Dinge entwickeln würden. Schuld hatte Tietjens Sippe. Jetzt, da er tot war, hätte die Witwe froh sein sollen, dass sich Tilda als Abnehmerin ihres Honigs anbot. Doch dank Sarah kam sie nicht dazu, mit Annemie zu sprechen. Sarah verhinderte jedweden Kontakt.

In der Zeitung hatte sie gelesen, dass Tietjens Beisetzung für Freitag geplant war. »Wir bitten, von Blumen abzusehen«, stand in der Todesanzeige. Kurt Tietjen hatte sich zu Lebzeiten für eine anonyme Beerdigung im Friedwald entschieden und Tilda würde dabei sein.

In den verbleibenden Tagen bis zum Begräbnis würde sie keinesfalls untätig herumsitzen. Sie konnte nicht sichergehen, dass sie Annemie tatsächlich überredete, ihr den Honig zu überlassen. Wer wusste schon, was Sarah noch in den Kopf kam? Vermutlich würde das Model lieber selbst anfangen zu imkern, statt zu verkaufen, nur um sie zu ärgern … Und dann war da noch eine Sache: Sie hatte Kurt Tietjen überhaupt nicht fragen können, wie viel Honig aus dem Vorjahr bei ihm übriggeblieben war.

Mit einem unsicheren Gefühl in der Magengegend rief sie nach einem Frühstück Hortense an. Sie hätte sich auch gleich im Honiglabor nach Gerrit erkundigen können. Aber aus irgendeinem Grund, der ihr selbst nicht klar war, wollte sie sich langsam an ihr Vorhaben herantasten. Sie erfuhr, dass die flippige Frisistik-Studentin und der rothaarige Lebensmittelchemiker Schluss miteinander gemacht hatten. Sie plauderten noch eine Weile, dann verabschiedeten sie sich: »Bis demnächst mal.«

»Ach du bist es, Tilda«, begrüßte Gerrit sie kurze Zeit später am Telefon. Er machte seltsame Mundgeräusche und sie stellte sich vor, dass Gerrit gerade an einer attraktiven Laborantin herumschleckte. Sie sagte, dass sie gehört habe, dass es mit Hortense vorbei sei. »Ja, wirklich schade«, sagte er. Doch so, wie er es sagte, machte ihm das Ende der Beziehung offenbar nicht sehr zu schaffen.

Sie versuchte, das Gespräch auf ihren Honig-Engpass zu leiten. »Sorry, aber ich muss hier weitermachen«, blockte er ab. Wieder hörte sie ein Schmatzen. Es würde sie nicht wundern, wenn er es mit einer anderen trieb, während er mit ihr telefonierte. So ein Typ war Gerrit. Er widerte sie an, aber sie musste sich mit ihm treffen.

»Wollen wir mal was trinken gehen?«, fragte sie deshalb schnell, bevor er auflegen konnte.

Zu ihrer Verblüffung sagte er: »Klar – wann?«

Als sie aufgelegt hatte, blieb sie mit ihrer Tasse Schlankheitstee am Fenster stehen und schaute lange in den Garten. Als würde dort die Antwort auf ihre Probleme liegen. Die Pfingstrosen würden dieses Jahr prächtig blühen. Sie hatten dicke Knospen gebildet. Den vertrockneten Lavendel hingegen würde sie austauschen müssen. Er hatte den Winter nicht überlebt. Ihr Blick fiel auf den Leuchtturm.

Sie spürte einen Stich im Herzen. Gut erinnerte sie sich an den Tag, als ihr Konrad ein unhandliches Geschenk mit einer riesigen roten Schleife überreicht hatte. Damals wohnten sie noch in der kleinen Dachgeschosswohnung in Flensburg. Etwas unbeholfen hatte er vor ihr gestanden: »Ich kann dir zwar keinen echten Leuchtturm schenken, aber was hältst du von einem Häuschen am Meer?«

Immer hatte sie sich ein Haus am Meer gewünscht, von grünen Fensterläden und eigenem Garten geträumt. Das

Haus, das sie dann bekam, hatte zwar keine Fensterläden, aber einen riesigen Garten mit üppigen Staudenbeeten und uralten Rhododendren. Und es war ein Schnapper gewesen, sodass der junge Immobilienmakler Konrad es der verstrittenen Erbengemeinschaft direkt abgekauft hatte.

Der Leuchtturm hatte die ganzen Jahre über im Vorgarten gestanden – stummer Zeuge immer heftiger werdender Ehestreitigkeiten. Das Dekorationsobjekt stammte aus dem maritimen Laden am Strandweg. Der Gedanke an das Lädchen löste eine weitere Erinnerung aus, die ihr plötzlich neue Energie verlieh: Der Inhaber hatte Bienenstöcke auf seiner Dachterrasse gehabt! Sie fühlte aufkeimende Hoffnung bis hinunter in die Zehenspitzen. Fast hätte sie einen Luftsprung gemacht.

OKE

Den Dorfpolizisten an der Peripherie wurde von der Polizeiführung in Plön eine gewisse Trägheit nachgesagt. Selbstverständlich hinter vorgehaltener Hand. Nicht dass Oke das nicht gewusst hätte. Doch er bezog das Gerücht nicht auf sich. Ein Oke Oltmanns ermittelte auch »mit Rücken« gründlich. Dass ihn eine Biene gepikt hatte, sah man inzwischen nicht mehr.

Es wurmte ihn, dass er noch keinen Täter vorweisen konnte. An diesem Tag würde er sich Gunnar Peters' Feriengast vornehmen, den ominösen Käferkundler, der der Zeugin Maria Müller »komisch vorgekommen war, gelinde gesagt«. Selbst wenn dieser Bäder nichts mit dem Verbrechen zu tun hatte: Vielleicht hatte er zumindest etwas Verdächtiges bemerkt, was er ihm berichten konnte.

Das mit dem lückenlosen Alibi der Peters' war nämlich so eine Sache. Einerseits logen alle Eheleute füreinander, wenn es drauf ankam. Andererseits hatte er Peters immer für einen feinen Kerl gehalten. Und die Nachricht von Tietjens Tod hatte ihn ehrlich überrascht. Daran bestand für ihn kein Zweifel.

Oke ließ sich von Peters' Frau zu der Außentreppe führen, über die er die Ferienwohnung im Obergeschoss des Bauernhauses erreichte. Sie schien noch verschnupft zu sein, weil die Polizei sie und ihren Mann so lange auf der Wache festgehalten hatte. Jedenfalls gab sie sich noch wortkarger als sonst.

Oke stützte sich am Geländer ab. Heftige Schmerzen plagten ihn an diesem Morgen. Er hätte in der Nacht niemals so lange in gebückter Haltung am Schwanz der Meyerschen Katze herumprökeln dürfen. Aber es hatte seine Zeit gedauert, bis dieser eine natürliche Form angenommen hatte.

Oke klopfte an. Als sich die blau lackierte Holztür zur Einliegerwohnung öffnete, schlug ihm ein vertrauter Geruch entgegen: Es roch fruchtig – wie in seiner Werkstatt. »Essigester«, entfuhr es Oke. Essigester wurde aus Essigsäure und Ethanol gebildet und zum Präparieren verwandt. »Moin. Oke Oltmanns, Polizei Hohwacht. Kann ich reinkommen?« Interessiert trat er näher, um zu sehen, womit sich Fritjof Bäder beschäftigt hatte. Er ließ den Blick über den improvisierten Arbeitsplatz auf dem kleinen Esstisch schweifen. Dort standen Kästen voller schwarzer Krabbeltiere, diverse Schalen mit und ohne Flüssigkeit und ein Mikroskop.

»Was wollen Sie von mir?«, fragte Bäder argwöhnisch. Er hatte sich noch nicht rasiert, trug ein knittriges T-Shirt, ausgebeulte Jogginghosen und keine Strümpfe. Er hatte offensichtlich niemanden erwartet.

Oke erklärte, dass er im Todesfall Kurt Tietjen ermittelte. »Kannten Sie Kurt Tietjen?«

Bäder bejahte erst, dann korrigierte er sich: »Das heißt, eigentlich habe ich ihn nur einmal im Wald getroffen.« Oke konnte sich nicht vorstellen, dass jemand den Förster von Hohwacht einfach so »traf«. Deshalb fragte er nach. »Erst wollte er mich verscheuchen«, räumte Bäder ein. »Aber als er hörte, dass ich mich mit Wildbienen befasse, haben wir uns eine Weile unterhalten.«

»Und worüber?«

Bäder dachte nach. »Ich habe etwas in der Art gesagt wie, dass die Wildbienen wirklich vom Aussterben bedroht sind! Anders als Honigbienen, die ja noch ihren Imker haben, der sich um sie kümmert.« Kurt Tietjen habe ihm dann erzählt, dass er mehrere Völker im Wald stehen hatte. Zwei seien ihm bereits im Herbst eingegangen. Tietjen habe keine Erklärung dafür gehabt. »Dann sind wir draufgekommen, dass ein Imker den Bienen natürlich nichts nutzt, wenn Landwirte die Umwelt vergiften. Pestizide schwächen Honigbienen. Was soll ein Imker dagegen tun können?«

Kurt Tietjen habe wissen wollen, woran er erkannte, ob in der Gegend Glyphosat ausgebracht wird. »›Na, das sieht man doch drüben am Löwenzahn‹, habe ich gesagt. ›Alles sogenannte Unkraut stirbt nach einem Glyphosateinsatz innerhalb weniger Tage ab.‹«

Oke dachte nach. »Kurt Tietjen dürfte dann klar geworden sein, dass Peters Glyphosat spritzt«, meinte er. Bäder nickte. »Wie hat Tietjen reagiert?«

Kurt Tietjen habe nicht gewusst, dass Peters seine Felder mit Glyphosat vorbereitet. Er sei sehr zornig geworden, erinnerte sich Bäder. »Er schimpfte und sagte, dass er noch an dem Tag zu Peters fahren und ihn zur Rede stellen wollte. Ich bin sicher, dass er das getan hat.«

Bäder schien sich mit Tietjen gut verstanden zu haben, jedenfalls besser, als Oke das von sich selbst behaupten konnte. Oke fragte Fritjof Bäder trotzdem, was er zur Tatzeit getan hatte. Der Mann hatte kein echtes Alibi, wenn man von den Minuten absah, in denen er mit dem Strandkorbvermieter und seiner Verlobten gesprochen hatte. Den Abend vorher hatte er allein mit seinen Käfern in seiner Ferienwohnung verbracht. Es gab kein Alibi, aber auch kein Motiv, musste Oke zugeben.

Über Peters und dessen Frau selbst konnte Bäder nicht viel sagen. Offenbar hatten die Landwirte kaum mit ihrem Mieter gesprochen. Einmal habe er die Frau am bewussten Tag gesehen, als er mittags kurz in die Ferienwohnung gegangen war, um sich eine Tomatensuppe aufzuwärmen, berichtete Bäder. Sie hatte zu dem Zeitpunkt auf der Wäschespinne im Garten die Unterhosen ihres Mannes aufgehängt.

Oke fasste sich an den Kopf. Nicht wegen der Büxen, sondern weil es nur wenige Minuten dauerte, einen Draht über einen Feldweg zu spannen. Das konnte praktisch jeder im Ort in einem einzigen unbeobachteten Moment getan haben. Zu ärgerlich, dass der Tatort ein abgelegener Feldweg war.

Okes Blick fiel erneut auf Fritjof Bäders improvisierten Arbeitsplatz am furnierten Esszimmertisch des Appartements. Die Präparate zogen ihn an. »Wollen Sie mal sehen?«, fragte der Mann in Jogginghose erfreut und machte eine einladende Handbewegung in Richtung einer quittegelben Stuhlhusse. »Hier habe ich ein schönes Männchen der Keulenwespe – Sapyga clavicornis.«

Oke ließ sich nicht lang bitten. »Ich präpariere übrigens ebenfalls. Dackel, Hauskatzen, Wildschweine nach Möglichkeit auch …«

Bäder hatte Ahnung von seinem Fach. »Cyankali bringt die Tiere nur dazu, dass sie verkrampfen«, sagte er gerade und unterbrach damit Okes unerfreuliche Gedanken an einen Wildunfall auf der Landesstraße. »Außerdem verändert Cyankali die Gelbfärbung bei Bienen.«

Zum ersten Mal konnte Oke zuschauen, wie ein Profi Insekten präparierte: »Man sollte den Essigester sparsam verwenden, sonst werden die Tiere zu feucht und ihr Pelz verklebt.«

Oke registrierte eine Lupe auf dem Tisch. »Darf ich?«

Wenig später waren Kommissar und Käferkundler in ein Gespräch über das Für und Wider bestimmter LED-Energiesparlampen in Stabform vertieft. Neun Watt ersetzten 75 Watt, Lichtfarbe Warmweiß, 3.000 Kelvin. »Für die Bestimmung von Wildbienen gibt es nichts Besseres«, urteilte Fritjof Bäder.

Natürlich hatte Fritjof Bäder ein Stereomikroskop dabei. Fasziniert erfasste Oke die Mundwerkzeuge einer weiteren Wildbiene. 500 Arten gäbe es in Deutschland, erklärte ihm Bäder. Alle seien durch Monokulturen und Gifteinsätze vom Aussterben bedroht. Dann verfolgte Oke, wie Bäder mit der Pinzette die pelzigen Beinchen der Tiere in einer Petrischale zurechtbog. Es fiel Oke schwer, sich von der Materie loszureißen.

Er hatte sich mit Gott zu einem Snack im Fischhus verabredet. Sie wollten sich austauschen und gegebenenfalls nächste Schritte planen. Sobald er der Fischbudenbesitzerin gegenüberstand, wusste Oke, dass er lieber die Bäckerei als Treffpunkt hätte vorschlagen sollen: »Nicht, dass du mir wieder wegläufst, Oschi. Reden wir über dein Rückenproblem.« Wencke Husmann blinzelte ihn mit ihrem braunen Auge an. Wie ihr Spitz Wolfgang hatte sie zwei verschiedenfarbige Augen. Es gab weitere Ähnlichkeiten zwischen Wencke und dem aggressiven Spitz, dachte er gerade. Obwohl, das war ungerecht: Zugeschnappt hatte Wencke seines Wissens nach noch nie.

»Guck dich an, Oschi, wie du dastehst. Der schiefe Turm von Pisa ist im Vergleich zu dir kerzengerade.« Wenn er etwas nicht leiden konnte, war es, mit Türmen verglichen zu werden. »Du hast eine Schonhaltung eingenommen. Wir müssen unbedingt gegensteuern.« Er sah sich Hilfe suchend nach Jan um. Er konnte ihn aber nirgends entdecken. »Oschi, hör mal zu: Mit Bandscheibenproblemen ist nicht zu spaßen. Deine Schmerzen könnten chronisch werden. Meint auch Dr. Scheller.«

Hatte er das eben richtig verstanden? »Du hast mit Dr. Scheller über meinen Rücken gesprochen?«, donnerte er. Wenckes Hund begann zu knurren und einige Stammgäste, die Wolles reizbares Temperament kannten, hoben auf ihren Barhockern vorsichtshalber die Füße an.

»Ich habe ihn zufällig auf dem Markt in Lütjenburg getroffen …«, entgegnete Wencke kein bisschen verlegen. Oke ließ sich schwer auf einen Stehhocker sinken.

»Keine Sorge, wir kriegen dich wieder hin. Ich habe Inse bereits ein Rezept für Gewürzquark gemailt.« Misstrauisch blickte er erst in das braune und danach in das grüne Auge. »Muss ich den essen oder mich damit einschmieren?«

Ohne eine Miene zu verziehen, erklärte Wencke: »Essen. Durch eine entsprechende Ernährung kannst du Entzündungen mindern. Entzündungen sind eine typische Begleiterscheinung eines LWS-Syndroms.« Ihr fiel noch etwas ein: »Am besten du verzichtest komplett auf Kohlenhydrate und Weizen und stellst auf Dinkel um.«

Wenn dieser Düvel zusammen mit Inse seinen Essensplan der nächsten Wochen ausklamüsert hatte, erwartete ihn sicher Schlimmeres als grauer Schleim.

Kaum dachte er an teuflische Qualen, erschien Gott quasi als Gegengewicht auf der Bildfläche: »Goden Dag!«, grüßte er gutgelaunt in die Runde. Zwei Bauarbeiter in orangeroten Westen am benachbarten Stehtisch grüßten zurück. Oke registrierte, dass sie fast durchsichtigen Kaffee zur Zeitung tranken, vermutlich aus Lupinen gepresst, dachte er und erschauderte.

»Moin«, entgegnete Oke. »Was rausgefunden?«

Gott berichtete ihnen, dass Unbekannte aus einem Carport in Scharbeutz einen Caravan gestohlen hatten. In Grömitz war ein Luxuscamper von einem Grundstück entwendet worden – die Täter hatten dreisterweise das Einfahrtstor des Besitzers aufgebrochen. »Jo!«, stieß Oke hervor. Lothar Schubinsky und er hatten es geahnt: Es musste eine ziemlich gut organisierte Bande am Werk sein!

Dann platzte Gott mit der Nachricht raus, dass Kollegen auf der Bundesstraße 76 ein unbeleuchtetes Wohnwagengespann gestoppt hätten. »Dä Fahrer wor fott!« Sicher sei er aus dem Fahrzeug gesprungen und getürmt.

Wencke, die noch bei ihnen stand, lächelte. »Wie aufregend! Aber wollt ihr nicht erst mal was zu essen bestellen?« Wencke hatte augenscheinlich eine Schwäche für den Kölner. Oke vermutete den Grund dafür darin, dass Gott sie an seinem ersten Abend im Fischhus ein »lecker Mädche« genannt hatte.

Für einen Moment hatte Oke eine schreckliche Vision: Er sah verkleidete Hohwachter im Fischhus Polonaise zu Karnevalsmusik tanzen.

Wahrscheinlich lag es an den Hungergefühlen, dass ihn solche Hirngespinste plagten. Als Gott ein Fischbrötchen bestellte, sagte er schnell: »Zwei.« Doch Wencke hob abwehrend den Arm: »Für dich habe ich etwas anderes, Oschi, reine Omega-3-Fettsäuren für Herz und Kreislauf, Immunsystem und Gehirnfunktion.«

Oke nahm sich ernsthaft vor, das Fischhus künftig weiträumig zu umgehen. »Dä Fahrer hät sich zo Foß ...«, setzte Gott an und verstummte beleidigt, als Oke ihn schlechtgelaunt darauf hinwies, dass er gefälligst Nord- oder zumindest Hochdeutsch sprechen solle.

»Wenn der Täter tatsächlich zu Fuß weggerannt wäre, dann hätten die Kollegen ihn schnappen müssen«, hielt Oke dagegen.

»Et es op eimol en Limousin opjedauch.« Eine Limousine war aufgetaucht? Das wurde immer besser. Oke sah schon die Schlagzeile in den Zeitungen: »Clankriminalität in der Lübecker Bucht!«

Den Caravan, es handelte sich um den Luxuscamper aus Grömitz, hätten die Kollegen sichergestellt, führte Gott aus, als Wencke mit zwei Tellern zurückkam. Gott bekam eine kross gebratene Fischfrikadelle im fluffigen Weizenbrötchen.

Okes Gericht sah sehr übersichtlich aus. Auf einem Teller lag ein einzelnes Salatblatt. Er musste ein wenig suchen, bis er den Nano-Hering darunter fand.

Nachdem er die Spurenelemente von Fisch mit einem Bissen beseitigt hatte, kam Gott mit einer neuen Information: »Diese Morje kom die Nachrich eren, dat ...«

Oke hob abwehrend die Hand. »Verdammig! Ich versteh kein Wort!« Er bekam noch schlechtere Laune, wenn er anderen beim Essen zusehen musste.

In beinahe verständlichem Hochdeutsch trug Gott vor, dass es fast zu einem weiteren Wohnwagen-Diebstahl auf dem Campingplatz am Hundestrand gekommen sei. »Der Wohnwagen, Marke Dethleffs, hat den Winter über auf dem Campingplatz gestanden. Durch Zufall kamen die Besitzer genau in dem Moment auf den Platz, als sich der Täter am Deichselschloss des Gefährts zu schaffen machen wollte.« Glücklicherweise sei auch der Platzwart schnell zur Stelle gewesen, der den Täter verjagt habe. Das Paar sei dann wie geplant hoch zur Insel Poel gefahren. »Se wollten en Strandtour maache. Es dat nit romantisch?«

Oke war wie vom Donner gerührt. Wozu campte der Kollege eigentlich auf dem Platz, wenn man ihm dann doch die Fahrzeuge unterm Hintern wegklaute?

Ab sofort würde er die Überwachungsaktion überwachen!

TILDA

Beinahe wäre sie mit dem Kopf gegen eine Möwe gestoßen. Der Plastikvogel baumelte von einem Nylonfaden von der Ladendecke herab und sie hatte das Teil glatt übersehen. »Oh, Verzeihung, da war wohl wieder einer unserer Leichtmatrosen am Werk!« Ein Mann im Fischerhemd kam hinter der Kasse hervorgeschossen. Er wirkte sehr beflissen und glich dem früheren Ladenbesitzer aufs Haar: blonde Locken, höckerige Nase. Nur, dass der Verkäufer ungefähr 30 Jahre jünger sein musste. Offenbar stand Hinnerk Ackermanns Sohn vor ihr. »Möwen können richtig frech werden, vor allem, wenn man ein Fischbrötchen dabeihat … Haben Sie?«

Sie lächelte. Der Typ wirkte auf sie attraktiv. Trotz der tiefen, dunklen Schatten unter seinen Augen, die von vielen schlaflosen Nächten zeugten. Auch seine zittrigen Hände waren ihr nicht entgangen. Einerlei: Sie brauchte ohnehin keine weitere Enttäuschung in ihrem Leben.

»Wie wäre es mit dieser blauen Vase? Für die Wildblumen vom Küstenspaziergang?«, fragte er betont fröhlich. »Oder mögen Sie Kissen mit Seesternmotiv?«

Sie schüttelte den Kopf. Zerstreut fingerte sie an einem Sisalknäuel, das in einer muschelförmigen Schale lag. So eine Schale könnte sie mit ihren Kursteilnehmern leicht nachmachen. Es bräuchte nur eine Form. Sie schaute auf das Preisschild: 14,95 Euro. Wow. Dafür bekam sie im Baumarkt etwa 100 Kilo Beton. Er hielt ein neues Stück hoch: »Oder schlägt Ihr Herz für diesen formschönen Fisch-Haken fürs Geschirrtuch? Das wäre doch das perfekte Utensil für Ihre Kombüse.« Langsam tat er ihr leid. Er wirkte so eifrig und gleichzeitig nervös, wie er dastand und versuchte, ihr etwas zu verkaufen. Vielleicht lief der Laden schlecht?

»Eigentlich wollte ich nur zu Hinnerk …«

Sein Lächeln verschwand. »Mein Vater ist kürzlich verstorben. Das Herz, wissen Sie. Ich habe meine Zelte in Berlin abgebrochen und den Laden hier übernommen.«

Sie machte ein betroffenes Gesicht. »Äh, ja, stimmt ja, das mit Ihrem Vater wusste ich. Ich hatte es nur vergessen. Furchtbar. Mein herzliches Beileid.« Sie schwiegen beide einen Augenblick. Sie hatte das Gefühl, etwas

Aufmunterndes sagen zu müssen, und fragte: »Und Sie kommen wirklich aus der Hauptstadt?«

Er lächelte. »Aus dem nicht ganz so aufregenden Karlshorst.« Der Randbezirk im Osten Berlins, der zu Lichtenberg gehörte, sei nicht so schön wie Charlottenburg, aber doch ein Stadtteil, der in den letzten Jahren stark gewachsen sei. »Es ist ruhiger, grüner und auch noch günstiger als mittendrin. Nikita und ich sind unsere Zweizimmerwohnung mit Kusshand losgeworden.«

Sie fragte sich, wer Nikita war. »Und kümmern Sie sich jetzt auch um die Bienen Ihres Vaters?«

Er sah sie überrascht an. »Sie wissen von den Bienen? Ach, natürlich, mein Vater hat den Honig ja hier im Laden mitverkauft.« Er verdrehte die Augen, so als gehe ihm die eigene Gedankenlosigkeit auf die Nerven.

Mann, war der Typ wuschig. Sie setzte ein geschäftsmäßiges Lächeln auf: »Und kommen Sie gut mit den Bienen zurecht?«

Es dauerte nicht lang und sie hatte, was sie wollte. Frerk hatte zehn 25-Liter-Vorratseimer aus dem Keller geholt und sie ihr mit der Sackkarre sogar bis zum Auto gebracht. Hinnerks Bienen mussten im vergangenen Jahr sehr fleißig gewesen sein oder Hinnerk hatte kaum Honig verkauft.

»Und Sie sind sicher, dass Sie nicht auch noch diesen schönen Rettungsring brauchen?« Während er ihr die Tür aufhielt, grinste er spitzbübisch.

Sie verneinte lachend und hatte das Gefühl, jemand habe ihr gerade Flügel verliehen. Es kam ihr fast vor, als schwebte sie zur Tür hinaus. Dabei wäre sie fast mit einem schlaksigen Jugendlichen mit großen, melancholischen Augen zusammengestoßen.

NIKITA

»Was für eine Tinderella war das denn?« Er stand in einer Wolke Parfum, voll das Eau de WC, und konnte nicht fassen, was er da eben gesehen hatte. »Hast du ihr etwa unseren Honig mitgegeben?«

Sein Vater räusperte sich. »Wie redest du? Tinderella! Was heißt das überhaupt?«, fragte Frerk.

Und Nikita murrte: »Verstehst du nicht.« Sein Vater kannte die Dating-App Tinder sicher nicht. Wahrscheinlich hoffte er immer noch, dass Mona zurückkehren würde.

»Und ja. Ich habe ihr alles mitgegeben. Ich dachte, dann bräuchten wir uns erst mal nicht um den Honig zu kümmern. Wir hätten ihn ja abfüllen müssen, Etiketten schreiben, Gläser besorgen – all das hat Opa letzten Sommer schon nicht mehr geschafft. Ich glaube, der Honig war nicht mal cremig gerührt. Und außerdem haben wir genug mit dem Laden zu tun.«

Nikita schlug sich an die Stirn: »Ich fasse es nicht! Die Alte hat wirklich unseren ganzen Honig gekriegt?«

Sein Vater sah ihn verwirrt an: »Wo liegt das Problem? Du isst doch sowieso lieber Marmelade zum Frühstück.«

Darum ging es nicht! Nikita spürte, wie er richtig wütend wurde. »Den Honig habe ich mit Opa gemacht!«, schrie er und rannte aus dem Laden. Er knallte nicht mal die Tür, sondern ließ sie einfach offen.

Wie immer, wenn Nikita sich traurig fühlte, lief er zum Meer. Es lag nur wenige Schritte entfernt, das war das

Tolle an Opas Haus, das jetzt ihnen gehörte. Er bohrte die Hände tief in die Taschen seiner löchrigen Jeans und marschierte mit ausladenden Schritten die Straße hinab. Er wollte weg von seinem Vater, der nichts verstand.

Es dauerte nicht lang und Nikita vernahm das sanfte Rauschen des Meeres und die schrillen Schreie hungriger Möwen. Er ließ den Blick über die weite, offene Wasserfläche schweifen. Erstaunlich, wie grün das Meer heute schimmerte. Er ging ein Stück in seinen Turnschuhen über den festen Sand direkt am Wasser. Die Wellen hatten jede Menge Muscheln angeschwemmt, die in der Sonne leuchteten. Nikita hob eine besonders schöne Sandklaffmuschel auf.

Diese weißen Muscheln hatte er schon als Kind geliebt. Vielleicht, weil Opa ihm erzählt hatte, dass Wikinger sie vor Jahrhunderten nach Hohwacht gebracht hatten. Opa hatte ihn aufgefordert, beide Schalen eines Exemplars zusammenzusetzen. Das funktionierte nicht. Der klaffende Spalt hatte der Sandklaffmuschel ihren Namen verliehen.

Ferien bei Opa waren nie langweilig gewesen. Eine Träne rollte über seine Wange. Schnell fuhr er sich durchs Gesicht und kletterte auf ein paar große Steine, die einen Wellenbrecher bildeten.

Sein Vater hatte nicht nachgedacht, als er den Honig weggegeben hatte. Klar konnten sie neuen Honig machen. Aber das war nicht dasselbe!

Nie wieder würde er mit Opa die große Honigschleuder in Omas früheres Nähzimmer wuchten. Das Nähzimmer war ein idealer Platz zum Schleudern: Da die Bienenkästen auf der Dachterrasse standen, hatten sie die Honigwaben nur über die Schwelle tragen müssen.

Opa hatte ihm einen Imkeranzug besorgt. Es war ein komisches Gefühl, den Anzug zu tragen. Er kam sich darin vor wie ein Astronaut. Der Imkeranzug erfüllte jedoch einen Zweck: Die Bienen mochten es nicht, wenn man ihren Honig stahl. Sie attackierten Opa und ihn, bis sie endlich alle Honigwaben ins Nähzimmer getragen hatten und er die Terrassentür erleichtert hinter sich zuschlagen konnte. Dann hörten sie, wie die Bienen wütend gegen die Scheibe rumsten, und sahen sich verschwörerisch an.

Wie hatte Frerk diesen Honig weggeben können? Er hatte ihnen so viel Arbeit beschert. Er erinnerte sich, wie er mit seinem Großvater in dem engen, stickig-heißen Dachgeschosszimmer die Waben vom Bienenwachs befreit hatte. Zum Entdeckeln hatte er ihm eine Art Gabel in die Hand gedrückt, mit der Nikita die dünne Wachsschicht abkratzte, mit der die Bienen den Honig in den Zellen verschlossen hatten. Erst nach dieser Prozedur konnten sie beginnen, den Honig aus den Waben herauszuschleudern.

Der ganze Raum duftete bald nach Honig. Immer vier Rähmchen, eines wog um die zwei Kilo, hängte er in den Schleuderkorb in der blitzenden Edelstahl-Trommel ein. Dann drehte er an der Holzkurbel. Erst langsam, dann schneller. Nur nie zu schnell, damit die Waben beim Schleudervorgang nicht auseinanderbrachen.

Der Deckel der Schleuder bestand aus Glas, sodass Nikita zusehen konnte, wie der Honig beim Drehen der Trommel aus den Waben flog. Er klatschte innen gegen die Trommelwand und lief in dicken, zähflüssigen Tropfen daran herunter.

Beim Honigmachen klebten Opa und er schnell am ganzen Körper. Jedes Mal, nachdem er Waben durchs Zimmer getragen und in die Schleuder gesteckt hatte, schleckte er sich ausgiebig die glänzenden Finger ab. Es stimmte, er war kein Honig-Fan, aber so frisch aus den Waben mochte er ihn doch. Der Honig schmeckte unglaublich süß.

Nikita besann sich wieder auf das, was gerade geschehen war: Sein Vater hatte ihm noch hinterhergerufen, Frau Schwan stecke in einer Notsituation. Darum habe er helfen wollen.

Notsituation! Wenn er das schon hörte. Not litten Kinder in Afrika oder philippinische Fischerfamilien, denen ein Taifun das Haus weggepustet hatte. Aber sicher nicht diese Abtörn-Tussi in Blümchengummistiefeln!

Er zog nachdenklich die Brauen zusammen. Was hatte die Frau seinem Vater eigentlich für den Honig bezahlt? Egal, er würde zurückgehen und seinem Vater sagen, dass der den Honig zurückholen müsse. Und zwar jetzt.

TILDA

Gerade hatte sie mit Ach und Krach die schweren Eimer aus dem Kofferraum und vom Rücksitz auf die Straße gewuchtet, als ein alter Golf vor ihrem Haus hielt: Was machte Frerk Ackermann hier? Und wie sah er aus? Sein Gesicht wirkte wie versteinert. »Ist etwas passiert?«, fragte sie verdattert.

Frerk sagte, er habe einen riesigen Fehler gemacht. Er müsse den Honig zurückhaben. Jetzt. Sofort. Seine Stimme hatte eine unnatürliche Höhe erreicht. Es dauerte einen Augenblick, bis ihr Verstand verarbeitet hatte, was er wollte und was das für ihr Geschäft mit Jensen bedeutete. Sie hatte plötzlich das Gefühl, der Boden unter ihr würde sich drehen. »Nicht Ihr Ernst! Das können Sie nicht machen!«, keifte sie.

Nebenan wurde ein Fenster zugeschlagen. Frerk machte einen Schritt auf die Eimer zu, die zwischen ihren beiden Autos standen. Verzweiflung schwang mit, als sie rief: »Ich habe doch schon bezahlt! Wir waren uns einig!«

Er stieß sie weg und sie wäre auf den Asphalt gefallen, hätte ihr Wagen nicht hinter ihr gestanden. So stieß sie nur unsanft mit dem Hinterteil gegen die Kühlerhaube.

Mit einer Hand drückte er sie gegen das Auto, damit sie die Eimer nicht schnappen konnte, mit der anderen holte er etwas aus der Hosentasche: die Geldscheine, die sie ihm vor nicht mal zehn Minuten abgezählt hatte. Frerk warf ihr das Bündel entgegen. Es prallte an ihrem Körper ab, und die Scheine segelten auf den Asphalt. Ein Windstoß erfasste einen 50-Euro-Schein, und er wehte ein Stück den Rinnstein hinab.

Frerks Locken hingen ihm wirr ins Gesicht, in seinen grauen Augen glaubte sie, Wahnsinn zu erkennen.

Das konnte er nicht machen! Sie hatte ihm den Honig regulär abgekauft. Das war Diebstahl! Sie brauchte den Honig für Jensen! Mit diesem Gedanken stürzte sie sich auf Frerk. Sie wollte ihm eigentlich nur den Eimer entreißen. Stattdessen riss sie ihm mit ihren Fingernägeln die Haut auf. Blutige Striemen zogen sich über seinen Arm.

Er jaulte vor Schmerz auf und gab ihr einen kräftigen Stoß, der sie hart gegen den Wagen krachen ließ. Das brachte sie zur Vernunft.

Stumm beobachtete sie, wie er, ohne sie eines Blickes zu würdigen, einen Eimer nach dem anderen in seinen Kofferraum verfrachtete. In eine stinkende Abgaswolke gehüllt, stand sie reglos auf dem Bürgersteig. Ihre Wangen glühten, aber ihr war eiskalt.

»Brauchst du das Geld nicht? Dann nehme ich es, okay?« Der Nachbarsjunge hatte seinen City-Roller neben ihr gestoppt. »Oder soll ich dir beim Einsammeln helfen und du gibst mir Finderlohn?«

Erst später, am Küchentisch, fiel ihr auf, dass sie Paul einen ziemlich großzügigen Finderlohn überlassen hatte: 50 Euro. Auch das noch.

Eine Zeitlang betrachtete sie die welken Gartentulpen auf ihrem Küchentisch, ohne sie wirklich zu sehen. Sie fühlte sich leer und ohne Hoffnung. Sie würde es nicht schaffen, sich eine erfolgreiche Berufsimkerei aufzubauen. Es gab zu viele Widrigkeiten, Umstände, Hürden. Sie packte das alles einfach nicht.

Tilda suchte eine bestimmte Teesorte auf dem Tee-Regal, als ihr Handy summte. Eine neue Nachricht der Jensen Co. KG war eingetroffen: »Sehr geehrte Frau Schwan, wir freuen uns, Ihnen heute mitteilen zu können, dass Ihr Namensvorschlag ›Ostsee-Gold‹ in unserem Unternehmen großen Anklang gefunden hat. Wir können nun mit der Werbekampagne starten, brauchen von Ihnen jedoch möglichst bald eine Honigprobe ...«

Es dauerte, bis die Tränen kamen, und als sie kamen, taten sie es im Überfluss. Tilda stand vor dem Regal und konnte nicht aufhören zu heulen. Das Schluchzen kam aus ihrem tiefsten Inneren. Tilda tat sich selbst furchtbar leid.

Toni hatte ihr in den letzten Tagen und Wochen Mut gemacht, auch wenn es wegen seiner Erkältung nur am Telefon war. Er hatte sie bestärkt, den Deal mit Jensen durchzuziehen. Selbst als sie bereits aufstecken wollte. Toni hatte immer an sie geglaubt, weil er blind vor Bruderliebe war, gestand sie sich ein. In Wirklichkeit war sie jemand, der sich von allen herumschubsen ließ. Niemand, den sie kannte, wäre so blöd wie sie gewesen und hätte sich den Honig wieder abnehmen lassen.

Das war sie: eine Idiotin mit verheulten Augen und einer Nase, die nach dem Geflenne eine größere Ähnlichkeit mit einer matschigen Erdbeere haben würde als mit einem menschlichen Riechorgan. Und das alles nur, weil sie zu feige war, ein kleines bisschen an der Wahrheit zu drehen und den Honig zu strecken.

Sie drückte ein Geschirrtuch gegen ihre nassgeweinten Wimpern. Dann fasste sie ihre langen, tränenfeuchten Haare am Hinterkopf zu einem Knoten zusammen.

Voll düsterer Gedanken starrte sie vor sich hin: Sie würde einen Weg zum Erfolg finden.

FRERK

Der Streit hatte ihm arg zugesetzt. Er musste sich dringend wieder mehr um den Jungen kümmern. Zur Versöhnung hatte er ihn nach der Schule zum Mittagessen beim Chinesen eingeladen. Nikita liebte Bratnudeln.

Der Kellner wies ihnen einen Tisch unter einer roten Laterne zu. Nikita blickte ihn nicht einmal an. Unverwandt starrte er auf das Display seines Handys. »Nimmst du wieder Bratnudeln?«, fragte Frerk freundlich, das Gedudel aus dem Handy ignorierend. Nikita zuckte desinteressiert mit den Schultern. Frerk konnte nicht mal erkennen, ob das ein Nein oder Ja gewesen sein sollte.

»Wie bitte?« Nikita sah nun doch hoch: »Ich will eigentlich nix. Keinen Hunger.«

Frerk langte über den Tisch und stieß seinem Sohn freundschaftlich gegen den Arm: »Komm schon, du hast doch sonst immer Hunger wie ein Raubtier, wenn du aus der Schule kommst.« Nikita zuckte vor der Bewegung zurück, Frerk sah Schmerz in seinen Augen. Sofort gingen seine Alarmglocken an: »Was ist los, Tiger? Bist du verletzt?« Er hatte die Frage betont locker gestellt.

Nikita schaute aus dem Fenster, als er mit zusammengebissenen Zähnen sprach: »Nein, und nenn mich nicht Tiger. Das ist peinlich.«

Frerk zog ihm das Handy aus der Hand: »Warum sagst du mir nicht, was du hast?« Nikita antwortete nicht, sondern starrte weiter vor sich hin. Frerk überkam eine böse Ahnung. Er begann zu schwitzen. Was, wenn sein Sohn ein Mobbingopfer war? So lange waren sie noch nicht in Hohwacht. Wurden die Neuen nicht immer fertiggemacht?

»Hattest du Streit in der Schule?« Nikita schüttelte langsam den Kopf.

»Für Sie beide Bratnudeln mit Hühnchen?«, fragte die Kellnerin. Sie stand am Tisch, ihr Lächeln schwebte über ihren Köpfen. Frerk räusperte sich: »Gern.« Er würde Nikita nicht noch mal nach seinem Essenswunsch fragen.

»Und zweimal Cola?«

Er nickte wieder und lächelte zurück. »Nikita!«, zischte er dann. »Wenn du mir nicht sagst, was du hast, kann ich dir nicht helfen!«

Nikita verzog den Mund: »Misch dich nicht in meine Sachen ein! Ich regle das allein!«

Frerk sah sich um. Außer ihnen saß in dem Lokal nur eine gesellige Rentnergruppe, die am Nachbartisch Platz genommen hatte.

Die Senioren lachten häufig und laut. »Keine Seniorenteller?«, fragte eine Mittsiebzigerin im Ringelpulli mit gespieltem Entsetzen. »Dann nehmen wir alle einen Kinderteller!« Die Ü-70-Truppe johlte.

Die Kellnerin brachte ihre Bratnudeln. Von den Tellern stieg Dampf auf und es roch appetitlich. Nikita stocherte mit der Gabel in dem Haufen Nudeln herum.

Frerk griff nach der Sojasauce und ertränkte seine Nudeln darin. Als ob die Nudeln etwas dafürkönnten, dass Vater und Sohn gerade eine schwierige Phase durchmachten.

Die Rentner nahmen von der Kellnerin ihr Besteck entgegen. »Stäbchen?«, rief die Frau im Ringelpulli munter: »Brauche ich nicht. Ich will doch nicht häkeln!« Erneutes Gelächter.

So kam er nicht weiter. »Wie war es in der Schule?«, fragte er deshalb. Als Nikita weiterhin nur in seinen Nudeln herumstocherte, verlor Frerk die Geduld und packte ihn fest am Handgelenk: »Sag mir jetzt, was mit dir los ist!«

Nikita verzog erneut schmerzerfüllt das Gesicht. Frerks schlechtes Gewissen regte sich. Er war zum zweiten Mal handgreiflich geworden, erst bei Tilda und jetzt sogar bei seinem Sohn. Was war nur in ihn gefahren? So fest hatte er nicht zupacken wollen. »Was ist mit deinem Arm? Tut dir etwas weh? Zeig doch mal her«, bat er Nikita in versöhnlichem Ton.

Zögernd schob Nikita den Ärmel des hellblauen Shirts hoch. Der Ellbogen war stark angeschwollen. »Was hast du gemacht?«, fragte Frerk entsetzt. Nikita berichtete ihm stockend von einem »Fahrradunfall«. Erst durch viele Nachfragen, die Nudeln waren bereits kalt, erfuhr Frerk, was tatsächlich passiert war.

Er war geschockt. Ein Orthopäde würde sich das Gelenk ansehen müssen. Er fragte sich, mit was für brutalen Typen sein Sohn neuerdings abhing. Mit Leuten, die Bienen in die Luft sprengten? Frerk konnte nicht begreifen, dass Nikita bei so etwas überhaupt mitgemacht hatte. Und er konnte seine Enttäuschung über das Verhalten seines Sohnes nur schlecht verbergen. »Warum hast du das getan?«

Nikita legte endlich seine Gabel hin. »Weil Baum«, sagte er leise.

Frerk hätte ihn schütteln können: »Was soll das wieder heißen? Kannst du nicht mal normal mit mir reden?«

Nikita sagte: »Das heißt, weil es so war ... Wahrscheinlich wegen JP.«

»Bedroht dich dieser JP?« Nikita schwieg. »Das ist meine Sache«, sagte er dann. »Komm bloß nicht auf die Idee, in meiner Schule aufzukreuzen.«

Etwas anderes schien den Teenager mehr zu beunruhigen: »Vielleicht hat mich die Frau durchs Fenster erkannt«, meinte er. »Und der Förster hat den Draht gespannt, um mich zu killen. Ich fahre da ja öfters lang.«

Frerk zog die Brauen zusammen: »Jetzt hoffentlich nicht mehr!« Nikita sagte, dass er seit dem Morgen mit dem Bus gefahren sei. Frerk nahm sich vor, abends weniger zu trinken und morgens früher aufzustehen. Er bekam ja offenbar nichts mehr von dem mit, was sein Sohn machte.

Am Nachbartisch wurde dreimal »Schweinefleisch süß-sauer«, einmal »Wan Tan«, zweimal »Pekingente mit Reis« und einmal »Gebratene Nudeln« auf Kindertellern serviert. »Was heißt ›Oma‹ auf Chinesisch?«, fragte lautstark ein Rentner die Frau im Ringelpulli. Sie wusste es nicht. »Kan kaum kaun«, sagte er und prustete los.

Frerk versuchte, seine Gedanken zu sortieren. »Alles in Ordnung bei Ihnen?« Die Kellnerin sah auf ihre vollen Teller hinab. Sie nickten beide höflich und Nikita fing an zu essen. Jetzt, da er gebeichtet hatte, schien sein Appetit zurückzukehren.

Frerk fiel das Denken schwer. Irgendetwas konnte an Nikitas Geschichte nicht stimmen. Sein Sohn hatte es wahrscheinlich nicht mitbekommen, aber Kurt Tietjen war tot. Und der Förster würde nicht einen Draht spannen, um selbst hineinzufahren und sich das Genick zu brechen. Es sei denn, er wollte Selbstmord begehen.

Nikita hatte seine Nudeln aufgegessen. Er selbst konnte nicht so unbeschwert zulangen: Wer hatte nun wirklich diesen Draht gespannt – und für wen? Müssten sie jetzt nicht zur Wache gehen? Wenn Nikitas Vermutung stimmte und die Frau des Försters ihn erkannt hatte, dann hatte diese Frau seinem Kind möglicherweise tatsächlich eine Falle gestellt. Und ihr Mann war ebenfalls in die Falle gegangen … nur, dass er dabei ums Leben gekommen war. Um Himmels willen! Konnte das sein? Wollte die Försterin Nikita etwas antun, ihn gar töten? Die Gedanken wirbelten durch seinen Kopf. Sollte er nun die Polizei informieren oder sah er mal wieder Gespenster? Er hatte den Eindruck, sein Schädel würde gleich zerspringen.

»Isst du die Nudeln nicht?«, fragte Nikita. Frerk schob seinem Sohn wortlos den Teller rüber und warf zur Beruhigung Benzodiazepine ein. Die Welt würde gleich wieder besser aussehen.

OKE

Das war nichts für ihn: Niemals würde er auf einer Poolnudel durch ein Wasserbecken reiten! Schon gar nicht, wenn er befürchten musste, bei dieser Übung von anderen rückengeplagten Damen und Herren beobachtet zu werden. Selbst, wenn diese ebenfalls auf neonfarbigen Schaumstoffrollen durchs Chlorwasser trabten.

Diesen Standpunkt legte er Inse dar. Sie wollte ihn zu einem Aquakursus anmelden. »Ich mache überhaupt nichts mit Poolnudeln«, informierte er seine Frau über seinen Entschluss – seinen unumstößlichen Entschluss.

Inse sah ihn ungerührt an: »Gehen wir dann wenigstens in deiner Mittagspause und abends am Strand spazieren?« Er bejahte und fühlte sich sofort, als wäre er seiner Frau auf den Leim gegangen. Wahrscheinlich begann am Montag gar kein neuer Aquakursus und sie hatte von Anfang an Spaziergänge im Sinn gehabt.

Nicht, dass er es zugegeben hätte, aber das Laufen am Wasser tat gut. »Es wurde schon wieder ein Wohnwagen gestohlen – in Eutin«, begann Oke zu erzählen. »Hohwacht ragt nur insofern heraus, als dass es schon zweimal den Campingplatz am Hundestrand getroffen hat«, erklärte er Inse, während er eine angespülte Qualle umrundete. Sie hörte wie immer aufmerksam zu.

Schon ewig waren sie nicht mehr so nebeneinanderher spaziert. Er atmete die frische Brise ein und krempelte sich die Ärmel seines Hemdes auf. Die Sonne schien jetzt mittags schon recht kräftig. »Du lächelst ja«, stellte Inse verwundert fest.

»Een Versehn«, antwortete er trocken und griff nach ihrer Hand.

»Gibt es Verdächtige?« Er schaute zu Inse hinab. Ihr Kopf reichte ihm knapp bis zur Brust. Seine Stimmung sank wie die Titanic, kurz nachdem sie den Eisberg gerammt hatte: unmerklich.

»Noch nicht«, grummelte er. Die Betonung lag auf »noch«. Und die Sache Tietjen ruhte auch noch.

Sie liefen bis zur Flunder, dem schönsten Aussichtspunkt der ganzen Lübecker Bucht, wie Inse fand. An dem Metallfisch vor der Veranstaltungsplattform hatte er vor Jahren ein rotes Liebesschloss für sie beide befestigt. »I und O forever«, hatte sie mit einem Permanentmarker draufgeschrieben. Es hing immer noch dort, zwischen all den anderen bunten Schlössern von Liebespaaren.

Sie standen auf dem Holzpodest, an das Metallgeländer gelehnt, und schauten aufs Meer. Er sah hinüber zu den weißen Strandkörben. Einige waren inzwischen belegt. Von Tag zu Tag würden jetzt mehr Feriengäste nach Hohwacht kommen.

Inse schmiegte sich an ihn. Er liebte sie wie am ersten Tag, als sie sich bei einer Fahrradtour verfahren und ihn nach dem Weg gefragt hatte. Inse und Oke für immer.

»Sag mal, holst du die Bienen dann am Hochzeitstag ab? Ich habe alles mit Tilda geklärt«, wandte sie sich mit treuherzigem Augenaufschlag an ihn. Seine Stimmung sank weiter.

War ihr entgangen, dass er tagelang herumgelaufen war wie Frankensteins Monster? Und diese Schwellung, die ihm Hohn und Spott nicht nur des Hohwachter Postbeamten Holtermann eingetragen hatte, ging auf das Konto eines einzelnen Insekts. Was würde erst ein ganzes Volk mit ihm anstellen? Hatte sie darüber mal nachgedacht? Hatte sie offenbar nicht. »Ist das nicht herrlich, Oschi? Wir sind dann Imker. Das ist für uns eine ganz neue Welt«, sagte Inse enthusiastisch und ihre sonst rosigen Apfelwangen glühten. Er überlegte, wie er ihr schonend beibringen konnte, dass es sich für ihn mit Bienen wie mit Poolnudeln verhielt: Je weniger er damit zu tun hatte, desto besser.

NIKITA

Bei dem Bombenwetter hingen viele aus seiner Klasse nachmittags am Strand ab. Er blieb dennoch in seinem Zimmer.

Seinen Arm konnte er inzwischen kaum mehr bewegen. Sein Vater meinte, es könne etwas gebrochen sein, weshalb sie nach Lütjenburg zum Röntgen gefahren waren. Der Arzt hatte ihm nur eine Schiene verordnet. Und so schräges Zeug gelabert. »Don't put your head in the sand« oder so. Trotzdem: Erst mal konnte er im Unterricht nicht mehr mitmeißeln. Cool!

Wäre er zum Strand gegangen, um mit den anderen abzuhängen, hätte er mitbekommen, wie sich ein Polizist JP vornahm. Kay erzählte es ihm am nächsten Morgen ganz zappelig in einer Freistunde. »Der hat sich fast in die Hosen gemacht«, berichtete Kay zufrieden. Es stand außer Frage, wen er meinte: JP.

Die Vernehmung sei nicht rechtens gewesen, denn ein Polizist durfte keine Kinder ohne ihre Eltern befragen, glaubte Kay.

Nikita widersprach: »Der ist doch 14. Da geht das. Wie kam es denn dazu, dass JP überhaupt befragt wurde?«

Kay berichtete, dass sie Beachvolleyball gespielt hätten. Irgendein Lauch hätte gerufen: »Hamma, JP.« Bei dem Namen hätte der Polizist aufgehorcht und sei zu ihnen herübergekommen. »Der war da wohl privat, mit seiner Frau.« Soweit Kay mitbekommen hatte, hatte der Polizist nichts über die Sache bei Tietjen im Wald gefragt. »Er wollte nur wissen, ob JP die Schranke am Campingplatz bedient hat – an dem Abend, als dort ein Luxuscamper verschwand.«

TILDA

Zur Trauergemeinde gehörten nur wenige Gäste. Es war ein versprengtes Häuflein in Schwarz, das sich auf den Weg in den Begräbniswald an der Steilküste machte. Tietjen hatte nicht viele Freunde in Hohwacht gehabt. Das hatte er davon, dass er so ein Kotzbrocken gewesen war, dachte sie.

Während sie wie die übrigen Gäste dem Trauerredner folgte, hatte sie gut gewichste Halbschuhe und bestrumpfte Fesseln in Pumps vor Augen. Und die riesigen Quadratlatschen von Inses Mann. Der Kommissar hatte sie vorhin so merkwürdig von der Seite angesehen. Tilda ließ sich weiter zurückfallen. Sie hatte ohnehin Mühe, Schritt zu halten, weil ihre Stöckelschuhe in dem weichen Waldboden versanken. Sie wünschte, sie hätte die Gummistiefel angezogen.

Der Redner brachte die Trauergemeinde zu einer Lichtung mit einer windzerzausten Tanne. Hier standen drei Holzbänke und ein Kreuz. Konrad und Sarah hatten Annemie in ihre Mitte genommen und sie zur vordersten Bank geführt. Von jetzt an kamen und gingen Annemies Schluchzer wie die Wellen, die unten in der Bucht gegen die Felsen schlugen: heftig.

Die Asche des Hohwachter Försters würde in einer biologisch abbaubaren Urne an den Wurzeln des Baumes mit der Nummer 77 vergraben werden.

Der Redner stellte es so dar, als sei der Förster und Imker ein besonders umtriebiger Umweltschützer Hohwachts gewesen. Vielleicht stimmte das sogar. Sie wusste es nicht. »Wir verweilen einen Augenblick bei diesen schönen Erinnerungen«, sagte der Redner gerade und löste damit einen neuerlichen Weinkrampf bei der Witwe aus.

Tilda blieb gefasst. Selbst die Stelle, an der sich der Trauerredner, schwarzer Anzug, akkurate Körperspannung, darüber ausließ, wie sehr sich Tietjen Enkel von Sarah und Konrad gewünscht hatte, ertrug sie regungslos. Was man von den anderen Gästen nicht behaupten konnte. Sarah heulte nun genauso laut wie ihre Mutter, was Konrad dazu veranlasste, den Arm um sie zu legen.

Der Trauerredner sprach von einem Tod, der sinnlos gewesen sei. Sie hoffte, dass das Gegenteil der Fall sein würde.

Mehrfach war sie nach Tietjens Genickbruch am Forsthaus gewesen. Sarah hatte sie zwar jedes Mal wieder weggeschickt. Heute jedoch würde sie nicht verhindern können, dass Tilda Annemie ihr Beileid aussprach und dann zum Punkt kam.

Die Rede war zu Ende. Die Trauergemeinde erhob sich, es wurde an Hosenbünden geruckelt, es wurden Jacken glattgestrichen und Hände geschüttelt, begleitet von einem dezenten Flüstern. Tilda machte zügig ein paar Schritte auf die Witwe zu, die nun abseitsstand und den Anschein erweckte, als sei sie nur körperlich anwesend.

Sarah war schneller: Sie schirmte ihre Mutter mit dem ganzen Körper gegen Tilda ab. Lächerlich. Die blöde Kuh konnte sie nicht davon abhalten, ihre Beileidsbekundung loszuwerden. Tilda drängelte sich an zwei alten Damen vorbei, die zeitgleich mit ihr mit ausgestreckter Hand auf

Annemie zugeeilt waren. »Der Tod deines Mannes raubt mir alle Worte«, sagte die eine aufgewühlt. »Wir fühlen mit dir, Annemie«, ergänzte die andere.

Weitere Trauergäste kamen von hinten dazu. Hände wurden geschüttelt, die Witwe mehrfach gedrückt. Als sie endlich selbst den Mund aufmachte, um Annemie ihre Anteilnahme auszusprechen, stand plötzlich der Kommissar zwischen der Witwe und ihr.

OKE

Es gab zwei Gründe, zu Kurt Tietjens Beerdigung zu gehen. Erstens wollte er wissen, wer noch hinging. Zweitens wollte er mit Annemie sprechen.

Er sah niemanden, den er nicht erwartet hätte. Außer Tilda, die schon wieder einen sonderbar schreckhaften Eindruck auf ihn machte. Die Frau erinnerte ihn an ein in die Enge getriebenes Kaninchen. Was hatte die mit Kurt Tietjen zu schaffen? Er würde Annemie danach fragen.

Doch es schien unmöglich zu sein, ein paar Worte mit der Witwe zu wechseln. Die Trauergäste umlagerten sie regelrecht. Und er hatte seinerseits Schwierigkeiten, Sieglinde Meyer abzuhängen.

Sieglinde Meyer wollte stets wissen, wen sie überlebt hatte. Dieses Begräbnis nutzte die Dorfälteste außerdem, um in Erfahrung zu bringen, was die Polizei bisher gegen den »Drahtzieher« unternommen hatte. Und die Kerle mit den Taschenlampen nicht zu vergessen. Er konnte ihr zumindest die Sorge nehmen, als Nächstes im Draht hängen zu bleiben: So schnell war sie mit ihrem Rollator auch wieder nicht!

Als er endlich vor Annemie stand, hatte er das Gefühl, keine Zeit für lange Vorreden zu haben. Er kam gleich zur Sache: »Ich muss mit dir über die tote Sau reden«, sagte er atemlos.

Annemie riss die geröteten Augen auf: »Über die tote Sau?« Weitere Tränen traten in ihre Augen und sie wischte sich eilig mit einem zerknüllten Taschentuch über die Lider.

Hohwachts Immobilienmakler war plötzlich zur Stelle und stützte Annemie am Arm. »Ach, Konrad, bring mich bitte nach Hause«, murmelte Annemie mit brüchiger Stimme.

Oke fuhr sich über die kurzen Stoppeln auf seinem Kopf. So schnell gab er nicht auf. »Annemie, warte bitte, ich weiß doch, dass er keine Sau war, sondern ein Eber, ein altes Wildschwein eben!« In der kurzen Stille hörte man Blätter im Wind rascheln und eine schnippische Stimme aus dem Kreis der Trauergemeinde, die sagte: »So was hab ich noch nicht erlebt!«

Annemies Finger krallten sich in den Jackenärmel des Maklers. »Konrad, bring mich hier weg! Wie kann dieser

Polizist nur so über Kurt sprechen? Er liegt keine zehn Minuten unter der Erde!«

GOTT

Die Sonne ging über dem Meer unter und er rezitierte begeistert die Zeilen von Emanuel Geibel.

»Im Blau verschwamm die ferne Flut
Wie Bernstein flimmerte der Sand;
Ich aber schritt in ernstem Mut
Hinunter und hinauf den Strand.«

Den ganzen Tag war er den Campingplatz auf und ab geschritten, hatte sich jeden einzelnen der 260 Stellplätze für Dauercamper und der 42 Plätze für Touristen angesehen, mögliche Zeugen befragt, im Kiosk Bonbons gegen das aufkommende Halskratzen gekauft, aber erst, als er bäuchlings auf seinem feuchten Schlafsack lag und durch die Lücke in der Plane plierte, sah er die blaue Jacke mit dem Aufdruck »Moin«.

Der Platzwart hatt sich dä janzen Daach nit blicke losse. Ävver jetz. Darauf hatte er gewartet. In der spärlichen Beleuchtung einiger weniger Laternen am Rande des Platzes heftete sich Gott an Timme Ahlers' Fersen. Er hoffte, Oltmanns lag richtig und der Platzwart hatte etwas mit den Diebstählen zu tun.

Gern würde er den Fall abschließen: Er liebte zwar Campingurlaub. Aber nicht, wenn es die ganze Nacht lang Bindfäden regnete und er in einem undichten, leicht verschimmelten Zelt aus den Siebzigern lag. Er hätte gern eins von diesen ultraleichten Trekkingzelten gehabt, die auch extremen Wetterverhältnissen standhielten. Er wollte das Leben genießen, deshalb war er ja an die Ostsee gekommen. Mer läv nor eimol.

Immerhin kam jetzt, da er hinter Ahlers herschlich, nur noch Fisselregen vom Himmel.

Timme Ahlers eilte über das nasse Pflaster. Der weiße Schriftzug »Moin« auf der Rückseite seiner Jacke blitzte hin und wieder im Dunkeln auf. Er schien auf dem Weg zum Kassenhäuschen am Ausgang zu sein. Zumindest schlug er die grobe Richtung ein. Ahlers lief zügig, und Gott hatte Mühe, ihm unauffällig zu folgen.

Unvermittelt blieb der Platzwart an einem Wohnwagen stehen und Gott duckte sich schnell hinter eine Hecke. Von hier aus beobachtete er, wie der Platzwart hektisch an die Tür klopfte. Dann hörte er ihn leise rufen: »Günther – bist du da?«

Während der Platzwart augenscheinlich darauf wartete, dass die Tür aufging, blickte er über seine Schulter, ausgerechnet in Gotts Richtung. Reflexartig warf sich Gott bäuchlings auf den Boden.

Durch das Blätterwerk der Hecke sah er, dass der Platzwart auf Günther einredete. Leider verstand man von hier nur schlecht, was gesprochen wurde. Zumal in der Nähe plötzlich eine ungeduldige Frauenstimme aus einem spaltbreit geöffneten Fenster eines älteren Caravans drang: »Enno, das Chemie-Klo leckt wieder. Ich hab dir tausendmal gesagt, dass du das Klo vor dem Urlaub austauschen musst.« Kurz darauf hörte Gott Ennos verschlafene Replik: »Du weißt doch, dass das Chemie-Klo kaputt ist. Kannst du nicht einmal rüber zur Sanitäranlage gehen?« Wieder die Frau: »Nein, das kann ich nicht. Ich kann nämlich nicht pullern, wenn andere zuhören. Und das weißt du genau, Enno Dierks!«

Gott vernahm erst schlurfende Schritte, daraufhin Ennos empörten Ausruf: »Hier steht ja alles unter Wasser! Mach bloß die Tür auf!«

Das jähe Ende des Dialogs veranlasste ihn dazu, schleunigst das Weite zu suchen.

In der Nebensaison gab es allerdings viel Fläche und wenig Deckung auf einem Campingplatz. Das musste Gott feststellen, als er in gebückter Haltung über den dunklen Platz flitzte. Schließlich verbarg er sich hinter einem VW T2 Westfalia.

Jetzt sah er weder Enno noch Timme Ahlers oder Günther. Dafür konnte er aus nächster Nähe ein Traumgefährt betrachten. Sachte strich Gott mit den Fingerspitzen über den schwarz glänzenden Lack. Das wäre das richtige Auto für mich, dachte er schwärmerisch.

Vorsichtig schlich er zu einem der Fenster. Der VW war innen schwach beleuchtet. Vermutlich eine Art Notbeleuchtung. Gerade als er sich auf Zehenspitzen stellte, um einen kurzen Blick aufs Interieur zu werfen, erschien hinter der Scheibe eine Frau im Nachthemd: »Werner, kommst du mal schnell? Ich glaube, hier ist ein Spanner!«

OKE

Nicht einfach, als Rückenpatient eine kommodige Position auf dem Fahrersitz zu finden. Wenigstens konnte er Musik hören. »I will always love you«, sang er im Duett mit Whitney Houston. In der Sache Tietjen kamen sie zwar zurzeit nicht voran, aber hier zeichnete sich möglicherweise der Durchbruch ab.

Erst die vielversprechende Befragung dieses Jan-Philipps – der Junge hatte vage Angaben gemacht, was ihn verdächtig machte – und dann hatten Gott und Wieczorek überdies noch eine fragwürdige Person auf dem Platz herumschleichen sehen. Die Abmachung für die Nacht lautete: Gott behielt den Campingplatz im Auge, während er von der Straße aus die Ausfahrt der Anlage sicherte.

Okes Theorie ging so: Die Diebesbande guckte tagsüber in der Gegend mit Timme Ahlers' Hilfe und vielleicht auch dessen Sohn geeignete Wohnwagen aus und kehrte nachts mit gestohlenen Nummernschildern zurück. Das Deichselschloss wurde geknackt und der Wohnwagen an ein Zugfahrzeug gehängt. Ahlers sorgte dafür, dass die Schranke immer zur richtigen Zeit offen stand.

Dann wurde das Fahrzeug verkauft, vermutlich ins Ausland. Die Täter fuhren entweder sofort über die Grenze oder sie stellten die Caravans irgendwo unter, bis ein Fahrer zur Verfügung stand.

Unversehens klopfte jemand heftig gegen die Scheibe auf der Beifahrerseite, sodass Oke zusammenschreckte. »Maht et Finster op!«, hörte er draußen Gotts gehetzte Stimme. In der Ferne erklangen Schüsse.

Gott setzte Oke schnell ins Bild: Ein 1,80-Meter-Mann namens Werner wolle ihn erschießen, weil er angeblich dessen Ehefrau im Nachtkleid durch das Fenster eines VWs beobachtet hatte. »Einsteigen!«, kommandierte Oke.

Gott riss die Tür auf und ging im Wagen sofort in Deckung. Fast berührte seine Nase die Gummi-Fußmatte. »Timme Ahlers hät mem Günther jesproche«, berichtete er mit Flüsterstimme. Günther hatte tagsüber augenscheinlich den Platz ausgekundschaftet. Gott hatte den Mann bei dessen verdächtigen Streifzügen bereits zuvor beobachtet.

Wenn Oke nicht ganz falsch lag, würde dieser Günther noch in dieser Nacht mit einem gestohlenen Hänger mit falschen Kennzeichen durch die Ausfahrt rollen. Auf und davon. Glücklicherweise standen zwei Polizisten bereit, die nicht davor zurückschreckten, sich notfalls bis zur Seine an Günthers Auspuff zu hängen.

Für ihn selbst galt das auf jeden Fall, Rücken hin oder her. In der Ferne hallten erneut Schüsse. Oke warf einen Seitenblick auf Gott, der noch im Fußraum kauerte, angeblich, weil sich eine Haarklammer gelöst hatte und irgendwo im dunklen Fußraum verschwunden war. Oke fand es an der Zeit, ihm von den Schießübungen auf dem Truppenübungsplatz zu erzählen. Gott setzte sich augenblicklich auf.

In diesem Moment sah er im diffusen Licht der Straßenlaternen einen Kombi mit ausgeschalteten Lichtern auf die Ausfahrt zurollen. Daran hing ein Wohnwagen. Timme Ahlers öffnete die Schranke. Niemand sprach ein Wort. Der Diebstahl schien perfekt vorbereitet zu sein.

Gott sprang geistesgegenwärtig aus dem Wagen, hielt das Stoppschild in die Höhe, während Oke trotzdem den Motor startete: Wie er sich gedacht hatte, missachtete der Fahrer das Stoppzeichen und flüchtete. Oke klemmte sich mit seinem Wagen an dessen Stoßstange. Im Rückspiegel sah er Gott wild mit dem Stoppschild fuchteln. Dammi noch mal to!

Oke ging in die Eisen, ließ Gott einsteigen und trat das Gaspedal erneut bis zum Anschlag durch. Mit aufheulendem Motor folgte er dem Kombi, der nun ebenfalls Tempo aufnahm und die Straße hinaufbretterte. Kurz ließ Oke das Steuer los, um das Blaulicht einzuschalten. Gott orderte Verstärkung.

Sein Wagen schoss dahin, über die Strandstraße, auf die K 45, weiter zur Lütjenburger Straße und auf die Bundesstraße. Die Bäume rechts und links schienen an den Fenstern vorbeizufliegen. Oke kniff die Augen zusammen.

Ihn hängte so schnell niemand ab. Außerdem glaubte er zu wissen, wohin Günther wollte: auf die A 1.

Beim nächsten Spurwechsel geriet das im Mondlicht matt leuchtende Gefährt vor ihnen ins Schlingern. Oke versuchte zu überholen, Gott hielt die Kelle raus, aber der Kombi fuhr in Schlangenlinien weiter. Der Fahrer verlor die Kontrolle: Der Campingwagen krachte in die Mittelschutzplanke, prallte ab und raste in die Seitenschutzplanke, wo er endlich zum Stehen kam. Während er selbst so hart in die Bremse trat, dass sie kreischte, lokalisierte Oke Teile des Caravans, die über die Autobahn flogen. Von hinten näherten sich weitere Fahrzeuge. Der vordere Fahrer konnte an der Unfallstelle gerade noch rechtzeitig bremsen, doch der hintere fuhr auf. Oke hoffte, dass es keine Verletzten gab. Gut, dass die Straße um diese Zeit wenigstens verhältnismäßig leer war.

Aus dem Augenwinkel erkannte Oke, dass Günther aus dem Kombi sprang und in der Dunkelheit der Nacht verschwand. Düvel ok!

Während Gott die Unfallstelle absicherte, um weitere Zusammenstöße zu verhindern, fluchte Oke ununterbrochen. Zweimal trat er sogar gegen seinen Wagen: »Schrotthupen!«

Es half gar nichts, dass Gott ihn tröstete: »Et kütt wie et kütt, Herr Oltmanns. Wat fott es, es fott!«

TILDA

Ehrlich währt am längsten. Das war immer ihre Maxime gewesen. Sie hatte alle Imker zwischen Rendsburg und Grömitz angerufen, die sie von ihrem Imkerkursus kannte. Niemand wollte seinen Honig verkaufen. Jedenfalls nicht zu einem Preis, den sie zahlen wollte oder konnte.

Bisher hatte sie geglaubt, es läge an der Qualität ihrer »Golflese«, aber nun musste sie feststellen, dass Honig unheimlich gefragt war: Viele der Kollegen, die sie kontaktiert hatte, berichteten, dass sie bereits zu Weihnachten ausverkauft gewesen seien. Einer aus Eutin, ein Ragnar Uthoff, hatte nicht mal mit ihr gesprochen, sondern einfach aufgelegt, nachdem er erfahren hatte, was sie wollte.

Toni rief ein paarmal an, fragte aufmunternd, wie es um ihren »Big Deal« stünde, und bot seine Hilfe an. Aber wie sollte er da helfen? Sie lehnte kategorisch ab.

Sie hatte jetzt einen neuen Plan: »Klar, Gerrit. Plön ist für mich in Ordnung. Dann sehen wir uns in einer Stunde«, flötete sie am Telefon und war selbst erstaunt, wie fröhlich ihre Stimme dabei klang. Und als wäre das nicht verrückt genug, säuselte sie ein »Ich freu mich schon auf dich«. Ihr Plan war so einfach wie schwierig: Gerrit bezirzen, damit er ihr erklärte, was genau sie tun musste, um Honig zu strecken, ohne hinterher verhaftet zu werden.

Er wusste, wie es funktionierte. Das hatte er damals am Strand gesagt. Zwar hatte er ihr an dem Abend auch gesagt, dass er ihr nichts über das Strecken von Honig verraten würde. Aber zu dem Zeitpunkt war er ja noch mit Hortense zusammen gewesen. Sie hoffte, dies machte einen Unterschied.

Als sie in der Kreisstadt ankam, trug sie wieder die engen Pumps, die sie bei Kurt Tietjens Begräbnis angehabt hatte und die ihre Hacken so abquetschten. Mit diesen Schuhen vollführte sie nun einen Eiertanz auf dem Kopfsteinpflaster der Plöner Altstadt.

Über ihr flatterten Fähnchen im leichten Wind, die die Kreisverwaltung anlässlich irgendeines Festes aufgehängt hatte. Sämtliche Stühle und Tische der Straßen- und Eiscafés schienen an diesem frühen Abend besetzt zu sein.

Sie stöckelte durch schmale Gassen zwischen eng aneinandergebauten Häusern im hanseatischen Stil, um zum vereinbarten Treffpunkt zu kommen. Die Gassen, die hier Twieten genannt wurden, führten vom Stadtkern bis zum Plöner See hinunter. Früher hatten sie den Brandschützern als Löschwege gedient. Manche der Twieten brachten die Besucher zu kleinen Hinterhöfen, wo man gemütlich sitzen konnte. Konrad und sie hatten viele laue Sommernächte in diesen Cafés verbracht, Waffeln gegessen und Weinschorle getrunken.

Mit Gerrit hatte sie sich in dem immer gut besuchten Restaurant direkt am See verabredet. Das erschien ihr weniger gefährlich: Sie war nicht auf kuschelige Hinterhofromantik erpicht. Wenn es sich irgendwie umgehen ließ, sollte es gar keinen Körperkontakt zwischen ihr und dem Lebensmittelchemiker geben. Sie wollte nur ein wenig flirten – als Mittel zum Zweck.

Das Restaurant war auf einen Ponton gebaut und ragte mitten in den Großen Plöner See hinein. Als sie ankam, erregte ein weißer Ausflugsdampfer auf dem See ihre Aufmerksamkeit. Die Passagiere winkten den Restaurantgästen auf der Terrasse fröhlich zu. Das Leben konnte so schön sein, wenn man nicht gerade vorhatte, kriminell zu werden, dachte sie schweren Herzens.

Suchend sah sie sich zwischen den vielen fremden Gesichtern um. Ob Gerrit schon an irgendeinem der Tische saß?

Dann entdeckte sie ihn: In dem weißen Hemd, die Ärmel hochgekrempelt, und mit dem Sonnenbrand auf dem Nasenrücken sah er aus wie ein Urlauber. Er trug sogar Tennissocken in Sandalen! Immerhin schien ihr der Treffpunkt perfekt gewählt. Hier konnte er schlecht zudringlich werden. Außerdem fühlte sie sich auf dem Ponton, nachdem sie ihm gegenüber Platz genommen hatte, wie an Bord eines Schiffes.

Gerrit strich schon zur Begrüßung sachte über ihren Arm, was ihr eine Gänsehaut verursachte: »Jetzt essen wir eine Kleinigkeit, und dann gehen wir zwei zum Strand, den Sonnenuntergang genießen, okay?«, schlug er kaugummischmatzend vor. Er deutete auf seinen Wanderrucksack, der an der Stuhllehne hing: »Sundowner für uns beide.«

So, wie er ihr in den Ausschnitt starrte, würde sie aufpassen müssen, dass sie die Bluse zumindest bis zur Vorspeise anbehielt. Deshalb machte sie nur »Hhm«. Den Blick hielt sie dabei krampfhaft auf die Speisekarte gerichtet und versuchte, seine Finger zu ignorieren, die sich wie glibberige Regenwürmer auf ihrem Arm bewegten.

»Also …«, begann sie und schwieg dann doch, weil sie erst prüfen wollte, ob jemand am Nachbartisch zuhörte.

»Also?«, fragte er lächelnd.

»Ich wollte dich fragen, ob du mir helfen kannst …«

Er zwinkerte ihr anzüglich zu: »Kommt drauf an, wobei.« Er suchte schon wieder Körperkontakt. Diesmal wanderte seine Hand zu der Innenseite ihres Oberschenkels. Sie spürte die Feuchtigkeit seiner schwitzigen Handinnenflächen durch die Perlonstrumpfhose, die sie unter dem Rock trug. Glücklicherweise kam in dem Moment der Kellner und sie bestellten Essen und Getränke. Sie orderte nur eine Buttermilchsuppe mit zwei Scheiben geröstetem Schwarzbrot und Rosinen und hoffte, dass er sie einladen würde. Sie hatte nur noch fünf Euro und ein paar Cent in der Tasche. Und das Konto hatte sie bereits überzogen.

Ihr Begleiter entschied sich für Kieler Sprotten. Sie stellte sich vor, wie Gerrit den geräucherten Fisch ganz verschlingen würde, »mit Kopp un Steert«, wie man hier sagte, und erschauderte.

»Was genau prüft ihr noch mal in eurem Labor?«, fragte sie und zuckte zusammen, als hinter ihr Geschirr zerschlug. Eine Kellnerin hatte ein Tablett fallen lassen. Vielleicht war dies doch nicht der richtige Ort, um derart heikle Fragen zu klären.

»Na ja«, sagte Gerrit, »wir prüfen verschiedene Werte. Ein paar hatte ich dir damals schon am Strand genannt, oder erinnere ich mich falsch?« Es folgte ein langer Vortrag über die deutschen Leitsätze für die Honigproduktion. Gerrit warf mit Begriffen wie »Mindestpollengehalt« und »botanische Herkunft« um sich. Als er beim Verhältnis von Fructose zu Glucose für Sortenhonige ankam, stieg sie aus. Das war ihr zu hoch.

Der Kellner brachte ihre Teller. »Falls jemand mehr Honig braucht, als ihm zur Verfügung steht«, begann sie vorsichtig, »gibt es eine Möglichkeit, den Honig zu strecken, ohne dass es auffällt … Das hast du selbst gesagt«, flüsterte sie und sah sich dabei erneut um, ob sich jemand für sie interessierte. Das schien nicht der Fall zu sein.

Gerrit sah sie zweifelnd an, dann ließ er, ohne zu antworten, die komplette Sprotte in seinem Rachen verschwinden. Schnell beugte sich Tilda über ihre Buttermilchsuppe und sog den frischen, zitronigen Duft tief ein.

Er schluckte und tupfte sich dann die Lippen mit der Serviette ab. Etwas hatte sich in seiner Mimik verändert. Vielleicht begriff er, dass es ihr nicht oder zumindest nicht vorrangig um Sex ging. »Stimmt, das habe ich gesagt«, räumte er ein. »Das Zauberwort heißt Diastase.«

Sie begriff nicht: »Dia-was?«

Diastase, erfuhr sie, war ein bieneneigenes Enzym, das die Biene dem Nektar hinzufügte. »Die Biene, die vom Nektarsammeln kommt, gibt den Nektar im Stock weiter an eine andere Biene. Dabei werden automatisch auch Enzyme aus dem Bienenmagen weitergegeben«, erklärte er ihr schulmeisterlich.

Diastase sei ein Qualitätskriterium für Honig, meinte Gerrit und trank einen Mini-Schluck von seinem Aquavit. Sie fand seine Art irgendwie affektiert. Der Wert müsse laut der Deutschen Honigverordnung bei mindestens acht liegen, erläuterte der Lebensmittelchemiker. »Wenn der Wert sehr hoch ist, gilt es als unwahrscheinlich, dass der Honig gepanscht wurde.«

Sie sah über die Schulter, ihre Blicke streiften ein älteres Paar am Nachbartisch, bevor sie flüsterte: »Also bräuchte der Honig viele Bienenenzyme, damit man im Labor nicht so genau hinguckt, richtig?«

Gerrit grinste. »Erfasst. Aber es geht hier um theoretische Fragen, richtig? Du willst nicht wirklich panschen?«, fragte er. Seine Miene wirkte ernst.

»Natürlich nicht!«, log sie und hatte Angst, dass sie rot werden könnte. Sie hatte wenig Übung darin, die Unwahrheit zu sagen. »Es interessiert mich einfach. Wo gibt's denn überhaupt solche Enzyme?«

Gerrit verdrehte die Augen: »Wo es alles gibt: im Internet. Aber so ganz einfach kommt man da auch nicht dran.«

Enzyme gab es im Internet, dachte sie. Dann konnte sie diese Option gleich vergessen: Sie schaffte es ja nicht mal unfallfrei, sich Klamotten im Internet zu bestellen. Eine Sekunde überlegte sie, ob sie Gerrit direkt um Hilfe bitten sollte, ihn fragen, ob er diese Enzyme für sie bestellen könnte. Während sie überlegte, löffelte sie ihre Suppe. Sie aß so schnell, dass sie gar nicht merkte, wie ihr Teller leer wurde. Plötzlich kratzte der Löffel auf dem Porzellan.

»Lust auf einen Spaziergang in die Natur oder lieber eine Seerundfahrt?«, fragte Gerrit und legte seine feuchten Finger auf ihren Handrücken. Sie stürzte den letzten Rest der angenehm kühlen Weinschorle herunter, spürte die Säure auf der Zunge und stimmte einem Spaziergang zu. Sie brauchte Zeit. Vielleicht gab es noch eine Alternative zu Enzymen, dachte sie, als er zahlte.

Immer noch nervös, wie der Abend ausgehen würde, schnappte sie ihre Handtasche und folgte ihm den Weg durch die Reihen der Tische vom Ponton herunter.

Auf so einen lauen Frühsommerabend hatten offensichtlich viele Paare in der Holsteinischen Schweiz gewartet. Die Passanten flanierten in luftiger Kleidung über den vom Autoverkehr abgeschirmten Weg zur Prinzeninsel. Sie mochte diesen geschichtsträchtigen Ort. Der einstige Lieblingsplatz einer Kaiserin befand sich noch immer im Besitz der Nachfahren von Kaiser Wilhelm II.

Hinter ihr klingelte lebhaft eine Radlerin, und Gerrit nutzte die Gelegenheit, um Tilda lachend an sich zu ziehen. Sein Atem streifte sie, und ein leichter Ekel erfasste sie, als sie feststellte, dass sein Pfefferminzkaugummi den Fischgeruch nicht überdeckte.

»Ich wünschte, ich könnte mir ein paar Enzyme zaubern«, sagte sie vorsichtig. »Ich könnte mehr Honig verkaufen.« Natürlich hoffte sie, er würde anbieten, ihr zu helfen.

Stattdessen sagte er nachdenklich: »Vergiss, was ich über die Enzyme gesagt habe. Ich hätte dir wahrscheinlich nicht mal davon erzählen dürfen.«

Wenn sie geglaubt hatte, ein Abend mit Gerrit könnte ihre Probleme lösen, sah sie sich nun getäuscht. »Dem Honig andere Stoffe zuzusetzen, ist verboten«, sagte er im Gehen. Dann blieb er mitten auf dem Weg stehen, hielt sie am Arm fest, sodass sie auch stehen bleiben musste, und sah ihr tief in die Augen: »Und falls du mich gleich fragen wolltest, ob ich deinen gepanschten Honig durchs Labor schleuse und dann einen Stempel für irgendwen drauf mache, dann lautet die Antwort Nein! Das wäre kriminell. Ich hoffe, das weißt du?«

Ein Paar mit französischer Bulldogge beschwerte sich, weil sie den Weg versperrten. Tilda spürte, wie sie rot wurde. Gerrit war offensichtlich nicht dumm.

Ab jetzt muss ich aufpassen, was ich sage, dachte sie bestürzt. Am Ende zeigte er sie bei der Polizei oder beim Gesundheitsamt oder sonst wo an.

Sie versuchte, die Situation zu überspielen, und fragte vorsichtig lächelnd: »Und ich dachte, Chinesen rühren gern ein bisschen Sirup unter?« Er antwortete nicht sofort, denn sie liefen jetzt zu dem alten Apfelgarten mit dem schönen Pavillon. Von hier aus bot sich ein herrlicher Blick auf das weiße Schloss. Sie atmete tief ein. Sie hätte das alles hier genießen sollen: den Anblick des Schlosses und der unzähligen gelben Löwenzahnblüten unter den knorrigen Apfelbäumen um sie herum. Doch sie hatte dafür jetzt keine Augen. Sie konnte nur ihn ansehen, abwartend, abschätzend. Sie standen nun so nah beieinander, dass sie Gerrits Sommersprossen hätte zählen können.

»Wenn man sich anschaut, wie viele Bienenvölker es in China gibt und wie viel Honig dort verkauft wird, könnte man auf die Idee kommen, dass einige Chinesen Sirup unter ihren Honig mischen«, sagte er. Gerrit grinste nun ebenfalls.

Zärtlich strich er ihr eine blonde Haarsträhne hinters Ohr, die ihr ein leichter Wind ins Gesicht geweht hatte. »Aber die chinesischen Imker machen sowieso alles anders.«

Sie war ganz Ohr. »Ach ja? Erzähl mal.«

Gerrit brüstete sich nun wieder mit seinem Wissen. »Während du wahrscheinlich wie alle deine Kollegen in Schleswig-Holstein wartest, dass deine Bienen dem Nektar im Stock das Wasser entziehen, nehmen einige Chinesen ihren Bienen diese Arbeit ab.«

Sie sah ihn verblüfft an. »Wie soll das gehen?«, fragte sie.

»Der Honig wird maschinell in der Fabrik getrocknet. Indem die Imker den Bienen unreifen Honig abnehmen, können sie häufiger ernten.«

Sie überlegte: »Das würde ja bedeuten, dass der Wassergehalt des Honigs viel zu hoch ist.« Er nickte. »Genau. Aber in China gilt die Deutsche Honigverordnung ja nicht.«

Eine Sache verstand sie nicht: »Du hast gesagt, ihr könntet im Labor erkennen, ob Sirup untergemischt wurde.«

Gerrit blieb bei seiner Behauptung, räumte aber ein: »Die Honigpanscher werden immer trickreicher. Erwischt werden vor allem die kleinen Fische. Also nimm du dich lieber in Acht! Vor allem vor mir ...« Bei diesen letzten Worten umfasste er sie und zog sie dicht an sich.

Sie machte sich los und hielt ihn auf Armeslänge von sich. »Du würdest mich also wirklich verpfeifen?«, fragte sie und versuchte, ihrer Stimme einen neckischen Unterton zu geben.

»Natürlich«, erwiderte Gerrit lächelnd. Bevor sie darauf eingehen konnte, legte er seinen Zeigefinger auf ihre Lippen, beugte seinen Oberkörper über sie, und dann kam das, was sie gefürchtet hatte: Sie spürte etwas Warmes, Feuchtes und Bewegliches in ihrem Ohr.

Der Abend endete im Drama. Vor Schreck hatte sie wie verrückt geschrien und dem perplexen Gerrit ihre Handtasche über den Kopf geschlagen. Ein lesbisches Paar mit farblich exakt aufeinander abgestimmten lilafarbenen Haaren hatte zweimal »Vergewaltiger« gerufen.

Sie hatten direkt neben ihnen gestanden und die Szene beobachtet.

Ein Bodybuilder-Typ mit Goldkettchen und starken, behaarten Armen hielt Gerrit daraufhin freundlicherweise fest, bis die Polizei eintraf. In der Zwischenzeit bildete sich eine Menschentraube im Pavillon. Plötzlich war nicht mehr das historische Gemäuer interessant, alle wollten sehen, was mit dem »Vergewaltiger« passierte. Gerrit selbst schien sich in einer Art Schockstarre zu befinden, denn er sagte rein gar nichts.

Tilda fühlte sich dem unübersichtlichen Geschehen ebenfalls hilflos ausgeliefert. Sie fand erst ihre Sprache wieder, als zwei Polizisten vor ihr standen und fragten, was passiert sei.

Gerrit würde vermutlich nie wieder mit ihr reden – obwohl sie die Sache gegenüber den Polizisten schleunigst aufgeklärt hatte. Sie hatte gesagt, dass Gerrit ein Freund sei und es lediglich ein Missverständnis gegeben habe.

Zu Hause leerte sie eine halbe Flasche Rotwein mehr oder weniger auf Ex. Sie las das Etikett »Casillero del Diablo«. Diese und eine weitere Flasche hatte sie vom Vorsitzenden des Golfklubs als Dank für das Blühstreifenprojekt bekommen. Aber da sie selten trank, hatte die Flasche bisher unangetastet im Küchenschrank gestanden. Tilda hatte sie für einen besonderen Anlass aufheben wollen. Aber, hey, wofür? Den Deal konnte sie vergessen. Und bald würde sie das Haus aufgeben müssen, wie zuvor den Gatten. »Alles Scheiße, eure Elli«, nuschelte sie und schenkte sich nach. Das Zeug war gut, schmeckte irgendwie nach reifen Pflaumen. Sie besah sich die Flasche, der Wein kam aus Chile.

Da sie selten trank, tat der Alkohol, zumal nach der Weinschorle, schnell seine Wirkung. Sie schwankte in den Flur, um ihre Handtasche mit dem Handy zu holen. Sie wollte Toni anrufen und ihm alles berichten. Sie würde sich bei ihm ausheulen, er würde etwas Tröstliches erwidern. Wie immer.

Tilda fand das Handy nicht auf Anhieb zwischen dem ganzen Krimskrams in ihrer Tasche. Nachdem sie dreimal den aufklappbaren Handspiegel zutage gefördert hatte, gab sie es auf und ließ sich wieder auf die Eckbank plumpsen.

»Tilda Schwan, du dumme Kuh«, schimpfte sie mit sich, »du bist zu blöd, dein Handy in einer Handtasche zu finden«, lallte sie. Sie war sogar noch blöder, geißelte sie sich weiter. Gerrit hätte ihr aus der Patsche helfen sollen, und was machte sie? Hetzte ihm die Polizei auf den Hals.

Aber was sollte auch dieser Mist mit der Zunge in ihrem Ohr? Männer waren doch alle Schweine. Sie trank auf diese Erkenntnis.

Man musste sich nur diesen Frerk ansehen. Erst verkaufte er ihr seinen Honig, dann nahm er ihr ihn wieder ab. Das war nicht anständig. Sie ging schließlich auch nicht hin und nahm ihm sein Eigentum weg.

Tilda besah sich nachdenklich den krümeligen Bodensatz des fast leeren Weinglases. Warum eigentlich nicht?

»Schteeehlen«, wiederholte sie stockend. »Natürnisch!« In ihrem leicht benebelten Hirn formte sich eine Idee, wie sie alle Probleme auf einen Schlag loswerden konnte. Sie hickste. »Natürnisch gehd daaas!«

OKE

Einen grünen Daumen hatte er offensichtlich nicht: Die Birkenfeige in der Wache am Berliner Platz verlor so viele Blätter, dass die Ecke, in der sie ihr Dasein fristete, mittlerweile einer gut besuchten Kompostierstation glich. Oke goss ein wenig mehr von seinem kalten Kaffee auf das bemitleidenswerte Gewächs. Irgendwie musste dieser Blattabwurf doch zu stoppen sein.

Das traurige Antlitz der Zimmerpalme stand im Gegensatz zu Okes Gemütszustand, den man beinahe als gutgelaunt beschreiben konnte. Er saß auf seinem alten Schreibtischstuhl und hatte gerade ein von Edeltraut mit Liebe geschmiertes Hackepeter-Brötchen vertilgt. Fast wie in alten Zeiten. Und dann rief sogar seine alte Kollegin Jana Schmidt an.

Die Kollegin berichtete am Telefon, dass es definitiv keine »Soko Förster« geben würde. »Jens Hallbohm meint, du siehst Gespenster! Was das Feuer angeht: Da hätten sich ein paar Jungs einen Streich erlaubt. Wahrscheinlich hatte Tietjen die Typen beim Quarzen im Wald erwischt und sie wollten sich rächen. Und der Draht – na ja. Da hat er auch so seine Thesen«, meinte seine frühere Kollegin. Oke grunzte. Er hatte Hallbohms Thesen noch nie gemocht. Seine Laune sank.

»Er fragt, ob du schon mal drüber nachgedacht hast, dass es sich um ein Versehen gehandelt haben könnte?«, fragte sie in lästerlichem Ton. Oke dachte erst, er habe sich verhört. »Ja, ein Versehen«, antwortete Jana Schmidt.

»Unser Chef denkt, Gunnar Peters könnte den Draht gespannt haben. Er stellt sich vor, dass Peters verhindern wollte, dass seine Kühe ausbüxen, als er sie vom Anhänger auf die Weide trieb. Dann hat er den Draht vergessen ... Und als seine Schlampigkeit unglücklicherweise einen Dorfbewohner das Leben kostete, mochte er den Fehler nicht mehr zugeben.«

Oke schnaubte verächtlich. Er fragte sich insgeheim, was Jana Schmidt neuerdings mit Hallbohm zu schaffen hatte, dass sie seine Thesen verbreitete wie die Geschworenen die zehn Gebote. Hatten sie bei der SpuSi nichts anderes zu tun? Oder strebte sie nach Höherem?

Eine Zeitlang ging er im Großraumbüro auf und ab und dachte über Hallbohms Thesen nach. An Peters zu denken, war naheliegend. Das musste er zugeben. Hatte er schließlich selbst getan. Aber die Idee vom vergesslichen Bauern – an den Haaren herbeigezogen. Er würde mit Peters reden, über Vergesslichkeit und Drähte. Natürlich. Wenn der Chef das sagte.

Aktuell drehte sich alles um die Soko »Camping«.

Der Platzwart hatte sich bei einer ersten Befragung herausgeredet: Timme Ahlers wollte nichts von einem Diebstahl mitbekommen haben. Es sei zwar richtig, dass er nachts bei einem Gast an den Wohnwagen geklopft habe. Dieser Gast, der Günther Hustedt war, habe aber die Anmeldungsformulare nicht ordnungsgemäß ausgefüllt. Und dies habe er als Platzwart nicht auf sich beruhen lassen wollen.

Oke begann, die jüngsten Berichte der Kollegen über Wohnwagen-Diebstähle zu lesen. Vom Computer aus hatte er Zugriff auf alle Vorgänge, musste sich nur mit

Namen anmelden. Er überflog die Liste. Bad Segeberg: drei neuwertige Wohnwagen gestohlen. Der erste: ein Fendt, weiß, 25.000 Euro Schaden. Auch die beiden anderen Fahrzeuge waren hochwertig. Die Wohnwagen hatten bei einem Händler gestanden, bis die Täter sie vom Grundstück zogen. Diese hatten zudem Kennzeichen von zugelassenen Wohnwagen entwendet. Die zuständige Kripo hatte die Ermittlungen aufgenommen.

Am letzten Text blieb er länger hängen: Kollegen hatten einen gestohlenen Hymer dank eines installierten GPS-Trackers nahe der französischen Grenze geortet. Einsatzkräfte des Bundeskriminalamts und der französischen Polizei schafften es daraufhin gemeinsam, den Caravan sicherzustellen.

Im Zugfahrzeug befanden sich laut Meldung zwei 35 Jahre alte Männer, die vorläufig festgenommen wurden. Wegen der professionellen Tatausführung gingen seine Kollegen davon aus, dass es sich um eine länderübergreifend agierende Täterbande handelte. Was er immer gesagt hatte!

Er spürte ein freudiges Kribbeln: Der Name einer der beiden Festgenommenen kam ihm nämlich bekannt vor. Er versuchte einen letzten Tropfen Kaffee vom Boden der Tasse in den Rachen zu kippen und bedauerte, Jana Schmidts Gestrüpp so großzügig bedacht zu haben. Ohne Kaffee konnte er nicht denken.

Zwei Minuten später fiel es ihm ein: Malte Thomsen gehörte das Autohaus in Lütjenburg. Noch interessanter: Thomsen war der Cousin des Platzwartes. Nicht schlecht, wenn man nicht nur seine Pappenheimer, sondern auch deren Stammbäume kannte.

Oke telefonierte mit einem Kollegen vom Bundeskriminalamt: Steffen Fischer hatte in Hohwacht Urlaub gemacht, über Inse in der Agentur gebucht und dann aus Neugier die Dienststelle besucht. Inse hatte ihm erzählt, dass sie mit dem »Dorfsheriff« verheiratet sei. Seitdem pflegten Klaus und er einen mal mehr mal weniger regen Austausch. Von Klaus erfuhr er, dass ein Clan in Frankreich genaue Vorgaben machte, welche Fahrzeuge gebraucht wurden. Offenbar klaute die Bande an der Ostseeküste auf Bestellung. Oke fragte sich, wie lukrativ das Geschäft für die beteiligten Ostholsteiner ausging. »Das werden wir rauskriegen«, meinte Klaus zuversichtlich.

GOTT

»Wessen die ander Metarbeider vun dä Diebstähl?«, fragte er auf dem Weg zum Autohandel.

»Können Sie nicht mal platt snacken?«, fragte Oke Oltmanns in einem gereizten Ton.

Richtig! Kölsch kam an der Küste nicht immer gut an. Die meisten Leute hier verstanden überhaupt nicht, was er wollte, was seltsam war. Er verstand sie schließlich auch. Er blickte den Kollegen von der Seite an und fragte betont langsam: »Wessen – die – ander – Metarbeiter – vun – dä – Diebstähl?«

Oke saß am Steuer und konzentrierte sich jetzt ganz auf den Verkehr. Gott hatte immer ein bisschen Angst, wenn der Kommissar fuhr. »Keine Ahnung, ob die Mitarbeiter was von dem Diebstahl wissen«, meinte Oke jetzt. Er verstand ihn also doch!

Oke Oltmanns hatte ihm erklärt, dass sie sich gemeinsam auf dem Autohof von Ahlers' Cousin Malte Thomsen umsehen wollten. Offenbar hegte Oltmanns die Hoffnung, Ahlers etwas in Sachen Wohnwagen-Diebstahl nachweisen zu können. Ein Autohaus, hatte der Kollege gemeint, sei ein perfekter Ort, um gestohlene Wohnwagen unterzustellen, bis man sie außer Landes schaffen konnte.

Dicht an dicht glänzten gewienerte Karossen auf dem asphaltierten Platz an der Hauptstraße. In erster Reihe stand ein dunkelroter Multivan, sein Traumauto! Einen Blick auf die Preistafel konnte er wohl riskieren, wenn sie schon mal hier waren. »Im Herzen ein Bulli«, sagte ein Autoverkäufer in graumelierter Weste und Sakko, der scheinbar aus dem Nichts neben ihm auftauchte.

Oke hatte ihn offenbar zeitgleich erspäht: »Polizei Hohwacht. Verkaufen Sie auch Caravans?«, dröhnte sein Kollege von hinten.

Der Verkäufer zuckte zusammen. Er hatte den Kollegen zunächst offenbar nicht gesehen. »Bedaure, aktuell nicht«, antwortete er höflich, mit einem entschuldigenden Seitenblick auf Gott. Dann wandte er sich wieder an seinen Kunden, nämlich ihn: »Der hat natürlich alles:

Standheizung, Alufelgen, Navigationssystem«, zählte er auf und ließ eine Reihe ebenmäßiger Zähne sehen. »Allrad, Sitzheizung, Wegfahrsperre – was das Herz begehrt.« Gott nickte, all das begehrte sein Herz. »Der Preis ist nicht schlecht«, warb der Verkäufer. »Ein Super-Deal, würde ich sogar meinen: 21.980 Euro. Und jetzt kommen Sie! Was sagen Sie dazu?«

Bevor er mit irgendwas kommen oder auch nur den Mund aufmachen konnte, räusperte sich Oke Oltmanns und tönte: »Ich habe hier aber schon Caravans gesehen ...« Der Verkäufer blickte ihn wieder prüfend an. Er hatte in ihm offenbar einen kaufwilligen Kunden erkannt. Gott sah dem Verkäufer wiederum an, dass er lieber das Verkaufsgespräch fortgesetzt hätte, als sich um einen neugierigen Polizisten zu scheren. Doch die wenigsten Leute, denen Gott bisher begegnet war, trauten sich, den Kommissar links liegen zu lassen. Die meisten stellten sich schon aus Gründen des Selbstschutzes gut mit Oke Oltmanns, was vor allem an dessen riesenhafter Gestalt liegen mochte. Der Verkäufer machte hier jedenfalls keine Ausnahme: Er wandte Oke nun seine volle Aufmerksamkeit zu. Selbst wenn ihm dadurch der Verkauf eines Multivan-Jahreswagens durch die Lappen ging. »Ja schon«, sagte er zögernd, »aber die waren nicht verkäuflich.«

Oke trat einen Schritt auf den Mann zu, woraufhin sich der Verkäufer etwas zurückzog. »Wo ist Ihr Chef?«, dröhnte Oke daraufhin, obwohl er wusste, dass Thomsen bei der französischen Polizei festsaß.

Der Verkäufer merkte sichtlich, dass hier etwas schieflief, denn er begann zu stottern. »Der – ist – ist – auf Dienstreise.«

Oltmanns gab keine Ruhe: »Wer hat hier dann das Sagen?«, wollte er von dem Verkäufer wissen. »Äh – wenn Herr Thomsen nicht im Haus ist – ich«, sagte der Mann und nannte beflissen seinen Namen. Gott wettete, dass Jakob Sengstake, zweiter Geschäftsführer im Betrieb, über die Campingwagen-Diebstähle Bescheid wusste. Er sah es daran, wie Sengstakes Augen unruhig auf dem Platz umherschauten.

Falls er Mitwisser war, musste Sengstake entweder besonders mutig sein, dass er Oke Oltmanns wegen der Dienstreise belogen hatte, oder besonders dumm. »Der Hymer, der hier letzte Woche stand, wer hat den hergebracht?«, quetschte Oke Oltmanns den blassen Sengstake nun weiter aus.

»Timme Ahlers«, sagte Sengstake zerknirscht.

Als sie gingen, gab es niemanden im Laden, der eine Probefahrt mit ihm im Multivan hätte organisieren können. Oke Oltmanns wollte alle Mitarbeiter vernehmen. Egal, er würde sich den Wagen sowieso nicht leisten können. Und dafür hatten sie einen wirklich guten Handel gemacht: Sie hatten umsonst eine Menge Informationen über Timme Ahlers und Malte Thomsen bekommen.

FRERK

In der Nacht konnte er wieder nicht schlafen. Unruhig wälzte er sich auf dem durchgeschwitzten Laken herum. Als er für ein paar Minuten einnickte, träumte er von einer Hexe, die sein Kind mit einem Sprengstoffgürtel umwickelte. Als sie auf den Zünder drückte, schossen Tausende aggressiver Bienen aus dem Gürtel. Frerk schreckte hoch. Und er hatte immer gedacht, Berlin wäre ein gefährliches Pflaster.

Er kämpfte mit der Bettdecke, strampelte sie beiseite, schmiss das Kopfkissen aus dem Bett und lag dann einfach nur da. Ein Luftzug strich über seine nackten Füße und er begann zu frieren. Genervt holte er Kopfkissen und Decke wieder ins Bett. Barbie war bei der Aktion mehr oder weniger in die Besucherritze gerutscht, sie öffnete ihr Auge, gähnte und schlief mit offenem Auge weiter. Frerk streichelte über ihr hartes Fell, schüttelte das Kissen auf, zog die Decke ein Stück über die Nase und konnte immer noch nicht schlafen.

Er sah in den Sternenhimmel und dachte nach: Was, wenn die Försterin wirklich Rache wollte? Was, wenn JP als Nächstes auf die Idee kam, ihr Haus in die Luft zu jagen?

Diese quälenden Kopfschmerzen – wann hörten die endlich auf? Er überlegte gerade, ob er sich ein paar Schlaftabletten aus der Küche holen sollte, als aus dem unteren Stockwerk ein Geräusch nach oben drang. Frerk hielt die Luft an, wartete, lauschte in die Dunkelheit. Sein Herz schlug jetzt schneller.

Unten in der Küche brummte der Kühlschrank. Das Brummen kannte er. Frerk atmete auf. Gerade als der Kühlschrank wieder verstummte, hörte er erneut das Geräusch. Es machte den Anschein, als wenn im Keller Gegenstände verrückt würden. Einbrecher! Sein Herz klopfte inzwischen so laut, dass er fürchtete, man würde es über die zwei Stockwerke bis hinunter in den Keller hören.

Barbie hob den Kopf und begann zu knurren. »Scht«, machte Frerk und ausnahmsweise hörte der Hund auf ihn.

Lautlos beugte er sich über den Bettrahmen und zog behutsam Nikitas alten Baseballschläger unter der Schlafstätte hervor. Oft hatte er in Gedanken durchgespielt, was er tun würde, sollte jemand ins Haus einbrechen.

Er stand barfuß auf dem Flickenteppich neben seinem Bett und sein ganzer Körper fühlte sich an, als stünde er unter Strom. Auf Zehenspitzen schlich Frerk zur Zimmertür, dann weiter über den dunklen Flur bis zur Treppe. Einen Moment verharrte er am Absatz, die Sinne geschärft.

Das Mondlicht, das durch sein Dachfenster schien, beleuchtete die obersten Stufen. Ihr Holz schimmerte matt. Der untere Teil der Treppe hingegen verschwand in der Finsternis.

Sein Körper schien auf einmal nur noch aus Schweißdrüsen zu bestehen. Der Baseballschläger in seiner Hand fühlte sich schwitzig an. Stufe um Stufe arbeitete er sich nach unten vor, flach atmend, betend, nicht auf die knarzende Stelle der Treppe zu treten.

Das Geräusch wurde lauter, je näher er dem Keller kam. Es klang, als zöge jemand etwas Schweres über den Boden. Er stellte sich vor, wie die Eindringlinge Nikita über den Betonboden schleiften. Der Keller war mit der Garage verbunden. Sie wollten ihn entführen!

In wilder Panik übersprang er die letzten zwei Stufen und riss die Stahltür auf. Muffiger Geruch von Kartoffeln, die hier zu lange gelagert hatten, schlug ihm entgegen. Dahinter tauchte ein Schatten auf.

Während Barbie kläffte, stürzte Frerk blindlings nach vorn und ließ den Baseballschläger auf den Eindringling niedersausen.

Der Schlag verursachte ein hohles Geräusch. Er musste an eine Wassermelone denken, die zu Boden knallte und aufsprang.

Instinktiv blieb er in geduckter Haltung stehen, in Erwartung eines Gegenschlags. Doch es blieb still. Frerk hörte nur seinen eigenen schnellen Atem. Auch Barbie war nun wieder still.

Mit weichen Knien tastete er sich zum Lichtschalter vor. Die alte Neonröhre brummte kurz, bevor das kalte Licht aufflackerte und ein paar Blümchengummistiefel anstrahlte.

Frerk beugte sich hinab zu dem hellen Haar, das in sanften Wellen über schmutzig grauen Beton floss. »Tilda?«

Ein neuer, metallischer Geruch mischte sich mit dem alten Kartoffelmief im Keller. Und dann sah er ihn, den Spalt, der an der Stelle klaffte, an der ein Ohr hätte sitzen sollen.

Barbie winselte. »Scht«, machte er. Nikita durfte um Gottes willen nicht aufwachen. Hektisch sah er sich nach einer Decke um. »Papa?«

Panik stieg in ihm auf, als er Nikita nach ihm rufen hörte. Offenbar war Nikita aufgewacht und stand oben

an der Treppe. Er durfte auf keinen Fall runterkommen!
»Papa – ist alles okay?«

Frerk hatte plötzlich ein schrilles Pfeifen im Ohr, doch er würde jetzt langsam nach oben gehen und so tun, als wäre alles in Ordnung.

Nikita wartete im Halbdunkel am Treppenabsatz. Er wirkte in diesem Augenblick jünger, als er tatsächlich war. Frerk hatte plötzlich das Bild eines fünfjährigen Nikitas vor Augen, seine geliebte Stoffrobbe im Arm. Der echte, ältere Nikita war nur mit T-Shirt und Unterhose bekleidet und sah ihn noch immer fragend an. »Was machst du da?«

Frerk leckte sich über die trockenen Lippen, schaffte es gerade so, seinen Sohn anzusehen und »Nichts. Ich komme gleich« zu sagen. Seine Stimme erinnerte an das Krächzen eines Raben.

Nikita zögerte. Dann sagte er mit gesenkter, leicht verlegener Stimme: »Ich glaube, es ist nicht gut, wenn man zu viel kifft.«

Irrigerweise hatte er das Gefühl, sein Sohn wolle herunterkommen, ihn vielleicht sogar umarmen. Das hatte er ewig nicht getan.

»Red keinen Quatsch und geh ins Bett!«, stieß Frerk grob hervor.

Nikita drehte sich wortlos um. Frerk setzte sich in die kalte Küche und starrte auf das cremefarbene Linoleum. Sein Sohn wusste also von seinen Cannabis-Vorräten.

Er musste warten, bis Nikita wieder schlief.

20 Minuten verharrte er so, beim Kühlschrank fiel ihm ein alter Fleck auf. Ketchup, vermutete er und dachte anschließend darüber nach, was er tun sollte.

Die Polizei rufen? Er konnte auf Notwehr plädieren. Machte das fürs Jugendamt einen Unterschied, wenn sie das Gras entdeckten?

Sicherer wäre es, die Frau würde einfach verschwinden. Was hatte sie hier überhaupt verloren? Leise stieg er in den Keller hinunter, versuchte, an der Leiche vorbeizusehen. Was hatte Tilda Schwan hier zwischen Kartoffeln und Einweckgläsern gewollt? Sein Blick fiel auf die Honigeimer, die sie aus der Ecke gezogen haben musste, und er verstand: Sie hatte den Honig stehlen wollen.

Von einer auf die andere Sekunde stand sein Entschluss fest. Er würde sie von hier fortschaffen. Sofort. Noch in dieser Nacht. Wie viel mochte sie wiegen? 50 Kilo? Dieses Gewicht könnte er leicht tragen. Sollte er sie in den Kofferraum legen und irgendwohin fahren? Nein, zu riskant. Nikita würde den Motor hören.

Frerks Blick fiel auf die alte Sackkarre seines Vaters. Das graue Gummi an den Griffen war porös und der blaue Lack an dem Metallgestänge abgeplatzt. Sein Vater hatte den Sackrolli immer benutzt, wenn er die Ware aus dem Laden transportierte. Der Keller war mit der Garage verbunden. Und genau von dort musste Tilda gekommen sein. Sie hatte ja gesehen, von wo er die Honigeimer geholt hatte.

Ein Teil des Kellers wurde von jeher als Lagerraum für den Laden genutzt. Er sah sich nach den leeren Kartons um. Bei einer seiner letzten Bestellungen beim Großhandel hatte sein Vater eine blau-weiß-rot gestreifte Stehlampe geordert, die beinahe Tildas Größe hatte. Wenn er ihr Kinn Richtung Brust drückte und die Knie anwinkelte, müsste sie dort hineinpassen. Er zog die Sackkarre heran, legte den Karton mit dem geöffneten Ende vor die Füße der Frau. Die Frage war nur: Wie kam die Tote in den Karton?

Der Leichnam war schwer wie ein nasser Mehlsack, der Karton riss ein. Frerk wurde nervös, schnitt eilig die Kartonage der Länge nach mit dem Teppichmesser auf, rollte die Leiche hinein und klebte alles mit Paketklebeband zu. Alles, was er jetzt noch brauchte, war ein Spaten.

Als ihm auf der Auffahrt der Karton fast von der Sackkarre gerutscht wäre, kam ihm in den Sinn, auch den Karton selbst mit Klebeband an der Sackkarre zu befestigen. Er umwickelte alles so straff wie möglich.

Frerk hastete los. Falls ihn jemand anhielt, wollte er sagen, dass er eine »Frühlieferung« hatte. Inzwischen ging es auf 4.30 Uhr zu. In anderthalb Stunden würde der Berufsverkehr ins Rollen kommen.

Er musste sich beeilen. Blieb er zu lange weg, bestand die Gefahr, dass Nikita erneut runterkam, um ihn im Keller zu suchen. In dem Fall würde er auf Blut stoßen.

Frerk hörte seine hastigen Schritte auf dem Pflaster hallen. Ängstlich sah er zu den Fenstern rechts und links der Straße hoch. Sie lagen im Dunkeln. Eilig schob er die Sackkarre weiter. Er versuchte dabei stets, sich im Schatten der Grundstücksumfriedungen zu halten.

Kühler Nachtwind trocknete den Schweiß auf seiner Stirn. Fast geschafft, dachte er erleichtert, als die weißen Strandkörbe vor ihm aufragten. Das Rauschen des Meeres erschien ihm jetzt wie der Chorgesang gnadenbringender Engel.

Doch auf dem weichen Sand kam er mit der Sackkarre schwer voran. Es brauchte viel Kraft, die Karre mitsamt der Fracht überhaupt zu bewegen. Es knackte, als er einen großen Krebs überrollte und der Panzer brach.

Für einen Augenblick hielt er inne. Wie konnte eine schlanke Frau nur so schwer sein? Er fuhr sich mit dem Ärmel seines Schlafanzugoberteils über die feuchte Stirn und sah sich zeitgleich aufmerksam um. Er wollte keinen Nachtschwärmern erklären müssen, was er um diese Zeit am Strand mit einer Stehlampe trieb. Die Sorge schien unbegründet: Nirgends sah er eine Menschenseele. Der halbierte Krebs blieb der einzige stumme Zeuge seiner nächtlichen Aktivitäten.

Er würde es genau hier beenden und den Karton in der Nähe des Steinwalls vergraben.

Schlagartig fiel ihm ein, dass er das Messer vergessen hatte. Wie sollte er den Karton von der Sackkarre lösen? Er konnte schlecht alles stehen und liegen lassen und zurücklaufen. Frerk zerrte nervös an der Verpackung und versuchte, das Paketband mit bloßen Fingern abzureißen, aber er hatte es zu straff gewickelt. Wertvolle Zeit ging verloren. Bald würde es hell werden. Hektisch kniete Frerk sich hin und versuchte, eine Ecke des braunen Paketklebebands aufzubeißen. Sein Eckzahn schmerzte, aber das Klebeband saß bombenfest.

Wenn er noch länger zögerte, riskierte er, dass ein überambitionierter Jogger oder eine morgendliche Streife über ihn stolperte. Frerk fuhr hektisch herum: Irgendwo musste es hier einen scharfen Stein geben, mit dem er das Paketband zerschneiden konnte.

Dann erinnerte er sich an seinen Spaten und versuchte, das Paketklebeband mit dem Metallende aufzuritzen. Ohne Erfolg. Er hieb ein paarmal hoffnungslos mit dem

Spaten auf den Karton ein, bevor er entschied, die ganze Chose zu beseitigen.

MARIA

»Die Knie durchstrecken!«, befahl Wencke. Noch mehr strecken konnte Maria die Beine nicht. Schon jetzt fühlte sie in beiden Kniekehlen ein gemeines Stechen. Sie begriff sowieso nicht, warum man sich beim Yoga dermaßen verrenken musste. Sie fand beim Herabschauenden Hund jedenfalls keinen inneren Frieden, sondern nur inneren Schmerz.

Langsam bereute sie es, sich für den Yogakursus »Seelen-Anker« eingeschrieben zu haben. Sie hätte nicht gedacht, dass die Fischbudenbesitzerin eine so strenge Lehrerin sein würde. Bei Yoga mit Wencke Husmann hatte sie sich auf einen netten Plausch und ein paar lockere Dehnübungen am Strand eingestellt, eventuell einen Vitamin-Booster dazu. Was sie dann tatsächlich erwartete, konnte man nur als »Brutales Boot-Camp« beschreiben.

»Jetzt wird er langsam, der Herabschauende Hund«, lobte Wencke, und Maria wollte sich schon auf ihre Matte fallen lassen, sie fühlte sich schwer wie ein Anker auf dem Trockenen, als sie hörte: »Und jetzt kommt bitte alle in die Kobra-Stellung. Dazu legt euch einfach auf den Bauch, stemmt euch mit den Armen hoch, lasst Taille und Beine dabei aber unten.« Sie wurde hier geschliffen. Genau das! Geschliffen. Sie würde später nicht einen Schritt mehr gehen können.

Während sie sich schwer atmend auf den Bauch kullerte, sah sie neidisch, wie die anderen Yogis spielend die Gegensätzlichkeiten von Körper und Geist überwanden. Sie hingegen bekam in der Schlangenposition langsam Atemnot.

»Yoga ist, in die Tiefe des menschlichen Seins einzutauchen«, erklärte Wencke Husmann und nahm selbst die Kobra-Position ein. Maria bestaunte gerade aus ihrer Hunde-Schlangen-oder-was-auch-immer-sie-hinbekommen-hatte-Stellung heraus Wenckes dicke Muskelstränge am Hals, als ein Handy klingelte.

»Mach bitte das Handy aus«, sprach Wencke eine sehr junge Teilnehmerin in einem Batikshirt in der vordersten Reihe an, ohne die Kobra-Position aufzugeben. »Ich habe kein Handy«, beteuerte die Schülerin, die ebenfalls keine Probleme damit hatte, ihren Körper extrem zu verbiegen und trotzdem zu sprechen.

Dann klingelte es erneut und 15 Kobras wanden den Kopf zu der Frau im Batikshirt. »Echt nicht! Mein Handy ist im Hotel«, sagte sie fest.

Der Klingelton war eine Melodie. Maria dachte darüber nach, woher sie die Melodie kannte. Es fiel ihr beinahe sofort ein: aus diesem schrecklichen Film »Pulp Fiction«. Aber diese Variante der Melodie klang dumpfer.

Da sprach die Kursleiterin schon aus, was Maria auch gerade aufging. »Das Klingeln kommt von da unten«, stellte Wencke Husmann nüchtern fest und zeigte auf den Sand.

OKE

»Auf der A 1 kollidierte er zunächst mit der Mittelschutzplanke und kam dann an der Seitenschutzplanke zum Stehen. Der mutmaßliche Täter versuchte, zu Fuß zu flüchten, konnte aber in der Nähe gestellt und vorläufig festgenommen werden«, hörten sie im Radio. Was für eine Nacht! Er war todmüde, aber hochzufrieden mit sich, Gott und der Welt.

Seltsamerweise schien sich Inse nicht mitzufreuen. Sie raschelte stattdessen mit der Zeitung.

»Ist was?«, fragte er.

Sie tat so, als lese sie noch: »Was soll sein?«

Er versuchte, ihr in die wasserblauen Augen zu sehen: »Du machst Geräusche.«

Sie gab vor, überrascht zu sein: »Ich mache Geräusche?«

Er schmierte eine dicke Schicht Butter auf ihr selbstgebackenes Vitalbrot, weil er hoffte, damit dessen unangenehmen Geschmack zu überdecken, den er irgendwie mit Zucchini in Verbindung brachte. »Immer, wenn du wütend bist, raschelst du mit der Zeitung.«

Oke wollte gerade in seine Stulle beißen, als sie die Zeitung direkt vor seine Nase auf den Küchentisch knallte. »Ich raschele also?«, wiederholte sie kampflustig. »Und hast du dich schon mal gefragt, ob ich einen Grund habe zu rascheln?« Er ging in Gedanken verschiedene Raschel-Gründe durch: Fernbedienung am falschen Ort, Müll nicht richtig getrennt, Zahncreme ins falsche Glas gesteckt.

In Inses Augen standen Tränen. »Rate, warum ich die Bluse trage, die ich mir vor 25 Jahren gekauft habe!« Sie hatte eine 25 Jahre alte Bluse im Schrank? Kein Wunder, dass die Türen nicht mehr zugingen. »Die hatte ich zu unserer standesamtlichen Trauung an! Aber so was merkt der Herr Ermittler ja nicht. Und jetzt gehe ich und hole mir mein Hochzeitstaggeschenk selbst ab!« Er hörte, wie die Tür ins Schloss fiel.

Ach du Schann! Vergeten! Er sah das Butterbrot in seiner Hand an und legte es widerwillig auf den Teller. Noch eine Verfolgungsjagd. So langsam reichte es. Aber wie bei Wohnwagen-Günther konnte er sich denken, wohin der Weg führte. Diesmal zu Tildas Haus am Nixenweg.

Während er trotz heftigem Rückenschmerz hastig die Schuhe im Flur überstreifte, hörte er den Radiomoderator in der Küche sagen: »Ein bislang unbekannter Täter hat einen Draht über einen Feldweg in Eutin gespannt, vermutlich, um vorbeikommende Fußgänger oder Radfahrer zu verletzen. Für einen 58 Jahre alten Mann aus Eutin ging das tödlich aus. Die Polizei sucht derzeit Zeugen. Sachdienliche Hinweise nimmt der Kriminaldauerdienst entgegen.« Oke fluchte ausgiebig: »Düvel ok ne!« Und er musste seiner Frau hinterherrennen!

Als er bei Tilda ankam, schienen Haus und Garten verwaist zu sein. Unvermittelt tauchte plötzlich erst Inses Kopf hinter der Hausecke auf, dann ihr ganzer Körper. Sie hielt ihr Handy in der Hand. »Tilda ist nicht da. Auch nicht hinten im Garten. Ich rufe sie die ganze Zeit an, aber sie geht nicht ans Handy.« In ihrer Stimme lagen Verwunderung und immer noch eine Spur Ärger.

Inse lief zur Tür und klingelte Sturm. »Tilda muss da sein! Wir hatten das so ausgemacht. Du bist größer, guck mal, ob du was durchs Küchenfenster sehen kannst. Vielleicht ist sie krank?« Oke versuchte, den Lavendel im Vorgarten nicht plattzutreten, als er durch die Scheibe plierte.

Auf dem Küchentisch standen zwei Rotweinflaschen und ein umgekipptes Glas. Der Wein war von der Tischplatte getropft. Wenn Tilda ihn heute Morgen erwartet hatte, hätte sie die Spuren dieses Gelages vermutlich beseitigt. Sicher hätte sie auch den Bienenkasten für Inse bereitgestellt. Stirnrunzelnd ging er ums Haus zur überdachten Terrasse, wo noch ein paar Sargdeckel lehnten.

»Vielleicht ist sie einkaufen?«, schlug er vor, obwohl er das für nicht wahrscheinlich hielt. Inse sah ihn ungläubig an. »Heute? An unserem Hochzeitstag? Ich habe ihr gestern sogar unseren Koffergurt vorbeigebracht, damit du die Bienen nicht im Auto hast.« Sehr rücksichtsvoll, dachte er.

Sein Diensthandy klingelte. Aus dem Mobilfunkgerät sprudelten Worte wie Wasser aus einer Quelle. »E Leich am Strand ... dat Handy hät jeklingelt ... E Stehlampe joov et nit.« Gott sabbelte mal wieder ohne Punkt und Komma.

»Wat for 'ne Lamp?«, knurrte Oke.

Nach einigen Anläufen konnte sich Oke zusammenreimen, dass es eine neue Leiche in Hohwacht gab. Diesmal war es eine Frau. Jemand hatte ihr den Schädel eingeschlagen und sie in einen Karton am Strand gesteckt, der ursprünglich für eine Stehlampe bestimmt gewesen war, und dann am Strand vergraben. Der Werbeaufdruck trug den Schriftzug: »Maritime Stehleuchte im Leuchtturm-Look«.

Die Leiche hatte man nur gefunden, weil das Mobiltelefon geklingelt hatte. Er hörte Gotts Stimme und sah seine Frau an, die ihr Handy noch in der Hand hielt. Ihm schwante Böses.

Eine Möwe segelte schreiend über seinen Kopf hinweg, als er Minuten später am Strand ankam. Fast, als wollte sie ihn warnen. Kurz darauf hatte er Gewissheit, um wen es sich bei der Toten handelte.

»Wä es Tilda Schwan?«, fragte Gott und blickte auf den aufgerissenen Karton zu ihren Füßen. Oke sagte es ihm.

Wencke Husmann saß, umringt von Teilnehmerinnen ihres Yogakursus, auf einer türkisfarbenen Matte im Sand und raufte sich das widerspenstige Haar. Sie schien noch nicht ansprechbar zu sein, nachdem sie mit der Schaufel eines Siebenjährigen aus Meppen ein tiefes Loch gebuddelt hatte und auf eine Sackkarre mit einem Lampen-Karton gestoßen war, aus dem es in Abständen klingelte. Zumal es sich, wie sie am Klingelton zu erkennen glaubte, um das Handy ihrer Freundin handelte.

Der Junge aus Meppen hatte an einer Ecke angefangen, an der Pappe zu reißen, wurde aber von seiner hysterischen Mutter zurückgehalten, nachdem jemand durch das bereits entstandene Loch ein Büschel blutiger Haare erspäht hatte.

Die größte Gefahr, Opfer einer Gewalttat zu werden, ging für Frauen nicht von ominösen Unbekannten aus. Umgebracht wurden sie zumeist von Menschen, mit denen sie eine Beziehung hatten. Statistisch gesehen waren zwei Drittel aller Tötungsdelikte und sexuellen Übergriffe Beziehungstaten. Und Tilda war geschieden. Oke fragte sich, ob sie einen neuen Freund gehabt hatte.

Es hatten sich bereits zahlreiche Schaulustige am Absperrband gesammelt. Jemand aus der Menge brüllte »Moin, Herr Kommissar«. Oke drehte sich um und sah einen Kahlkopf im Jackett winken. Der Mann hatte Block und Stift dabei, gehörte aber nicht zur hiesigen Journaille. Vermutlich wieder so ein Reisejournalist, der später für irgendein Hochglanzmagazin wohlformulierte Wortblasen über Bernstein und Badehütten verfasste, dachte er missmutig.

Neben dem Kahlkopf stand Tourismuschefin Barbara Mehrtens mit herabgezogenen Mundwinkeln. Ein neuer Todesfall passte nicht in das Bild, das die Urlauber – und schon gar nicht, wenn sie der schreibenden Zunft angehörten – mit nach Hause nehmen sollten. Der Mann winkte immer noch. Gott erbarmte sich und ging hin.

Oke drehte sich weg. Er wollte sich auf die Details am Schauplatz konzentrieren und versuchte, den allgemeinen Trubel, das Geschrei der Möwen und die unablässige Brandung des Meeres auszublenden. Keine zwei Sekunden später wurde er erneut gestört, weil wieder Tumult am Absperrband entstand. Diesmal löste sich aus der Menge der Strandkorbvermieter und bat darum, zu seiner Verlobten vorgelassen zu werden.

Gott winkte ihn durch und Johann-Magnus Kreyenburg eilte über den hellen Sand zu der Frauengruppe auf den Yoga-Matten. Oke musterte die Frauen. Maria Müller war diejenige gewesen, die nach der grausigen Entdeckung die Polizei verständigt hatte. Der Schreck saß bei ihr augenscheinlich noch tief. Sie war blasser als die Leiche zu seinen Füßen.

Oke erinnerte sich an Kurt Tietjens Beerdigung. Dort hatte er die Imkerin zuletzt gesehen.

Die sterben hier neuerdings wie die Fliegen, dachte er schlechtgelaunt. Die Erkenntnis kam im nächsten Moment: Beide Male hatte es Imker getroffen. Erst verunglückte Kurt Tietjen, der am Forsthaus Waldhonig verkauft hatte, dann wurde Tilda Schwan erschlagen, deren Golflese in ganz Hohwacht bekannt war.

Sein verdrießlicher Blick fiel auf den Karton: Welcher Düvel steckte Frauen in Lampen-Kartons? »Wohl nicht ganz bei Trost«, grummelte Oke vor sich hin.

Andererseits: Sie waren in Hohwacht. Hier besaß jeder Zweite maritimen Schnickschnack. Er selbst hatte Inse vor langer Zeit mal Kissen mit Ankermotiv für die Kücheneckbank geschenkt. Er dachte an das Lädchen am Strandweg, wo er die Kissen gekauft hatte.

Hatte Tilda den neuen Ladeninhaber gekannt? Soweit er mitbekommen hatte, führte jetzt Hinnerk Ackermanns Sohn das Geschäft: Frerk. Der Frerk, der vor Jahren nach Berlin gegangen war, um für eine Zeitung zu schreiben. Hinnerk, erinnerte er sich, hatte früher auch eigenen Honig in seinem Laden verkauft ... noch ein Imker. Auch doot. Bei Hinnerk war es allerdings schon eine Weile her.

Er musste zu dem Laden, sich einen Überblick verschaffen. Wo blieb nun Gott? Dammi noch mal to: Musste der sich überall festsabbeln? Wegen der Schmerzen im Rücken noch immer humpelnd setzte sich der Kommissar in Bewegung.

Barbara Mehrtens sah ihn gequält, ihr Begleiter interessiert an. Der Kahlköpfige streckte ihm die Hand übers Flatterband entgegen. »Krimiautor Gundmar Fröhlich«, stellte er sich vor, »Ihr Kollege sagt, die Frau wurde erschlagen. Wie gehen Sie jetzt bei Ihren Ermittlungen vor?« Der Mann knipste erwartungsfroh auf seinem Kuli herum.

»Kein Kommentar«, sagte Oke.

Barbara Mehrtens lächelte ihn süß-säuerlich an. »Ich habe Herrn Fröhlich gesagt, dass Herr Gott aus dem Rheinland stammt und nur Spaß macht. Hier ist nichts passiert! Das ist nur eine Übung – wie bei der Feuerwehr.«

Oke blickte über seine Schulter. Auf seiner Seite des Absperrbands wurde just der dunkle Leichensack auf eine Trage gehoben.

FRERK

Nachdem Nikita zur Schule gefahren war, hatte er den Keller ein zweites Mal geschrubbt. Frerk bildete sich ein, dass dort unten immer noch der Geruch von Blut hing, und er überlegte, womit er den Gestank überdecken konnte: Raumspray? Essigwasser?

So dachte also ein Mörder: wie eine penible Hausfrau.

Als er sich nach dem Putzen die Hände im Bad wusch, betrachtete er sich im Badezimmerspiegel. Das Licht war in dem fensterlosen Raum nicht besonders gut, aber er fand, dass sich sein Spiegelbild kaum von dem am Vortag unterschied. Vielleicht sah er noch etwas müder aus als sonst.

Frerk war jetzt mehr als 20 Stunden wach. Er fühlte sich wie nach einer mehrstündigen Achterbahnfahrt. Sein Kopf sauste, seine Hände und Knie zitterten und ihm war übel. Er durchstöberte seinen Medizinschrank auf der Suche nach etwas, was ihm helfen konnte, und entschied sich für die Koffein-Tabletten.

OKE

Schaffte er es nicht, das Verbrechen in den ersten 48 Stunden aufzuklären, würden sich die Chancen, den Täter zu fassen, deutlich verschlechtern. Das sah man ja im Fall Tietjen. Ganz schwierige Sache. Deshalb bestellte er bei Edeltraut nur schnell »vier Hackepeter-Hälften und zwei Pott Kaffee – beides natürlich to go«.

Selbst die Zeit, die Edeltraut brauchte, um die Milch aufzuschäumen, nutzte er heute lieber für Ermittlungen: Er erkundigte sich bei den Kollegen in Eutin nach dem Radfahrer, von dem er eben im Radio gehört hatte. Das konnte doch kein Zufall sein, dass schon wieder einer in einem Draht hängen geblieben war!

Anschließend rief er Inse an. Einer musste ihr wohl oder übel die schlechten Nachrichten überbringen. Edeltraut konnte ihn sprechen hören, auch deshalb machte er es kurz: »Du, es dauert heute länger. Ja, ich weiß, wir haben Hochzeitstag. Und was ich dir noch sagen wollte, nimm es nicht zu schwer: Tilda ist doot.« Edeltraut sah ihn mitfühlend an, als er aufgelegt hatte. »Wüllst een Donut, Oschi?«

Als Oke das Papierpaket im Auto öffnete, beschwerte sich Gott mit Blick auf die Auswahl auf dem Pappteller: »Ich wollt ene ›Halve Hahn‹!« Gnaddelig brummte Oke: »Es gibt in Hohwacht keine Hähnchen in der Bäckerei.«

Gott konnte froh sein, dass er ihm was abgab – bei dem Kohldampf, den er schob. Er war schließlich Stressesser. »Ne ›Halve Hahn‹ es e Röggelche met Holländer Kis«, schmollte Gott.

In Zeiten wie diesen hatte er wirklich keinen Sinn für rheinischen Humor. Der Kollege konnte essen, was er wollte. Hähnchen, von ihm aus auch Kies. Aber nicht jetzt! Hier war was im Gange und das musste so fix wie möglich aufgeklärt werden. Er dachte wieder an den Radfahrer aus Eutin.

Die Kollegen aus dem Küstenort hatten ihm berichtet, dass der Mann, der sich im Draht verfangen hatte, Ragnar Uthoff hieß und Berufsimker gewesen war. »Er hatte zu seinen Bienenkästen fahren wollen, die im Raps standen. Als er nicht zum Abendbrot erschien, suchte seine Frau den Weg mit dem Auto ab und fand ihn leblos neben seinem Fahrrad liegend: Genickbruch wie bei Tietjen«, berichtete Oke dem Kollegen. »Das große Imkersterben«, sinnierte Oke.

Mit einer Hand lenkte er nun den Wagen zurück auf die Straße, mit der anderen schaltete er. Ein halbes Brötchen steckte ihm nun zur Hälfte zwischen den Zähnen, deswegen sagte er gar nichts mehr. Er schaffte die vier Hackepeter-Brötchen auch gut allein.

Gott erklärte geduldig, dass Kölner unter »'ne Halve Hahn« ein halbes Roggenbrötchen mit Käse verstanden, dann schnappte er sich eine Hälfte und biss herzhaft hinein: »Mett schmeck och joot«, stellte er zufrieden fest, als er den ersten Bissen hinuntergeschluckt hatte.

FRERK

Er stellte sich ans Schaufenster und sah hinaus auf die Straße. Eine Nachbarin stellte ein paar Tulpentöpfe vor ihre Tür und befestigte einen Weidenkranz an der Hauswand. Den Hausputz hatte sie vermutlich schon hinter sich.

Noch schien das Leben an diesem Morgen im Küstenort nicht richtig in Gang gekommen zu sein.

Wenn er sich der Polizei stellte, würde sich das strafmindernd auswirken.

Er erinnerte sich daran, dass sie die Öffnungszeiten der hiesigen Wache reduziert hatten. Während sich Mörder früher 24 Stunden an sieben Tagen der Woche selbst ausliefern konnten, ging das in Hohwacht nur noch dienstags zwischen zehn und 12 Uhr. Er sah zur Uhr. Jetzt musste die Wache geschlossen sein.

Frerk überlegte, was er tun sollte. Die Situation war neu für ihn. Er hatte keinerlei Erfahrung als Mörder.

Von innerer Unruhe getrieben streifte er durch das Lädchen, verstellte ein paar kleinere Objekte. Das Segelboot tauschte den Platz mit dem blauen Holztablett, ein Buddelschiff mit einem Blechschild, auf dem »Beach« stand. Anschließend stellte er alles wieder zurück. Es war eine sinnlose Tätigkeit und half wenig, seine Nerven ruhigzustellen. Jedes Mal, wenn seine Schuhe auf dem Laminat ein Trittgeräusch verursachten, glaubte er, sein Schädel würde platzen.

Wenn er sich nur einen einzigen Joint drehen könnte …

Er sah wieder zur Uhr. Gleich zehn. Die ersten Touristen würden nicht mehr lange auf sich warten lassen. Bald hatten sie gefrühstückt und traten ihre Suche nach individuellen Andenken an den Ostsee-Urlaub an. Manche kauften etwas Maritimes zum Hinstellen für ihre Wohnung, andere wollten aber auch nur »was Kleines, nicht zu teuer, für die Nachbarin wegen der Post, Sie wissen schon«. Oft kam auch die Frage: »Haben Sie einen Küstenkorn? Wir brauchen noch ein Mitbringsel für unsere Oma.«

Er strich sein Fischerhemd glatt und sah sich im Geschäft um. Es war ein schöner Laden, er wirkte hell und frisch durch das viele Weiß und Blau. Hinnerk hatte allerhand geschmackvolle Deko-Gegenstände zusammengetragen und hübsch arrangiert. Frerk hatte seit der Übernahme kaum etwas in dem Lädchen verändert. Sein Blick fiel just auf die Stehlampe neben dem Adirondack-Chair am Fenster und sein Herz fühlte sich plötzlich schwer wie eine Billardkugel an.

Wie hatte er nur so dumm sein können? Die Stehlampe musste hier sofort verschwinden. Wenn sie Tilda vorzeitig fanden, wäre die Polizei schneller im Laden, als er bis drei zählen konnte.

Hektisch versuchte er, die Leuchte am Fuß zu greifen, um sie aus der Ecke hervorzuziehen. Doch der Laden war klein, und er musste erst den Adirondack-Chair, ein Tischchen mit Glasvögeln und eine hüfthohe Laterne beiseite räumen, um die Stehlampe aus der Ecke zu bekommen.

Während er an dem schweren Gartenstuhl rüttelte, fiel einer der Glasvögel herunter. Frerk sah auf den Scherbenhaufen vor seinen Füßen. Hinterher wusste er nicht mehr, wie lange er auf die Scherben gestarrt hatte, irgendwann jedoch stürzte er die Kellertreppe hinunter, um Besen und Kehrblech zu holen.

Es roch noch nach Essig.

Auf dem Weg nach oben fiel ihm ihr Wagen ein! Wo stand der eigentlich? Tilda musste in der Nähe geparkt haben, um die Honigeimer fortschaffen zu können. Frerk ließ die Glasscherben liegen und lugte zum Schaufenster hinaus. Er war jetzt noch mehr auf der Hut als vorher.

Erleichtert stellte er fest, dass der Wagen zumindest nicht in der Nähe seines Ladens parkte. »Glück gehabt«, dachte er, schloss die Augen und atmete tief durch. Als er die Lider aufschlug, bog ein Streifenwagen um die Ecke.

OKE

Sie parkten vor dem Lädchen und Oke marschierte schnurstracks zum Eingang. »Moin«, rief er lautstark, nachdem er den Türgriff hinuntergedrückt und die Tür ein Stück geöffnet hatte. Nichts. Aus dem Inneren des Geschäfts kam keine Antwort. Er machte ein paar Schritte in den Raum hinein. »Hallo? Ist da jemand? Frerk Ackermann, sind Sie da?«

Oke rümpfte die Nase. In dem Geschäft hing ein merkwürdiger Geruch. Die weißen Duftkerzen strömten einen leichten Vanilleduft aus, aber da war noch eine andere Note. Ganz schwach nur, doch so, dass er es wahrnahm. Gott zeigte schweigend auf Möbel und Gegenstände im hinteren Bereich des Ladens. Jemand hatte sie augenscheinlich hektisch verrückt und nicht wieder ordentlich hingestellt. Heraus ragte neben einem weiß lackierten Gartenstuhl eine große Stehlampe mit Holzfuß. Der Fuß war bemalt: mit einem roten, einem blauen und einem weißen Streifen. Keine Frage, diese Stehlampe stellte einen Leuchtturm dar. Und zwar genau den, der auf dem Karton abgebildet war, der Tilda ein Sarg auf Zeit gewesen war.

Wenig später entdeckten sie den Ladeninhaber. Er saß auf dem Bett in einem Jugendzimmer im oberen Stockwerk, die Tür mit dem Anti-AKW-Aufkleber war nur angelehnt. Als er zu ihnen aufschaute, blickten sie in ein schweißnasses, übernächtigtes Gesicht mit riesigen Pupillen. »Es tut mir so leid, sagen Sie das Nikita!«, stammelte der Mann mit den wirr ins Gesicht hängenden Haaren. »Ich dachte, es wären Entführer!«

Nachdem sie versucht hatten, weiter mit dem Ladeninhaber zu sprechen, rief Gott einen Krankenwagen für ihn. Ausnahmsweise ohne Späßchen zu machen. Der Mann hatte offenbar einen Medikamentencocktail intus und schien einem Zusammenbruch nahe. Alles, was sie sonst noch aus ihm herausbrachten, war ein einziger Satz.

»Tilda war eine Honigdiebin«, wiederholte Oke die Worte nachdenklich.

Nachdem sie in der Zentrale Bescheid gegeben hatten, wimmelte es in dem maritimen Laden und Frerks Wohnung von Polizisten. Die SpuSi machte immer ein Mordsgewese, fand Oke.

Die Kollegen durchsuchten das Haus und fanden auf Anhieb im stark nach Putzmittel riechenden Keller mehrere 25-Liter-Eimer, die mit Honig gefüllt zu sein schienen. Auch ein Päckchen Gras stellten sie sicher.

Oke wusste, dass Kiffer oft paranoide Vorstellungen hatten. THC veränderte bei häufigem Gebrauch die Wahrnehmung. Einige hatten Angst, dass ihnen andere Schaden zufügen wollten. Das ging bis hin zum Verfolgungswahn. Dass Frerk ein Kiffer war, wusste er, seit er einen Fuß in den Laden gesetzt hatte. Es lag nicht nur an dem spezifischen Geruch, der an Frerks Kleidung hing. Er hatte es auch an den geröteten Augen erkannt und den flackernden Pupillen. Frerk hatte offenbar tatsächlich geglaubt, jemand wollte seinen Honig stehlen. Er hatte Tilda für eine Einbrecherin gehalten.

Dafür, dass Tilda tatsächlich im Keller des Geschenkelädchens gewesen war, sprach, dass Beamte ihr Auto ganz in der Nähe entdeckt hatten. Es parkte nicht sehr weit entfernt hinter einem Umzugswagen.

Mittag im Fischhus. So schlug er zwei Fliegen mit einer Klappe. Er hatte sich dort mit Wencke und Inse verabredet und konnte gleichzeitig einen Happen essen, bevor er vom Fleisch fiel. Er hoffte, es gab nicht wieder Algenknete oder homöopathische Dosen von Fisch.

Wencke schien wieder ganz die Alte zu sein: »Du hältst dich nicht an meine Rücken-Dinkel-Diät!«, begrüßte sie ihn, kaum dass er durch die Zeltplane getreten war.

»Woher weißt du das?«, fragte er ehrlich verblüfft.

»Inse hat es mir gesagt.«

Inse saß mit rundem Rücken an einem der Bartische, vor ihr dampfte ein Pott Tee. Sie sagte nicht ein Wort, was in den vergangenen 25 Jahren nie vorgekommen war.

Er wusste nicht genau, was er sagen sollte. Er war nicht gut darin, Trost zu spenden. »Wenigstens muss sich Tilda jetzt nicht mehr von den Mistviechern stechen lassen«, sagte er sanft.

Inse antwortete nicht. Ihre Finger hielten krampfhaft ein zerknülltes Taschentuch fest. Ihr Blick war tränenverschleiert. Seine Frau schien sogar vergessen zu haben, dass sie Hochzeitstag hatten. »Wer tut so etwas? Tilda war eine ganz Liebe!« Eine dicke Träne rollte ihre Nase hinab. Sie schniefte: »Ach, Oschi, das ist alles so furchtbar ...«

In dem Moment kam Wencke mit seinem Teller. »Was ist das?« Oke beäugte die einzelnen Bestandteile. Tomaten kannte er. Und daneben lag etwas, was eine Erdnuss sein konnte. Aber da war noch etwas Weißes und etwas Grünes. »Zuckerschoten-Kohlrabi-Salat«, informierte ihn Wencke. Er konnte Inse nur Recht geben: Alles war so furchtbar!

Ein paar Fragen hatte er bei der Zeugenbefragung am Strand vergessen. »Wie war das Verhältnis zwischen Tilda und ihrem Ex?«, fragte er an Wencke gewandt, die auf ihn bereits um einiges gefestigter als Inse wirkte.

»Na ja, er hat sich mit Sarah Tietjen verlobt, der Försterstochter. Für ihn war Tilda gestorben.« Bei dem Wort »gestorben« wimmerte Inse etwas lauter.

War Tilda Schwan deshalb zu Kurt Tietjens Beerdigung gekommen? Um Konrad zu treffen? »Wollte sie ihn zurück?«

Inse trocknete sich die Tränen mit einem Zipfel des zerknüllten Taschentuchs. »Niemals! Sie hatte auch ihren

Stolz. Außerdem war sie total wütend, dass er nie pünktlich den Unterhalt gezahlt hat.«

Sie würden mit Tietjens Witwe sprechen müssen. Vielleicht konnte sie erklären, warum sich Tilda unter den Gästen der Trauergesellschaft befunden hatte. Das hatte er ja schon bei der Beerdigung selbst wissen wollen, war dann aber nach der Sache mit der »Sau« nicht mehr dazu gekommen zu fragen. Die Erinnerung an den Tag der Bestattung löste kein gutes Gefühl in ihm aus. Gut wäre, dachte er, wenn Gott Annemies Befragung übernehmen könnte.

Oke hing noch einem zweiten Gedanken nach: »Hatte Tilda keinen neuen Freund?« Wencke und Inse sahen sich an.

Ein paar Äderchen in Inses Augen waren geplatzt und ihre sonst so frischen Apfelbäckchen sahen farblos aus. »Nicht, dass ich wüsste.«

Wencke fiel ein: »Tilda kannte viele Leute wegen ihrer Kurse. Aber Freunde waren das nicht. Sie hat natürlich viel Zeit mit Toni auf dem Golfplatz verbracht. Er hat mit ihr zusammen den Blühstreifen auf dem Klubgelände angelegt.«

Er schob Inse unauffällig den Teller mit den Kohlrabi-Streifen rüber und fragte: »Ihr Neuer?«

Die beiden Frauen schüttelten gleichzeitig den Kopf: »Ne, ihr Bruder«, erklärte Wencke.

Dann musste er diesen Toni sowieso umgehend über den Tod der Schwester informieren. Er dachte an das Bistro im Golfklub. Vielleicht bekam er dort etwas zu essen, was nicht zu 100 Prozent aus Pflanzen bestand.

Wenig später hielt er auf dem Parkplatz des Golfklubs. Der Greenkeeper, ein sportlicher Typ mit Strohhut und großen, schwieligen Händen mit schwarzen Halbmonden unter den Nägeln, sah ihn argwöhnisch an. Er trug ein dunkelgrünes Poloshirt mit Namensschild und Golfschläger-Emblem und belud gerade das Wartungs- und Pflegefahrzeug für seinen nächsten Arbeitseinsatz. Toni Schröder packte Säcke für Grünschnitt, ein paar junge Bäume, einen Spaten, eine Rasengabel und einen Lochschneider auf den Anhänger. In einer Plastikbox sah Oke diverse Rollen Bindedraht.

»Was wollen Sie?«, fragte Toni. Er wirkte genervt und griff nach einem Rechen, ohne den nächsten Satz des Besuchers abzuwarten.

»Ich muss Sie leider darüber informieren, dass Ihre Schwester tot ist«, dröhnte Oke.

Der Greenkeeper erstarrte. »Was?«, fragte der Mann aufgebracht. »Das kann nicht sein! Ich habe mit ihr gesprochen. Erst gestern ...«

»Sie wurde Opfer eines Verbrechens«, sagte Oke. Er setzte sein freundlichstes Lächeln auf. Obwohl Inse ihm mal gesagt hatte, dass er es mit der Mimik nicht übertreiben sollte. Er wirke dann besonders furchteinflößend auf die Leute.

Angst, Trauer, Wut, das alles spiegelte sich jetzt im Blick seines Gegenübers. Gleichzeitig war da eine gewisse Wachsamkeit, die Oke auffiel. »Was ist passiert?«, fragte Tilda Schwans Bruder stockend.

»Sie wurde erschlagen.«

Toni Schröders Gesichtszüge entgleisten. »Nein! Das kann nicht, das darf nicht wahr sein!«, sagte Toni und klammerte sich an das Golfcart.

»Ihre Schwester steckte in Schwierigkeiten«, behauptete Oke. Sein Ton klang jetzt anschuldigend. »Sagen Sie mir, in welchen!«

Das menschliche Gehirn brauchte nur wenige Sekunden, um sich eine Strategie zurechtzulegen. Was bis zum Ablauf dieser ersten Sekunden passierte, interessierte den Kommissar. Deshalb starrte er Toni jetzt voll ins Gesicht und wartete auf dessen Reaktion: »Was heißt Schwierigkeiten?«, wich Toni aus.

Oke raunzte: »Schwierigkeiten heißt: Sie ist bei jemandem eingebrochen. Oder ist das in Ihrer Familie so Usus?«

Eventuell ging er zu brachial vor – Tonis Gesichtsfarbe nach zu urteilen. Diese wechselte gerade von Weiß nach Grün. Er stellte nun seinerseits eine Frage, ohne auf Okes einzugehen. »Weiß man schon, wer ihr das angetan hat?«

Oke bejahte: »Frerk Ackermann gibt zu, für die Tat verantwortlich zu sein. Angeblich wollte sie seinen Honig stehlen.«

Toni sah aus, als würde ihm in diesem Moment etwas klar werden, er blieb jedoch stumm. Oke änderte seine Gesprächstaktik. Ein bisschen was von Gesprächsführung verstand er schließlich auch – egal, was Inse über sein bulleriges Auftreten sagte. »Niemand ist perfekt. Hatte sie Probleme?« Er hoffte, dass sein verständnisvoller Tonfall dafür sorgte, dass sich sein Gesprächspartner entspannte und öffnete. Er wollte wissen, was eine bisher unbescholtene Frau dazu veranlasste, plötzlich loszufahren und unbefugt in fremde Keller einzudringen, um Honig zu stehlen.

Möglicherweise hatte er sich zu weit zu Toni vorgebeugt, denn dieser wirkte nun ängstlich. »Ein paar der Golfer waren verstimmt, weil die Golflese so früh ausverkauft war. Das schon ...« Oke wartete. Aber mehr kam nicht. Toni schien in seiner eigenen Gedankenwelt zu sein. Immerhin konnte er sich jetzt zusammenreimen, warum Tilda bei ihren Kursteilnehmern mit Honig gegeizt hatte. Sie hatte keinen. Ausverkauft.

»Wussten Sie, dass Ihre Schwester zu Frerk Ackermann wollte?«, fragte Oke. Toni machte eine Kopfbewegung, die auf ein Nein schließen ließ. »Wie war überhaupt Ihr Verhältnis zu Ihrer Schwester? Haben Sie sich oft getroffen?«

Wieder verneinte Toni. »Meistens nur, wenn sie herkam, um an den Bienen zu arbeiten.«

Oke fragte, ob Toni beim Imkern geholfen habe und ob er an den Einnahmen beteiligt gewesen sei.

»Na ja, die Bienen gehören Tilda. Oder gehörten ihr. Ich habe ihr manchmal geholfen, Bienenkästen geschleppt, den Smoker betätigt, so was. Die Arbeit an den Bienenstöcken ist zu bestimmten Zeiten recht arbeitsintensiv. Deshalb hat sie immer darauf gedrängt, mir was von ihren Einnahmen abzugeben. Ich wollte das nicht.«

Oke musterte den Greenkeeper, seine gebügelte Arbeitskleidung, die von der Sonne gebräunte Haut. Kein Ehering. Dieser Toni sah gut aus. »Verdient man viel mit Honig?«

Toni lachte ein bitteres Lachen. Dann hob er beide Hände und verbarg sein Gesicht darin. Unter seinem Poloshirt zeichneten sich Muskelpakete ab. Dann nahm er die Hände weg und sah Oke ernst an: »Es reichte kaum für das Allernötigste. Tilda bewegte sich am Rande des Existenzminimums.«

»Hat der Klub Tilda unterstützt?«

Toni zögerte. »Schon irgendwie – vor allem am Anfang. Als sie hier mit ihrer Idee von einem Blühstreifen vorstellig wurde. Die Pflanzen wurden zum Teil mit Fördergeldern, vom Verein und durch Spenden finanziert. Die Bienen hatten hier einen Platz und Tilda konnte den Golfern ihren Honig anbieten.«

Toni wirkte jetzt gefasster. Er ließ den Blick über den Parkplatz am Klubhaus schweifen. Die Golfanlage war beliebt und der Platz füllte sich mit ankommenden Klubmitgliedern. Toni wurde unruhig: »Ich bin so durcheinander. Ich habe nachher noch eine wichtige berufliche Verabredung auf dem Platz. Und eigentlich müsste ich diese Bäume einpflanzen. Die müssen in die Erde, sonst vertrocknen sie.«

Oke klopfte auf das Fahrzeug: »Ich habe noch ein paar Fragen an Sie. Wir reden unterwegs.«

Sie fuhren über den saftig-grünen, perfekt gepflegten Rasen. Eine Moränenlandschaft mit sanften Hügeln, Teichen und altem Baumbestand. In der Ferne sah er einen Golfer, der zum Schlag ausholte.

»Der Honig war also ausverkauft«, blieb Oke dran. In seinem Kopf formte sich eine Idee.

Toni steuerte den Wagen um einen kleineren Teich herum. »Ja, so ziemlich«, sagte er, ohne Oke anzusehen. »Hat sie darum bei Friedhelm Hansemann versucht, Honig zu kaufen?« Es war ein Schuss ins Blaue. Bevor Toni antworten konnte, hörten sie einen Schrei und sahen, wie der Golfer vor ihnen zu Boden fiel. Dammi noch mal to! Was war plötzlich los in seinem sonst so beschaulichen Hohwacht?

Toni fuhr geradewegs auf den Sportler zu, sprang aus dem Wagen und untersuchte den immer noch im Gras liegenden Mann. »Ist er tot?«, fragte Oke, während er sich mit schmerzverzerrtem Gesicht aus dem Golfcart quälte und sich dann ebenfalls hinabbeugte, um sich zu vergewissern.

»Nein, bewusstlos«, antwortete Toni ruhig. »Er hat wahrscheinlich einen Golfball an den Kopf bekommen. So was kann trotz aller Vorsichtsmaßnahmen auf einem Golfplatz passieren. Ja, genau hier: Sehen Sie die rote Stelle?« Oke sah, was Toni ihm hatte zeigen wollen: Der Abdruck schien eindeutig von einem Golfball zu stammen. Oke rief einen Krankenwagen.

Es dauerte nicht lang, und sie wurden von aufgeregten Klubmitgliedern umringt, während der Greenkeeper den Golfer fachmännisch in die stabile Seitenlage brachte. Toni sorgte außerdem mit ruhiger Stimme dafür, dass die Sportler Abstand wahrten.

Der Golfer am Boden kam langsam zu sich, als Toni ihm auf die Wangen klopfte. Oke brannte darauf, ihm eine Frage zu stellen: »Sind Sie Imker?«

Der Mann sah erst so aus, als verstände er die Frage nicht, flüsterte jedoch: »Nein, Zahnarzt.«

Als der Krankenwagen eintraf, wollte Oke von Toni wissen, wer sich in Zukunft um Tilda Schwans Bienen kümmern würde. »Sie?«

Toni nickte. »Wer sonst? Tilda hat niemanden und man kann die Honigbienen nicht sich selbst überlassen. Und an ihrem Haus und im Kleingartengebiet stehen noch mal so viele Kästen.«

Mit einem Mal schien Toni etwas einzufallen: »Die haben sich doch gestritten! Diese Frau vom Kleingartenverein, Sandy Soundso, und Tilda. Diese Sandy hat ihr sogar mit einem Anwalt gedroht.«

Langsam fuhr Oke vom Parkplatz der Golfanlage. Er hatte das Gefühl, etwas verpasst zu haben. Als ob er eine wichtige Frage nicht gestellt hätte oder Toni ihm eine Antwort schuldig geblieben wäre. Trotzdem würde er ins Kleingartengebiet fahren, um zu hören, welchen Groll Sandy Soundso gegen Tilda Schwan hegte. Bei der Gelegenheit würde er sich auch gleich ihre Laube ansehen. Er könnte jederzeit zurückkommen und erneut mit Toni sprechen.

Als er den Blinker gesetzt hatte, um auf die L164 zu fahren, schnitt ihm ein mattschwarzer, tiefergelegter Sportwagen die Kurve. Der Mann kurbelte die Scheibe runter: »Verzeihung, das passiert mir sonst nie«, sagte er. Oke nickte den Verstoß gegen das Rechtsfahrgebot ab. Normalerweise hätte er dies nicht ungesühnt gelassen, doch er hatte alle Hände voll zu tun. Als Erstes musste er noch mal zum Berliner Platz, wo Gott auf ihn wartete.

Auf dem Weg zur Wache überlegte er, welche Rolle Tildas finanzieller Engpass bei all dem spielte. War sie so pleite gewesen, dass sie tatsächlich klauen ging? Oder setzte sie jemand unter Druck, mehr Honig heranzuschaffen? Die Golfer etwa? Oder einer ihrer Sargbauer?

War sie deshalb bei Tietjens Beerdigung gewesen, um den Förster mit seiner Waldimkerei zu »beerben«? Er hatte doch gesehen, wie sie um Annemie herumgeschlichen war. Toni hatte ihm über den Golfunfall nicht die Frage beantwortet, ob Tilda Schwan Geschäfte mit Friedhelm Hansemann gemacht hatte, fiel ihm jetzt ein. Er würde auch mit Hansemann reden.

»Vielleicht wissen ihre Feinde mehr über sie als ihre Freunde«, seufzte Oke, nachdem er Gott von der Wache abgeholt hatte. Das Kleingartengebiet der glücklichen Gartenfreunde lag etwas außerhalb des Ortes.

Während der Fahrt stellte er weitere Überlegungen an: Vielleicht hatte sogar der Brandanschlag an Tietjens Bienenstand etwas mit ihrem Tod zu tun.

Sie befuhren jetzt die L 55 und Oke trat unbewusst das Gaspedal durch. Er zuckte zusammen, als es blitzte. »Do hat Ehr jetz e schön Bild vun Üch«, meinte Gott fröhlich.

Das Foto, dachte Oke verdrossen, würde ihn zu allem Überfluss auch noch an einen Hochzeitstag erinnern, den er nicht mit seiner Inse auf einer sonnigen Teakholzbank bei Beer'n, Boh'n un Speck verbracht hatte.

Stattdessen stand er jetzt hungrig an einem Entwässerungsgraben und hörte, wie Gott »Kleingartenverein Glückliche Gartenfreunde« von dem Schild am Eingang ablas. Sie passierten das Tor und liefen an mit brauner Wetterschutzfarbe lasierten Jägerzäunen und niedrigen Ligusterhecken vorbei. Dahinter werkelten und schnippelten bei diesem schönen Wetter jede Menge glückliche Gartenfreunde.

In irgendeinem der Gärten brummte ein Rasenmäher, ein unerschrockener Gartenvogel sang gegen lautes Kinderlachen an. Oke blickte über den nächsten Maschendrahtzaun: Ein paar Knirpse hopsten auf einem Trampolin und schubsten sich abwechselnd auf die Matte.

Oke suchte die Zäune nach Schildern ab. Er wollte zu der Parzelle mit der Nummer 7, wo Sandy Ahrens, zweite Vorsitzende des Vereins, residierte.

Von den bunten Blumen, die durch die Zäune sprossen, kannte er nur das blaue Vergissmeinnicht. Hinter dem nächsten Zaun ragte ein Hintern auf. Die Marke der Jeans kannte Oke immerhin. Prompt richtete sich der Träger der Hose auf: »Guten Tag, die Herren! Kann ich helfen?«

Während Gott wieder die Chance nutzen wollte, sich festzusabbeln, winkte Oke ihn weiter. Sie hatten hier einen Mord aufzuklären!

Sandy Ahrens' Garten fiel vor allem wegen eines etwa drei Meter hohen Insektenhotels auf. Und einer Schar Gartenzwerge, die drumherum standen. Wie in Trance ging sein Kollege durch das niedrige Törchen. Er lief geradewegs auf die Kunststoff-Wichtel zu.

Die Gnome sahen alle unterschiedlich aus. Einer hielt eine Laterne, ein anderer rauchte Pfeife, einer mit weißem Bart zog blank. Gott steuerte einen Gartenzwerg an, der auf einem Baumstumpf thronte: »Ich jläuv' et nit!«, rief sein Kollege mit vor Begeisterung vibrierender Stimme aus. Die Hände aufs Herz gelegt, ging er vor der Figur im roten 1.-FC-Köln-Trikot auf die Knie. »Minge Lieblingsverein ...«

»Ist er behindert oder so was?« Aus der Laube hinter ihnen war eine kurzbeinige Frau in Jeans-Shorts und T-Shirt mit Raubkatzen-Print aufgetaucht. Behindert? Das kam Beamtenbeleidigung gleich. Sein Gesichtsausdruck sprach Bände und die Frau entschuldigte sich schnell: »Oh, Verzeihung. Handicap nennt man das ja heute. Hat er eins?« Als Oke nichts erwiderte, musterte Sandy Ahrens Gott erneut. Er fummelte gerade sein Handy aus der Hosentasche, offenbar, um ein Bild zu schießen. »Inklusion bei der Polizei – find ich ja toll!«, lobte Sandy Ahrens.

Die zweite Vorsitzende bot ihnen ein Kaltgetränk und einen Platz auf einer Bierbank mit grün-weiß-karierten Auflagen an. Die Bank stand unter einem Pavillon, dessen Dach voller Grünspan war. Überhaupt schien Sandy Ahrens ihr Gartenglück nicht in Gartenarbeit zu finden: Dafür wirkte der mit Figuren, Lampen und Windspielen vollgestellte Garten zu unaufgeräumt. Okes Blick blieb an kniehohen Brennnesseln hängen. »Meine Schmetterlingsecke«, sagte die Kleingartenvorsitzende stolz, als sie seinen Blick bemerkte. »Schmetterlinge lieben Brennnesseln.«

Sandy Ahrens' Gesichtsausdruck verdüsterte sich. Sie zeigte mit dem Daumen auf den dunkelgrauen WPC-Gartenzaun, der ihren vom Nachbargarten abtrennte. »Und meine Nachbarn meckern, weil die Brennnesseln zu ihnen ›rüberwuchern‹.« Ihre Empörung wurde durch heftiges Schaukeln der beiden goldenen Kreolen unterstrichen, die an ihren Ohren baumelten.

»Hören Sie mal!«, sagte sie und zeigte wieder Richtung Zaunelement. Oke hörte, wie jemand schippte. »Kies!«, raunte ihm Sandy Ahrens verschwörerisch zu. »Die sind da drüben total beschottert«, fügte sie an und schickte eilig ein nachsichtiges Lächeln in Richtung seines Kollegen. Dieser schoss gerade ein Selfie von sich und dem Fußball-Gartenzwerg.

Oke fand, dass sie nun genug Zeit verplempert hatten: »Mein Kollege kommt aus Köln.«

Sandy Ahrens wirkte ein wenig enttäuscht: »Ach so.« Dann sagte sie: »Wir reden und reden hier. Wahrscheinlich wollen Sie lieber erst mal mit den Tätern sprechen.«

Oke stutzte. »Mit den Tätern?«

Sandy Ahrens deutete zum dritten Mal Richtung Zaun: »Sie werden ja wohl deren Aussage aufnehmen wollen?« Oke zog die Stirn in Falten, sodass sich Sandy Ahrens zu weiteren Erklärungen veranlasst sah: »Ich denke, Sie wissen längst Bescheid? Da drüben bei den Intelligenzallergikern wird gegen unsere Vereinsvorschriften verstoßen! Schottergärten sind hier verboten! Hans Wöhlers, unser Erster Vorsitzender, hat sich extra schriftlich an Herrn Hallbohm gewandt. Er kennt einen Cousin von ihm.«

Oke bedauerte zutiefst, dass Hans Wöhlers jemanden aus der Familie seines Chefs kannte, denn das bedeutete, dass er, Oke, sich am Ende noch mit unerwünschten Trampolinen und nicht geleisteten Arbeitsdiensten von abtrünnigen Vereinsmitgliedern würde befassen müssen. »Um den Schotter kümmern wir uns später«, wich er aus, »erst mal müssen wir uns auf Tilda Schwans Parzelle umsehen.«

Augenblicklich begannen die Kreolen erneut zu tanzen: »Ah, wunderbar! Zu dem Thema wäre ich gleich noch gekommen! Sehr schön, dass Hans, also Herr Wöhlers, dran gedacht hat, das ebenfalls anzusprechen. Er macht hier einen fabelhaften Job. Diese unmögliche Frau hat das Schreiben unseres Anwalts einfach ignoriert«, schimpfte sie. »Da hätte man auch gleich in den Wind furzen können, statt ein teures Schriftstück aufsetzen zu lassen.« Sie sah ihn an und sagte: »'tschuldigung! Ich vergesse mich. Das regt mich alles so auf!

Oke hatte nicht vor, bei den glücklichen Gartenfreunden Wurzeln zu schlagen. Er warf einen Seitenblick auf Gott, der im Schatten des Pavillons weiter in sein Handy starrte. »Herr Gott!«, sagte Oke gereizt. Sein Kollege sah aus, als nähme er ihn jetzt erst wahr, und erklärte dann selig, dass der 1.-FC-Köln-Gartenzwerg gerade günstig auf Ebay versteigert werde.

»Ich hole Ihnen mal das Schreiben vom Anwalt«, informierte sie Sandy Ahrens und verschwand in ihrer Gartenhütte. Als sie wieder rauskam, hielt sie ein Schriftstück hoch: »Da steht es schwarz auf weiß! ›Entfernen Sie die 18 Bienenvölker umgehend!‹ Und jetzt zeige ich Ihnen mal was!«

Die Vorsitzende marschierte vorweg, sodass Oke ihre strammen Waden bewundern konnte. Sandy Ahrens führte sie auf geharkten Sandwegen durchs halbe Kleingartengebiet, hob alle paar Meter die Hand, um Glückliche Gartenfreunde in den Gärten zu grüßen, an denen sie vorbeikamen: »Moin, Ursula. Dies sind Herren von der Polizei. Ich führe sie in diesem Augenblick zu Tilda Schwan! Du weißt ja Bescheid! Schlimm, dass sich manche Leute einfach nicht an Regeln halten wollen. Aber das hat sie jetzt davon!« Ursula nickte heftig.

Kurze Zeit später standen sie vor dem »Corpus Delicti«, wie Sandy Ahrens formulierte: 18 Bienenkästen hinter einer Hainbuchenhecke. Oke hielt sich auf Abstand zu den Bienenstöcken. Bei der Erinnerung an den Bienenstich begann sein Augenlied zu jucken. Womöglich würde er sein ganzes weiteres Leben unter dem Phantomjucken leiden.

Gott hatte sich offenbar wieder eingekriegt und fragte: »Wöröm durf et Tilda die Hunnigfleeg nit behalde?« Sandy Ahrens schob sich, während er sprach, eine Haarsträhne hinters Ohr, als glaubte sie, Gott nun besser verstehen zu können. Das war nicht der Fall, denn sie sah Hilfe suchend zu ihm: »Könnten Sie übersetzen?« Oke schielte wütend zu Gott. Ein Einsteigerkursus »Norddeutsch für Anfänger« wäre bei Versetzungen zumindest für Kölner nicht unangebracht. Dann fragte er seinerseits nach: »Warum durfte Tilda Schwan die Honigbienen nicht behalten?«

Sandy Ahrens sah sie an, als hätte sie es mit zwei unterbelichteten Exemplaren ihrer Spezies zu tun: »Honigbienen stehlen den Wildbienen das Futter! Wussten Sie das nicht? Das ist das Problem. Das habe ich schon zu Hans gesagt, Hans Wöhlers. Die Leute wissen es einfach nicht besser.« Sie tippte auf das Schreiben des Anwalts: »Honigbienen haben natürlich ihre Daseinsberechtigung. Wie jeder Deutsche Schäferhund auch. Sie dürfen von mir aus gern Nektar in den Privatgärten der Imker sammeln, aber nicht hier bei uns. In unser Wildbienen-Paradies passen sie einfach nicht rein.«

Sandy Ahrens steuerte beim Reden auf das Gartenhäuschen zu, das Tilda Schwan gehört hatte. Es erinnerte ihn an ihre Gummistiefel: Die Vorderfront hatte die Imkerin über und über mit bunten Blumen bepinselt. Die Zweite Vorsitzende wummerte gegen die Tür: »Aufmachen, Frau Schwan. Hier ist die Polizei!«

Das ging eindeutig zu weit. »Man nich so undullig!«, bellte Oke. Sandy Ahrens zuckte zusammen, und Oke grummelte, dass Tilda Schwan die Tür sowieso nicht öffnen würde.

Sandy Ahrens drehte sich überrascht zu ihm um: »Wenn Sie wissen, dass sie nicht da ist, warum sind Sie dann überhaupt hier?« Oke stellte eine Gegenfrage: »Warum hat Tilda Schwan nicht auf das Schreiben Ihres Anwalts reagiert?«

Die Ohrringe schwangen jetzt wieder wild hin und her: »Die denkt wahrscheinlich, sie könnte sich alles erlauben – nach dem Zeitungsbericht über ihren Blühstreifen auf dem Golfplatz ist die völlig abgehoben.«

Oke interessierte noch eine Sache: »Haben Sie persönlich mit Tilda darüber gesprochen, dass ihre Honigbienen nicht mehr im Kleingartengebiet geduldet werden? Sie oder sonst jemand vom Vorstand?«

Sandy Ahrens spielte an ihrem linken Ohrring herum. Sie drehte den Reif: »Nein, nicht, dass ich wüsste.«

»Hat sie hier Honig verkauft?«

Sandy Ahrens antwortete: »Das wollte sie am Anfang, aber wir haben den Antrag abgelehnt. Wir von den Glücklichen Gartenfreunden sind der Meinung, dass es nicht richtig ist, den Bienen den Honig zu stehlen. Auch nicht den Zuchttieren. Das ist irgendwie nicht wesensgemäß, wenn Sie verstehen, was ich meine.«

Unsicherheit machte sich auf Sandy Ahrens' Gesicht breit, als Oke fragte: »Wann haben Sie Tilda zuletzt gesehen?« Sandy fummelte an ihrem linken Ohrreifen und fragte dann: »Was ist hier eigentlich los?«

Gott legte eine Hand auf die Schulter der zweiten Vereinsvorsitzenden: »Et Tilda Schwan es jestorve.« Sandy Ahrens sah ihn groß an. »Jestorve?«

Oke wiederholte automatisch: »Tilda Schwan ist tot.«

Sandy Ahrens war anzusehen, dass sie am liebsten sofort eine Hauptversammlung mit dem erweiterten Vorstand einberufen hätte. Als sie sich vom ersten Schrecken erholt hatte, gab sie zu bedenken, dass sie keinen Schlüssel zu Tilda Schwans Laube besitze. Sie werde aber genau dies bei der nächsten Versammlung anregen. Dieser Zwischenfall zeige schließlich, dass es an Zweitschlüsseln für den Vorstand fehle – »für den Fall der Fälle – also für den Todesfall«.

Gott prüfte, ob sich die Tür ohne Schlüssel öffnen ließ. Sie war unverschlossen, was Sandy Ahrens' Ohrringen neuen Schwung gab: »Nach unserer Satzung sind die Lauben verschlossen zu halten. Unglaublich, was sich manche Leute erlauben, aber ich will ja nichts Schlechtes über die Toten sagen.«

Im Gartenhaus lag nichts, was sie weitergebracht hätte. Es gab ein kariertes Sofa, einen wackeligen, weiß lasierten Holztisch mit zwei nicht zueinanderpassenden Stühlen. Auf dem Tisch lagen ein Stapel Din-A-4-Bögen und ein Kugelschreiber.

»Stockkarte«, stand auf jedem Blatt. Hier hatte Tilda Schwan in einer verschnörkelten Handschrift, die Oke kaum lesen konnte, offenbar vermerkt, wann sie bei den einzelnen Bienenstöcken gewesen war. Sie hatte dazu verschiedene Daten notiert. Er entdeckte zudem Anmerkungen, die für ihn keinen Sinn ergaben. Hier stand »Königin fehlt«. Dort las er: »Volk ist wenig sanftmütig«.

Imkerlatein. Er konnte damit nichts anfangen und sah sich weiter in dem kleinen Raum um. In einer Zimmerecke saß eine dicke Spinne in ihrem Netz. Auf einem Bord standen eine noch im Originalkarton verpackte Kochplatte und ein Wasserkocher. Daneben fand sich eine zerbeulte Dose mit verschiedenen Teesorten. Auf dem Sofa lagen eine blaue Wolldecke, ein paar uralte Gartenzeitschriften mit Eselsohren und ein Kissen mit gehäkeltem Bezug.

An einem Garderobenständer neben der Tür hing nur eine Strickjacke, kein Imkeranzug. Offenbar hatte sie keine Zweitausrüstung besessen. Nichts deutete darauf hin, dass Tilda Schwan in diesem Häuschen viel Zeit verbracht hatte. Warum auch? Ihr hatte ein ganzes Haus mit großem Garten am Nixenweg zur Verfügung gestanden.

Das erinnerte ihn daran, bei den Kollegen nachzufragen, was bei der Durchsuchung herausgekommen war. Vielleicht lieferte Tilda Schwans Computer oder ihr Mobilfunktelefon einen wertvollen Hinweis, was sie ins maritime Lädchen getrieben hatte.

Er trat aus dem schummrigen Zimmer in den Sonnenschein hinaus. Sandy Ahrens wartete vor der Tür. Er entfernte sich ein paar Schritte von ihr und wählte unter einem Apfelbaum stehend Jana Schmidts Handynummer.

»Sie hatte einen Auftrag von der Jensen Co. KG. Ihre Sargbauerin wollte groß ins Honiggeschäft einsteigen«, berichtete sie ihm kurz darauf. Die Kollegen hatten Tilda Schwans Handynachrichten sowie die Mails der vergangenen Wochen durchgesehen. Dabei stellten sie fest, dass sie offenbar kurz vor Vertragsunterzeichnung mit der Kette mit Hauptsitz in Eutin gestanden hatte. Dann fragte sie Oke, wo er sich gerade aufhalte und warum er nicht in die Wache am Berliner Platz kam: »Wir haben uns der Einfachheit halber gleich hier breit gemacht. Übrigens: Was haben Sie eigentlich mit meiner Birkenfeige gemacht? Die Erde ist komplett trocken ... Eine Birkenfeige ist doch kein Kaktus!«

Er versprach, bald zu kommen. Schuldbewusst überlegte er, ob er der Pflanze mehr Kaffee hätte abgeben müssen.

Auf der Wache erlebte er zwei Überraschungen: Als Gott und er am Berliner Platz ankamen, herrschte dort Gedränge! Wie in alten Zeiten. Sofort spürte er den Erkältungskloß im Rachen.

Die Kollegen der Spurensicherung hatten Jana Schmidts alten Schreibtisch okkupiert, und jemand hatte es gewagt, seinen Schreibtischstuhl mit dem aufgerissenen Sitzpolster zu ihrem Tisch zu rollen. Oke fluchte entnervt »Dammi noch mal to!«, und bevor er seinen Stuhl greifen konnte, schob ein junger Kollege, der knallrot angelaufen war, den Stuhl zurück an seinen Platz.

Das zweite Mal überraschte sich Oke selbst. Das passierte, als Jana Schmidt ihm einen gefüllten Kaffeebecher in die Hand drückte. »Tut mir leid mit der Primel«, sagte er und wunderte sich. Wieso brachte er plötzlich so viel Gefühl für eine Zimmerpalme auf? Dass er so verweichlichte – das musste mit seiner porösen Bandscheibe zusammenhängen.

»Halb so wild. Ich hab sie inzwischen gegossen«, beruhigte ihn seine frühere Kollegin, »und was Tilda Schwan angeht: Sie hat in letzter Zeit mehrfach mit einem Toni aus Hohwacht telefoniert und zweimal mit einem Gerrit aus Kiel.« Oke erklärte, dass Toni ihr Bruder war, und fragte nach dem Nachnamen des Kielers. »Gerrit Andresen«, informierte die Kollegin. »Ach ja, und sie hat offenbar versucht, Annemie Tietjen zu erreichen. Jedenfalls hat sie nach Tietjens Tod im Forsthaus angerufen.«

Oke und Gott erfuhren weiterhin, dass Tilda Schwan Jensens Filialen hätte en gros beliefern sollen. »Das dürfte ihr Druck gemacht haben«, sagte Oke. Er fragte sich, ob dieser Druck ausgereicht hatte, sie zur Diebin zu machen. Da fiel es ihm ein: »Sie hat vermutlich auch den Draht gespannt. Vielleicht wollte sie Tietjen nicht umbringen. Vielleicht wollte sie ihn warnen. Wenn er länger ins Krankenhaus gemusst hätte, hätte sie möglicherweise auch ihr Ziel erreicht … Dann hätte er eventuell sogar gern an sie verkauft.« Oke dachte automatisch an das Feuerwerk am Bienenstand. Hatte Tilda Schwan dem Berufskollegen auch damit Bange machen wollen? Oke überlegte, mit was für gefährlichen Menschen sich seine Frau sonst noch umgab.

So langsam schienen sie der Sache näherzukommen. »Tilda hat vermutlich nicht gewusst, dass der Honig des Försters glyphosatverseucht war«, brachte Oke einen neuen Gedanken in die Diskussion ein. »Sonst hätte sie ihn wohl nicht haben wollen.«

Jana Schmidt wirkte überrascht. »Tietjens Honig war glyphosatverseucht? Und dann fliegt sein Bienenstand in die Luft? Seltsam!«

Oke sagte: »Das war auch mein erster Gedanke.«

Als Nächstes rief er Friedhelm Hansemann an, um sich seine Vermutung bestätigen zu lassen, dass Tilda seinen Honig hatte kaufen wollen. Das Telefonat dauerte dann länger, weil Hansemann im Fischhus von Tilda Schwans Tod erfahren hatte und sich nun Einzelheiten bestätigen lassen wollte.

Während er wartete, dass Oke auflegte, griff sich Gott die Schere von Okes Schreibtisch und begann, an der Birkenfeige herumzuschnippeln. Jana Schmidt nahm ihm das Schneidewerkzeug weg: »Das ist eine Birkenfeige – kein Bonsai!«

So kamen sie nicht weiter. »Einer spricht mit der Witwe, einer mit der Jensen Co. KG über die geplante Lieferung«, meinte der Kommissar. Seltsam, dass ihr Bruder angeblich nichts von diesem Auftrag gewusst hatte. Vielleicht sprach er selbst auch noch mal mit Toni. Und was war mit diesem Gerrit Andresen?

»Gerrit Andresen wurde uns kürzlich als ihr Vergewaltiger gemeldet«, sagte im nächsten Moment einer von den jüngeren Kollegen an Jana Schmidts Schreibtisch. Alle horchten auf. »Das Verfahren wurde aber eingestellt. Das war kurz vor ihrem Tod.«

»Isch nemme de Witwe«, sagte Gott. Oke konnte zwar nicht verstehen, wie er jetzt Witze machen konnte, war aber sehr einverstanden, dass sein Kollege mit Annemie Tietjen sprechen wollte. Sicher hatte sie ihm das Missverständnis um die tote Sau noch nicht verziehen. Er könne wegen des Glyphosats nachhaken, gab Oke Gott mit auf den Weg. »Aber erwähnen Sie bloß nicht das Wort Wildschwein in ihrer Gegenwart.«

In der Sekunde fiel ihm etwas Verrücktes ein: Was, wenn Sandy Ahrens durch einen dummen Zufall herausbekommen hatte, dass Gunnar Peters Glyphosat auf seinen Acker aufbrachte und damit sämtliche Wildbienen der Gegend ausrottete?

Möglicherweise machte sie sogar gemeinsame Sache mit Käfersammler Fritjof Bäder. Oke stellte sich vor, wie die Gartenfreundin und der Käferfreund mit Feldstechern bewaffnet nebeneinander im Gras lagen, und dann war statt des Landwirts unverhofft der Förster auf seinem Moped aufgetaucht …

»Hört mir mal einer zu?« Der Brillenträger, der die Stimme erhob, hieß Jesper Schulz und er gehörte zur eilig gebildeten Soko »Tilda«. »Dieser Frerk Ackermann hat gerade ausgesagt, dass Annemie Tietjen einen Draht gespannt habe, um seinen Sohn Nikita umzubringen. Nikita gehört offenbar zu einer Gruppe von Jungen, die am Bienenstand Feuer gelegt haben.«

GOTT

Die Witwe wirkte in ihrer Strickjacke noch kleiner, als er sie vom letzten Mal in Erinnerung hatte. Wahrscheinlich, weil sie ihre Schultern so weit nach vorn gezogen hatte. Annemie Tietjen befand sich augenscheinlich weiterhin in tiefer Trauer. »Ich habe es schon gehört, das mit Tilda ist schrecklich«, flüsterte sie betroffen, als er noch in der Tür stand. Gott nickte. Er dachte an die vor ihm liegende Aufgabe. Es schien ihm allerdings nicht der beste Zeitpunkt zu sein, sie nach etwaigen Mordgelüsten zu befragen.

»Nix es esu schlääch, dat et nit och för jet joot wör«, sagte er, um Zeit zu gewinnen.

Annemie sah ihn traurig an. »Wie bitte?«

Gott holte Luft: »Nichts ist so schlecht, dass es nicht für etwas gut ist«, wiederholte er auf Hochdeutsch. Annemie riss entsetzt die rotgeäderten Augen auf. »Aber doch kein Mord!«, rief sie bestürzt aus. Gott beeilte sich zu sagen, dass er es mehr allgemein und nicht auf Tilda Schwans Tod bezogen gemeint hatte. »Nix bliev wie et wor ...«, fügte er zur Erläuterung an.

Annemie führte ihn irritiert ins Wohnzimmer und überließ ihm das Sofa. Bedrückt sah sie ihn an: »Ich weiß, Sie haben jetzt viel zu tun, aber wissen Sie schon, wer – wer – den Draht gespannt hat?« Gott schüttelte den Kopf und sagte: »Enä.« Die Katze verstand das als Aufforderung: Sie sprang auf seinen Schoß.

Sie hatte weiches Fell, stellte er fest, als ihm der buschige Schwanz durchs Gesicht fegte. Die Katze schien ihn zu mögen: Egal, wie sehr er mit den Knien wackelte, sie blieb dort sitzen und schlug zudem ihre Krallen durch seine Hose. Nach einer kurzen Weile begann sie wohlig zu schnurren.

Sie habe gedacht, Peters könne es getan haben, sagte Annemie zögernd, immer noch stehend, ohne ihn anzublicken. Gott hob die Brauen. »Kurt war wütend, weil Peters seinen Honig mit diesem Gift verdorben hat.« Ihre mit Altersflecken übersäten Hände lagen beim Sprechen aufeinander, als müsste die eine Hand die andere festhalten. »Dieser Feriengast hatte ihn darauf gebracht. Dann ließ er einen Teil des Honigs vom letzten Jahr testen. Dieses Jahr hatte er ja noch nicht geerntet. Kurt war geschockt: Es stimmte! 500 Kilo Honig. Verdorben! Wegen des Glyphosats.«

Sie presste die Lippen zusammen und sprach dann doch weiter. »Für ihn war das ein herber Schlag. Ich war nicht dabei, aber ich denke, er hat Peters ordentlich rundgemacht. Um ehrlich zu sein, hatte ich die Befürchtung, dass er Peters etwas antun könnte. So zornig hatte ich Kurt vorher nie erlebt.«

Die Witwe sah ihn nun an, als fiele ihr in diesem Augenblick etwas ein. Sie wandte sich unvermittelt zur Zimmertür: »Was bin ich für eine schlechte Gastgeberin. Ich mache uns Tee.«

Gott lehnte ab und bemühte sich dabei, verständliches Hochdeutsch zu sprechen: »Bitte, keine Umstände.«

Doch Annemie verschwand in der Küche, ohne auf seinen Einwand zu reagieren. »Mer muss et nemme wie et kütt«, sagte er freundlich, obwohl sie nicht mehr im Zimmer war und ihn deshalb nicht hören konnte.

Die Witwe kam erst nach ein paar Minuten mit einem Tablett mit zwei Tassen blassen Kamillentees zurück.

Die Tasse klapperte auf der Untertasse, als sie sie ihm kurz darauf herüberreichen wollte. So sehr zitterten ihre Hände. Weil sich die Katze gerade ausgiebig an seinem Schlüsselbein rieb, hatte Gott Mühe, ihr die Tasse abzunehmen. »Mein zukünftiger Schwiegersohn Konrad hat Kurt geholfen, einen Fachanwalt für Lebensmittelrecht zu finden. Der Jurist meinte, Kurt könnte Schadensersatz geltend machen.«

Je länger er Annemie beobachtete, desto weniger konnte er sich vorstellen, dass sie Teenager meuchelte.

Beim Thema Lebensmittelrecht fiel ihm seltsamerweise die Wildsau ein und er fragte Annemie rundheraus, ob sie seinem Kollegen das angefahrene Wildschwein überlassen würde. Sie willigte ein, wirkte jetzt aber noch irritierter.

So zartfühlend wie möglich erinnerte er die Witwe anschließend daran, dass sie bei der ersten Befragung der Polizei gelogen hatte. Laut ihrer Aussage hatte sie in der Nacht angeblich niemanden gesehen. Dies, habe sich herausgestellt, sei falsch. Ihre Wangen verfärbten sich. Dann senkte sie den Kopf. »Sie haben recht. Ich habe Hinnerks Enkel erkannt«, gestand sie zögernd.

Gott gab der Katze einen winzigen Schubs. Unhöflichkeit war ihm zwar zuwider, aber so konnte er keinen Tee trinken, geschweige denn sich Notizen machen. Außerdem bildete er sich ein, schon Katzenhaare im Mund zu spüren.

Widerspenstig krallte sich die Katze in seinen Oberschenkeln fest. Gott stöhnte, dann pulte er sich ein Haar von der Zunge und fragte: »Woröm hat Ehr nix jesaht?«

»Warum er nichts gesagt hat? Ich – ich weiß es nicht. Ich dachte, dass Kurt vielleicht die Versicherung betrügen wollte. Er wusste nicht, wie lange es dauern würde mit Konrads Anwalt. Er sagte, das Geld aus dem Honigverkauf fehle. Wir hatten im letzten Jahr so wenig verkauft, weil wir wegen des Umzugs hierher einfach keine Gelegenheit dazu hatten.« Gott nieste. Er war möglicherweise allergisch gegen Katzenhaare. »Deshalb dachte ich, er hätte die Jungen beauftragt, den Bienenstand zu zerstören.« Ihre Augen schwammen in Tränen, vielleicht, weil sie ihrem Mann so viel Schlechtigkeit zugetraut hatte. Nachdem er versucht hatte, mit Daumen und Zeigefinger ein letztes Katzenhaar von seiner Zunge abzustreifen, fragte er, ob sich ihr Verdacht mit der Versicherung bestätigt habe. Annemie schluckte. »Nein! Kurt war ein guter Mann. Er konnte es vielleicht nicht immer so zeigen …«

Seine Nase kribbelte entsetzlich. Er musste sie mit möglichen Tatsachen konfrontieren, und dann nix wie raus hier. Er begann Kölsch und schwenkte dann schnell um: »Dä Vatter vun däm Jung jläuv, dass Sie den Droht gespannt haben, um sich an den Kindern zu rächen.«

Annemie hatte ihn nicht ganz verstanden. »Wer?«

Er räusperte sich: »Der Vater des Jungen.« Es dauerte einen Moment, bis ihr klar war, was ihr vorgeworfen wurde. Annemie Tietjen ließ sich auf dem Sessel zurücksinken. »Wie kommt der auf diese Idee?«, fragte sie, nun aschfahl im Gesicht. »Niemals würde ich so etwas tun«, beteuerte sie mit brüchiger Stimme, »niemals hätte ich so etwas tun können! Fragen Sie meinen Arzt oder meine Krankengymnastin!« Zitternd streckte sie ihm ihre Hände entgegen. Er betrachtete ihre knotigen Fingergelenke: »Rheumatoide Arthritis«, stieß sie hervor. Einen Draht fest zu spannen, sei ihr physisch nicht möglich.

Gott glaubte ihr. Er stellte den Tee beiseite. Obenauf schwammen zwei Katzenhaare. Dann fragte er, ob Tilda Schwan im Forsthaus vorstellig geworden sei, um Kurt Tietjen etwas von seinem Waldhonig abzukaufen. »Oh ja, das wollte sie unbedingt. Aber Kurt wollte nicht verkaufen. Vor allem nicht an sie, aber auch nicht an jemand anderen. Er hatte viel zu viel Angst, dass die Sache mit dem Glyphosat rauskäme und er dann noch Ärger bekäme. Außerdem«, sie pausierte, »außerdem will unsere Sarah Tildas Exmann heiraten. Das war schon eine seltsame Situation, als Tilda plötzlich hier im Wohnzimmer stand und Geschäfte mit Kurt machen wollte«, fügte sie an.

Gott interessierte noch eine andere Sache: »Was passiert jetzt mit dem verdorbenen Honig?«

Annemie zuckte die Achseln. »Eigentlich muss er entsorgt werden. Aber Toni will ihn mir abnehmen. Ich weiß aber noch nicht, ob ich das überhaupt will. Für den Anwalt ist der Honig sicher so etwas wie Beweismaterial. Und wenn ich den Honig doch verkaufen kann, kann ich Peters schlecht verklagen …« Sie sah ihn mit einem gequälten Lächeln an.

Es dauerte einen Augenblick, bis er die Information verarbeitet hatte, dann fuhr er auf und die Katze sprang genervt von ihm runter. Ihr dick aufgeplusterter Schwanz stand kerzengerade nach oben und ihre grünen Augen blitzten ihn vom Fußboden aus an. Die Katze würde ihn auf den kleinsten Reiz hin angreifen. Gott hatte dafür keine Augen: »Sprecht Ehr vum Toni Schröder, dem Greenkeeper?«

Sie nickte. »Ja, genau von dem.«

OKE

Alles schien hier weiß zu sein: die Fußböden, die großen Apparate, die Wände, die Kittel der Mitarbeiter, die in diesen Kellerräumen abgeschieden von der Außenwelt arbeiteten.

Sein Auge blieb in diesen klinisch anmutenden Räumen an einer honiggelben Plastikbox hängen, in der Reagenzgläser aufbewahrt wurden. Dann stand plötzlich Gerrit Andresen vor ihm. Und das feuerrote Haar des Lebensmittelchemikers sorgte für einen weiteren Farbtupfer in der weißen Laborwelt.

»Moin«, sagte Gerrit und streckte ihm eine Hand hin. Sein Händedruck war feucht, aber überraschend fest. »Was wollen Sie wissen, soll ich Sie herumführen und alles erklären? Oder sollen wir da hineingehen? Das ist unser Besprechungszimmer...« Er zeigte auf eine Tür am unteren Ende des Flures. Oke nickte und folgte dem Mann.

Sie hatten kurz telefoniert und sich verabredet, nachdem die Geschichte von Gerrit Andresen, dem Vergewaltiger, auf der Wache die Runde gemacht hatte. Beim Lesen des vollständigen Polizeiberichts relativierte sich die Sache etwas: Tilda Schwan hatte den Beamten vor Ort etwas von einem Missverständnis gesagt. Trotzdem!

Jemand hatte zwei Tassen, Kännchen, Würfelzucker sowie Milch in einem Fläschchen auf den Tisch gestellt. Alles weiß. Immerhin war der Kaffee schwarz, dachte Oke.

Es dauerte nicht lang, Gerrit die kurze, für ihn sehr unbefriedigende »Affäre« mit Tilda Schwan zu entlocken.

Für Gerrit Andresen schien klar zu sein, dass Tilda auf Abwege geraten war. »Sie hat mich schon bei unserem Kennenlernen, warten Sie, das war im März, nach den Möglichkeiten gefragt, Honig zu strecken.«

Oke nahm einen Schluck Kaffee. Er war genau so, wie er ihn mochte: stark und heiß. »Hielten Sie sie damals für kriminell?«

Gerrit schüttelte energisch den Kopf. »Ne, gar nicht. Die wirkte eher – unbedarft. Sie war der Typ Frau, der allein nichts geregelt kriegt.«

»Das heißt, Sie denken, sie hat ihren Honig nicht verfälscht?«

Der Lebensmittelchemiker fuhr sich durch die roten Haare und meinte dann, dass Tilda sicher der Mut gefehlt habe. »Allerdings war sie mutig genug, mich vor halb Plön ein Schwein und einen Vergewaltiger zu nennen ...« Er lachte ein aufgesetztes Lachen. »Ich will damit sagen: Ich habe keine Ahnung von Frauen, ich kenne viele, steige aber bei ihnen nicht durch.«

Oke nahm noch einen großen Schluck aus seiner Tasse. »Ich würde gern sehen, wie Sie Honig untersuchen. Wie erkennen Sie, ob er gepanscht ist?«, erkundigte sich Oke ehrlich interessiert. Der Labormitarbeiter stand sofort auf, als hätte er auf diese Frage gewartet, und führte ihn in einen weiteren Raum, der kleiner als der erste war, aber von der Farbgebung identisch.

Gerrit Andresen klopfte leicht mit der flachen Hand auf eine etwa anderthalb Meter breite und einen Meter hohe Maschine, die Oke entfernt an einen Drucker erinnerte. »Man stellt eine Probe hinein, und kurze Zeit später wissen wir, ob der Honig verfälscht wurde.«

Oke schaute zu, wie Gerrit Andresen Proben aus einer honiggelben Box holte und in eine dafür vorgesehene Mulde stellte und den Deckel schloss. Ein blauer Knopf leuchtete und die Maschine begann zu surren. Der Automat, erläuterte der Lebensmittelchemiker, prüfe derzeit verschiedene Werte, unter anderem werde der Diastase-Wert bestimmt. »Diastase ist ein bieneneigenes Enzym, das die Biene dem Nektar zufügt«, klärte der Fachmann Oke auf, bevor dieser hatte fragen können. Der Apparat gab einen Piepton von sich, während der blaue Knopf unruhig leuchtete. »Fertig«, sagte Gerrit Andresen und las das Ergebnis ab. Der Diastase-Wert dieses Honigs lag bei 29,1 DZ. »Das ist hoch. Damit ist es unwahrscheinlich, dass diesem Honig Zucker hinzugefügt wurde.«

Oke wollte wissen, ob das Labor auch auf Pestizide prüfe. »Auf mehrere Hundert Pestizide«, bestätigte der Labormitarbeiter.

»Wie haben Sie Tilda überhaupt kennengelernt?«

»Durch eine Freundin, die bei ihr einen Sargbaukursus belegt hatte«, erzählte Gerrit Andresen und sah einer jungen Laborantin hinterher, die mit einem weiteren honiggelben Plastikkasten vorbeilief.

»Sie kennen nicht zufällig ihren Bruder Toni Schröder?«, fragte Oke.

Andresen verneinte, korrigierte sich jedoch. »Das heißt, vielleicht doch. Augenblick mal.« Er kam nach drei Minuten wieder in den Raum, in der Hand hielt er einen Briefumschlag. »Wusste ich's doch: Ich kenne den Namen. Toni Schröder hat uns mehrere Honigproben geschickt. Und ich konnte sehr schön sehen, dass er versucht hat, uns zu testen.«

Okes Herz schlug ein wenig schneller. »Was steht in dem Brief?«

»Da drin ist nur eine weitere Probe.«

Oke ließ sich erklären, wie Toni Schröder das Labor hatte testen wollen. »Ach, das ist immer das gleiche Lied: Die Fälscher versuchen herauszufinden, welche Fremdstoffe im Honig von den Laboren erkannt werden und welche nicht. Sie schicken dann mehrere, unterschiedlich verfälschte Proben und wollen dann von uns erfahren, was an der jeweiligen Probe auffällig war.«

»Was wird dem Honig üblicherweise beigemischt?«

»Zum Beispiel billiger Reissirup – aber das ist nur eine Möglichkeit.«

Der Kommissar fragte, ob Gerrit wisse, woher Toni Schröders Honig gekommen sei, ob es sich um die Golflese gehandelt haben konnte.

Gerrit Andresen zuckte mit den Schultern. »Keine Ahnung«, meinte er, »da stand nichts drauf. Musste auch nicht. Wir sind ja nicht die Behörde, sondern nur ein Dienstleister. Hier kann jeder Hobby-Imker seinen Honig testen lassen, wenn er für den Check bezahlt. Die sind uns alle keine Rechenschaft schuldig.«

Oke schwieg. Gerrit Andresen hingegen schien in Plauderlaune zu geraten: »Viele von den Supermärkten, deren Ware wir hier testen, sind auch nicht besonders auskunftsfreudig, wenn wir nachfragen, woher die Eigenmarke stammt.«

Oke konnte das, was er eben erfahren hatte, kaum glauben: »Die Supermärkte panschen auch?«

Gerrit schnalzte mit der Zunge. »Wenn Sie mich das offiziell fragen, habe ich das nie gesagt!« Er wirkte jetzt ein wenig ängstlich und relativierte: »Ich meine nur, dass die Supermärkte nicht unbedingt herausfinden wollen, ob ihr Honiglieferant sie betrügt. Es interessiert sie vor allem, ob der Honig es durch die amtlichen Kontrollen schaffen würde, wenn sie ihn zum Verkauf anböten.«

Auf dem Weg zur Wache grübelte Oke, ob die Jensen Co. KG in Eutin zu den Supermarktketten gehörte, die nicht so genau wissen wollten, ob ihr Honig mit Zusätzen gestreckt wurde.

NIKITA

Er hätte seine Mutter nie im Leben auf dieser Polizeidienststelle erwartet. Vielleicht hatte er sie deshalb im ersten Moment fast nicht erkannt. Aber dort auf dem abgetretenen blauen Velours stand Mona, sie war zu ihm geeilt, vom Mekong oder von sonst woher, nachdem die Behörden sie von den schrecklichen Geschehnissen in dem sonst so ruhigen Fischerdorf informiert hatten.

Er konnte es noch nicht richtig fassen. »Du hier? Echt jetzt?«, fragte er und lächelte unsicher.

Sie antwortete ebenso schief lächelnd: »Ja, echt jetzt!«

Obwohl er immer gedacht hatte, dass er sie niemals mehr umarmen könnte, nachdem sie ihn im Stich gelassen hatte, fühlte er jetzt nichts als Erleichterung, sie drücken zu können. Er presste sich fest an sie und atmete ihren Geruch ein, der ihn an eine Mischung aus Currypulver, Minze und Anis erinnerte, so ungewöhnlich wie das Leben seiner reisefreudigen Mutter. Ihre zartgliedrigen Finger strichen ihm sachte über das Haar und berührten dabei ganz leicht seinen Nacken, und er spürte, wie sehr er sie vermisst hatte. So sehr, dass es jetzt noch wehtat, obwohl sie doch wieder da war.

Sie zeigte sich verständnisvoll. Selbst die Nachricht, dass die Polizei seine Turnschuhe, die mit dem Wabenmuster, bei der Haussuchung sichergestellt hatte, und die Erklärung, was das bedeutete, nahm sie ruhig auf. »Ich hätte dich nie allein lassen dürfen«, sagte sie nur leise. Und beinahe unmerklich fügte sie hinzu, als seien die Worte doch nicht für ihn bestimmt: »Dich nicht und deinen Vater auch nicht. Er muss komplett überfordert gewesen sein mit allem …«

OKE

Vor der großen Panoramascheibe lag dunkelblau und träge der Dieksee. Das Tagungshotel befand sich direkt am Ufer und bot eine grandiose Aussicht aufs Wasser. Die Kellner im Restaurant servierten mittags deftige regionale Gerichte wie gestovte Schnippelbohnen mit Kurzgebratenem. Doch so spät war es noch nicht.

In diesen Minuten warteten die Mitarbeiter der Jensen & Co. KG auf den Beginn der Tagung. Ein paar junge Männer fläzten sich übermütig auf ausladenden Sitzmöbeln in der Lobby. Zwei blasse Typen in Weste und Jeans warfen ihm verdutzte Blicke zu: Mit der Polizei hatten sie augenscheinlich nicht gerechnet.

Einige ältere Herren trugen dunkle Zweireiher und dezent gemusterte Krawatten, die Damen Hosenanzüge in Ultramarin oder der Figur schmeichelnde Wickelkleider und A-Linien-Röcke. Hier war offenbar das Führungspersonal der Lebensmittelkette zusammengekommen. Oke setzte sich auf anderthalb Stühle in der hintersten Reihe. Wenn er so dringend mit dem Chef sprechen wollte, müsse er zum Dieksee kommen, hatte dessen Sekretärin am Telefon gesagt. Ihre Stimme hatte gereizt geklungen: »Nach seiner Rede wird unser Dr. Jensen sicher ein paar Minuten für Sie Zeit haben. Es tut mir leid, anders geht es nicht, sein Terminkalender ist pickepackevoll.«

Bei der Tagung, wusste er von ihr, sollte es um neue Firmenstrategien gehen: »Qualität und Regionalität«.

Tilda Schwan hätte hier ihren Honig vorstellen sollen. Das hatte ihm die Sekretärin auf Nachfrage berichtet.

»Buy local«, las er auf einem Banner an der Bühne. Auf dem Rednerpult lag neben dem Mikro eine mindestens 30 Zentimeter große, schwarz-gold gestreifte Stoffbiene.

Die Gäste wurden durch Lautsprecher gebeten, Platz zu nehmen. Kurz darauf trat ein ergrauter Herr im weißen Kittel auf die Bühne. Unsicher klopfte er mit dem Ringfinger gegen das Mikrofon und es ertönte ein unangenehmes Fiepen. Eine Zuhörerin hielt sich übertrieben genervt die Ohren zu.

»Professor Liebig leitet die Qualitätssicherung bei uns«, flüsterte ihm Jensens blonde Sekretärin zu. Sie trug eine Bob-Frisur, ein smaragdgrünes Kleid zu ihren grünen Augen und hatte Chanel No. 5 aufgetragen, das Parfum, das er Inse früher oft zum Geburtstag geschenkt hatte. Die Sekretärin hatte sich zwar nicht neben ihn gesetzt, blieb jedoch in der Nähe. »Als wenn ich Firmengeheimnisse stehlen wollte«, grummelte er mürrisch vor sich hin.

»Herzlich willkommen, liebe Kolleginnen und Kollegen der Jensen Co. KG. Mein Name ist Leopold Liebig, ich bin Lebensmittelchemiker und viele von Ihnen und Euch kennen mich. Sie und Ihr können und könnt sicher sein, dass ich hier keine Stunde reden werde, aber vielleicht anderthalb.« Höfliches Gelächter ertönte. »Mein Thema ist hier der Honig. Ich überzeuge Sie und Euch – bleiben wir der Einfachheit halber beim Du – und Ihr überzeugt unsere Kunden.« Er hatte die Zuhörer bereits für sich eingenommen. Er genoss ihre ungeteilte Aufmerksamkeit.

»Greifen wir im Supermarkt zu einem Glas Honig, gehen wir davon aus, dass es sich auch tatsächlich um

Honig handelt. Aber gibt es dieser Tage überhaupt echten Honig zu kaufen?« Es wurde noch etwas stiller im Saal. Das Thema interessierte die Belegschaft offensichtlich. Der Mann im weißen Kittel blickte zu den Sitzreihen, als warte er auf eine Antwort. Eine Frau mit gesträhntem Haar meldete sich, doch es handelte sich um eine rhetorische Frage. Liebig sprach bereits weiter: »Falscher Honig überschwemmt derzeit den Weltmarkt. In der EU ist Honig unter den Top Ten der gefälschten Lebensmittel. Weltweit liegt er sogar auf Platz drei.«

Ein Raunen ging durch die Reihen der Mitarbeiter. Jetzt meldete sich ungefragt die Gesträhnte wieder. »Es gibt doch Labore, die den Honig testen!«

Der Mann am Mikro ließ sich nicht beirren. »Natürlich ist richtig, dass Labore im Auftrag testen. Aber: Kommerzielle Honigfälscher wissen genau, wie sie Honiganalysten austricksen können. Wir wissen nicht, mit welchen Substanzen die Fälscher ihren Honig strecken. Es gibt so viele verschiedene Sirupe, die beigesetzt werden könnten, dass man nie weiß, wonach man suchen muss.«

Oke dachte an Tilda und an das, was Gerrit Andresen erzählt hatte.

Er versuchte, sich die kreative Frau, die Särge und Vogeltränken gebaut und Bienen gehalten hatte, in dieser Tristesse aus Grau und Schwarz vorzustellen, und schaffte es nicht. Tilda Schwan hatte Blumen nicht nur auf ihre Hauswand im Kleingartengebiet gemalt, sie trug ständig diese Blümchengummistiefel und hatte sogar ihr Hollandrad mit Plastikblumen geschmückt.

Zerstreut glotzte der Kommissar zum Pult, wo es gerade ein wenig Unruhe gab, weil ein neuer Redner im Anmarsch war. Ein hochgewachsener Anzugträger mit schwarzer, eckiger Brille und Gelfrisur sprang elastisch über die zwei Stufen auf das Podest, was Oke als Rückenpatient neidvoll verfolgte. Der Mann konnte nicht viel jünger als er sein. Plötzlich erkannte er ihn wieder: Der neue Redner hatte ihm erst kürzlich die Kurve an der Golfanlage geschnitten.

Applaus kam auf. Oke wurde einmal mehr von einer Parfumwolke eingehüllt. »Das ist Dr. Jensen«, informierte die Sekretärin, deren rot geschminkter Mund sich von einem Augenblick zum anderen dicht neben seinem Ohr befand.

Jensen, breites Lächeln, sonnte sich eine Sekunde in dem Beifall seiner Angestellten. Dann konnte jeder im Saal Jensens volltönende Tenorstimme sagen hören: »Sie haben es von Professor Liebig gehört: Honigfälscher sind am Werk und verderben die Ware. Aber wir machen da nicht mit. Die Jensen Co. KG steht für hervorragende Qualität, und diese finden wir hier bei uns in der Region.« Erneut applaudierten die Mitarbeiter ihrem Chef. »Deshalb werden wir in diesem Jahr mehrere neue Aktionen starten. Ursprünglich wollten wir mit der Aktion ›Let's Bee Friends‹ starten. Wie Sie sicher gemerkt haben, handelt es sich hier um ein Wortspiel.« Gelächter aus dem Publikum.

»Wir wollen Bienen-Freunde sein, deshalb wollen wir Honig aus unserer Heimat Holstein verkaufen. Tilda Schwan, eine Imkerin aus Hohwacht, wollte mit uns kooperieren. Ihr Honig, die Golflese, genießt einen hohen Stellenwert in Hohwacht. Leider ist unsere neue Geschäftspartnerin plötzlich und gänzlich unerwartet verschieden.« Verhaltenes Raunen ging durch den Saal. Ein paar Köpfe drehten sich zu ihm um.

Oke rutschte unruhig auf dem Stuhl hin und her. »Deshalb werden wir die Bee-Friends-Aktion zunächst verschieben. Mein Vorschlag ist, den Plan so zu ändern, dass wir zunächst mit einem neuen Konzept für die Frischetheken beginnen. Ich darf nun Abteilungsleiter Möllers auf die Bühne bitten.«

Oke überlegte, wer statt Tilda Schwan beim Honigverkauf das Rennen machen würde. Die Chanel-No-5-Trägerin ging mit fließenden Bewegungen auf ihn zu. »Herr Oltmanns, darf ich Sie rüber in die Cocktailbar bitten? Dr. Jensen hätte jetzt fünf Minuten …«

Immer, wenn er länger gesessen hatte, kam er schlecht hoch. Oke ließ sich etwas Zeit für den Weg durch den Saal und durchs Foyer. Jensen wartete breitbeinig am Tresen, lässig öffnete er gerade das Jackett und löste den Knoten seiner Krawatte. »Was kann die Polizei für mich tun?«, fragte er scherzhaft. Oke fand den Mann immer noch unsympathisch. Er stand hier, um den Tod von Tilda Schwan aufzuklären, nicht, um den Hanswurst für einen Multi-Millionär zu spielen.

»Sie können mir sagen, mit wem Sie über Tilda Schwans Auftrag verhandeln«, knurrte Oke. Jensen verzog reserviert das Gesicht. Er schien es nicht gewohnt zu sein, angeblafft zu werden: »Ich fürchte, da kann ich Ihnen aufgrund der Datenschutzbestimmungen leider nicht mit Informationen dienlich sein.«

Jensens Entscheidung, nicht zu kooperieren, geriet ins Wanken, als Oke sich drohend vorbeugte.

»Toni Schröder ist unser Ansprechpartner. Er hat sich direkt an uns gewandt, als das mit Frau Schwan …« Jensen stockte. »Als Frau Schwan so kurzfristig ausfiel.«

»Ermordet wurde!«, korrigierte Oke.

Jensen schien es plötzlich warm zu sein, obwohl zur Ausstattung des Hotels am Dieksee eine gute Klimaanlage gehörte, denn er öffnete fieberhaft seinen obersten Hemdknopf. »Gewiss. Jedenfalls hat er zu meiner Sekretärin wortwörtlich gesagt: ›Der Deal steht.‹«

Okes Gedanken überschlugen sich förmlich. Wie konnte der Deal stehen? Doch nur, wenn Toni sicher war, dass er die notwendige Menge Honig zusammenbekam. Oder dass er notfalls ungestraft einen Honigersatz zufügen konnte, sollte das Naturprodukt nicht reichen.

Hatte Toni auf diese Chance gewartet und Tilda in den Tod getrieben, indem er sie überredet hatte, bei einem hypernervösen Kiffer einzubrechen? Hatte er Tildas Ende kommen sehen?

Vielleicht war es auch gar nicht darum gegangen, Tilda aus dem Weg zu schaffen. Sondern ausschließlich darum, mehr Geld zu verdienen. Jensen räusperte sich und Oke fragte sich, welche Rolle der Konzernchef selbst spielte. Er hatte ihn am Golfplatz gesehen. Wie gut war sein Verhältnis zum Greenkeeper?

Jensen trank einen Schluck, dann musterte er ihn abwartend. Oke ließ sich allerdings davon nicht hetzen. Er würde die Dauer des Gesprächs bestimmen und sich von diesem Schnösel gewiss nicht aus der Ruhe bringen lassen.

Oke fuhr sich mit beiden Fingern nachdenklich übers Kinn. Das waren keine Stoppeln mehr. Wenn er sich nicht bald rasierte, würde man ihn zum Alpenbarttreffen ins Prättigau laden.

Sein Handy klingelte aufdringlich laut in der gedämpften Atmosphäre der Cocktailbar und Jensen sah ihn pikiert an, als er ranging.

Oke drehte sich auf dem Barhocker sitzend von Jensen weg. Gott berichtete ihm aufgeregt, dass Toni den glyphosatverseuchten Honig von Tietjen kaufen, aber Annemie diesen nicht herausrücken wollte. Oke schaltete sofort.

Er legte auf und betrachtete den Firmenchef wortlos. Er glaubte nicht, dass dieser etwas von dem Gespräch mit seinem Kollegen mitbekommen hatte. Oke sah zu, wie Jensen vermeintlich gelangweilt an einem Glas Wasser nippte. Jemand, der so auf sich achtete, trank wahrscheinlich nichts anderes. »Ich muss gehen. Ich habe erst mal nur noch eine Frage: Sie reden hier die ganze Zeit über gute Qualität. Wer testet die Jensen-Produkte?«

Der Firmenchef fummelte erneut an seinem Hemdkragen herum, als wäre dieser ihm plötzlich zu eng oder würde kratzen. Diese Wendung hatte er augenscheinlich nicht erwartet. »Wir – wir haben unsere eigenen Lebensmittelexperten, Dr. Liebig haben Sie eben gesehen. Außerdem vertrauen wir unseren regionalen Lieferanten.« Das war in etwa das, was der Kommissar erwartet hatte.

Ohne sich zu verabschieden, und schneller, als für seinen Rücken gut war, stürmte er dem gläsernen Ausgang des Tagungshotels entgegen. Jensen blickte ihm empört nach. Das Einzige, was Oke in diesem Moment bedauerte, war, den Duft von Schnippelbohnen und Kurzgebratenem hinter sich lassen zu müssen.

Bei einem kurzen Telefonat veranlasste er alles Nötige: Kollege Gott fuhr zum Golfplatz, wo er hoffentlich den Greenkeeper antreffen würde. Er selbst würde sich auf den Weg zu dessen Erdgeschosswohnung an der Posthofstraße in Lütjenburg machen. Oke trat aufs Gaspedal. Wenn sein Gefühl ihn nicht trog, hatte er nicht mehr viel Zeit. Er musste sich beeilen, wenn er Böses verhindern wollte.

GOTT

Er bretterte über die schmale, von Dünenrosen begrenzte Zufahrt und stellte den Wagen vor dem Klubhaus ab. Ein paar Golfer grüßten stirnrunzelnd. Gott eilte an ihnen vorbei. Er wollte dahin, wo die Greenkeeper ihre Fahrzeuge abstellten.

Ein Mann lud ein paar Säcke Rasensamen auf. Offenbar handelte es sich um einen Kollegen von Toni Schröder. Gott fragte nach dem Greenkeeper und der Klubmitarbeiter schaute ihn überrascht an. »Der hat heute frei.« Vincent Gott schnappte sich ebenfalls einen Sack und warf ihn auf die Ladefläche. Die Polizei – dein Freund und Helfer. Zufällig streifte sein Blick beim Hochheben den Verschluss der Samen-Verpackung. Es handelte sich um einen dunkelgrünen Beutel mit grünem Zipp-Verschluss. Gott hielt inne: Das Verschlussteil sah aus wie der Pinökel, den er am Feldweg gefunden hatte. »Wenn et klapp, dann klapp et!«

OKE

In seiner Wohnung in Lütjenburg hatte er Toni nicht angetroffen. Auf dem Weg nach Lütjenburg war ihm ein furchtbarer Gedanke gekommen, der sich kurz danach bestätigte.

Er fand Annemie auf dem Fußboden in ihrer Küche. Ihre Augen blickten starr zur Messinglampe, die etwas schief von der dunkelbraun vertäfelten Decke baumelte. Auf ihrer Brust hockte die getigerte Katze.

Erst, als er das Tier beiseitenahm, um nach Lebenszeichen zu forschen, erkannte er Würgemale an Annemies Hals. Er sah sich in der Küche um. Auf der Arbeitsplatte fand er eine Tasse Tee und einen Teller mit einer Scheibe Brot. Der Täter hatte die Witwe augenscheinlich überrascht, denn einer von beiden hatte das Honigglas heruntergerissen. Die goldgelbe Flüssigkeit troff auf den Flickenteppich, auf dem auch die Leiche lag. Zwei Worte schossen ihm bei diesem Anblick durch den Kopf: süßer Tod.

Der Kommissar informierte den Notarzt, der den Tod feststellen würde, und die Zentrale. Die SpuSi würde bald hier sein. Er machte sich nicht die Mühe, nach Honig im Haus zu suchen. Er wusste, er würde hier keinen mehr finden. Aber er glaubte zu wissen, wo sich Tietjens Vorräte jetzt befanden.

Zügig schritt er kurze Zeit später über einen geharkten Sandweg, vorbei an Trampolin springenden Kindern und ihren Rasen mähenden Eltern. Schwaden von Holzkohle und Bratwurst zogen über den Weg. Das Leben bei den Glücklichen Gartenfreunden schien einem immer gleichen Muster zu folgen.

Um die Parzelle mit dem großen Insektenhotel machte er einen Bogen. Oke hatte kein Interesse an einem Gefolge aus Sandy Ahrens, Hans Wöhlers und weiteren Mitgliedern einer selbsternannten Gartenpolizei.

Die Tür zu Tilda Schwans Laube war geschlossen. Nachdem Oke angeklopft hatte, nahm er drinnen eine Bewegung wahr. Er schaute zum Fenster, welches die einzige Fluchtmöglichkeit bot. Dann riss er die Eingangstür auf, die Hand an der Waffe.

Er erfasste die Situation mit einem Blick. Toni Schröder hatte die Eimer geöffnet und war offensichtlich gerade dabei, eine Flüssigkeit aus einem Kanister zuzusetzen. Er hielt wie erstarrt inne. Oke bedeutete dem Greenkeeper mit einem Kopfnicken, sich an den Tisch zu setzen, und nahm ihm gegenüber auf einem der wackeligen Holzstühle Platz.

»Lag es am Verdienst eines Greenkeepers?«

Der Mörder von Annemie und Kurt Tietjen reagierte mit Verzögerung. Mit belegter Stimme sagte er: »Zufrieden ist man doch nie. Aber um Geld ist es mir, ob Sie es glauben oder nicht, nie wirklich gegangen. Ich wollte Tilda auf die Beine helfen.«

Oke hatte geglaubt, dass Toni Schröder den Reichen zu lange zugesehen hatte, dass er selber zum Zuge kommen wollte. Aber das stimmte offenbar nicht ... oder nur teilweise. Er hatte ein anderes Motiv gehabt.

»Sie haben Jensen auf dem Golfplatz kennengelernt«, mutmaßte Oke und Toni stimmte zu.

Jensen habe ein paar Obstbäume für den Blühstreifen spendiert und sich sehr für die Bienen interessiert. »Er meinte, dass er die Golflese gut in seinen Märkten verkaufen könnte. Ich sollte darüber mal mit Tilda sprechen«, berichtete er. Jensen habe behauptet, ein 500-Gramm-Glas locker für 8,99 Euro oder vielleicht sogar für 10,99 Euro verkaufen zu können. »Ich habe Tilda natürlich sofort von seinem Angebot unterrichtet. Sie war seit der Scheidung praktisch ständig pleite.«

Sie sei mit den Händen geschickt gewesen, habe aber keinen Sinn fürs Geschäftliche gehabt. »Die Golflese warf zu wenig ab. Wenn ich daran denke, wie oft wir uns von den Bienen haben stechen lassen, waren vier Euro pro Glas viel zu wenig! Es hat mich total fuchsig gemacht zu sehen, wie sich manche Klubmitglieder dreist, ohne zu bezahlen, mit Honig eingedeckt haben. Natürlich konnte ich nichts sagen ... Und Jensen hat behauptet, dass er

Tilda mindestens fünf oder sechs Euro das Glas geben würde.«

Toni sah einen Augenblick so aus, als wollte er davonrennen, schließlich verbarg er das Gesicht in seinen großen Händen. Nach einem Augenblick nahm er sie herunter und sah Oke resigniert an: »Wenn ich nicht das große Geld gewittert hätte, würde meine Schwester heute noch leben.«

Es sei ihnen beiden klar gewesen, dass der Auftrag eine große Nummer war. Zu groß vielleicht. Er habe mit Jensen darüber gesprochen, aber der habe nur gelacht. Man wisse in den Laboren, welche Supermärkte keine Lust auf Scherereien mit den Behörden hatten, falls es zu amtlichen Kontrollen kommen sollte, habe er gemeint. Er solle sich um die Qualität der Ware nur keine Sorgen machen.

»Ich habe erst nicht kapiert, was das bedeuten sollte. Aber dann ist mir klar geworden, dass er meinte, wir könnten den Honig strecken. Er wollte noch viel mehr Honig von uns als die verabredeten 30 Gläser pro Markt. Das sollte nur der Einstieg sein.«

Er habe Jensen gesagt, dass der Plan nicht funktioniere und sie zunächst die nächste Ernte abwarten müssten. »Aber er hat dann gemeint, es gebe auch noch andere Imker in der Region. Er erzählte mir von einem Ragnar Uthoff aus Eutin. Der verkaufte wohl hin und wieder seinen Honig in einem von Jensens Läden. Jensen meinte, er könne auch den fragen. Ich wollte nicht, dass Tildas toller Deal platzte. Sie war so glücklich, dass es endlich mal bergauf ging. Aber ich konnte ihr unmöglich sagen, dass Jensen Schmu machen wollte. Sie war nicht kriminell. Sie hat sich ewig Vorwürfe gemacht, als sie mal bei Rot über die Straße gefahren ist.«

Deshalb habe er sich heimlich eingeschaltet, vorgeschaltet, wenn man so wolle, ohne Tildas Wissen. »Sie hätte nicht gewollt, dass ich mich einmische«, sagte er, und ein trauriges Lächeln umspielte seine Lippen. »Sie war schon als Kind so. Sie wollte immer ihr Ding machen. Und wenn es darum ging, Särge zu bauen.«

»Bei einem großen chinesischen Internetshop hatte ich einen Reissirup entdeckt, den man angeblich im Honiglabor nicht erkennen würde. Das stand da ganz offen in der Produktbeschreibung.« Toni Schröder deutete auf die Kanister neben dem Sofa. Es wäre alles gut gegangen, Tilda hätte regulär Honig zugekauft und er hätte ihn unbemerkt gestreckt. Jensen hätte mehr als seine 30 Gläser pro Filiale bekommen. Darauf hatte er ihm sein Wort gegeben. Und am Ende wäre seine Schwester zu Geld gekommen und Jensen ein zufriedener Geschäftspartner gewesen. Der große Bruder war seiner Schwester immer einen Schritt voraus gewesen.

»Und dann musste sie diesen Fiesling Tietjen anhauen, fragen, ob sie ihm was von seinem Honig abkaufen könnte«, bemerkte der Greenkeeper bitter. »Ich wusste, dass er sie auflaufen lassen würde. Deshalb rief ich ihn vorher an, er solle meiner Schwester nicht dumm kommen – schon wegen der ganzen Sache mit seiner Tochter und Konrad.« Oke deutete mit einer Handbewegung an, dass er hierüber Bescheid wisse. »Aber Tietjen stellte sich taub«, grollte der Greenkeeper.

»Wussten Sie von den Pestiziden, die die Ernte des Försters zerstört haben?«

»Damals nicht, heute schon. Tietjens Frau hat es mir erzählt«, bestätigte Toni mit deprimierter Stimme. »Und ich dachte erst, er wollte meine Schwester fertigmachen. Sie war so aufgebracht, als sie vom Forsthaus zurückkam ... Ich habe rotgesehen. Ich habe den Draht gespannt, weil ich dachte, dass man diesem überheblichen Kerl einen Denkzettel verpassen musste. Ich wollte, dass er selbst auf die Schnauze fällt, aber nicht, dass er stirbt.« Toni hielt sich wieder die Hände vors Gesicht.

»Woher wussten Sie, dass der Förster an dem Tag zum Hochstand wollte?«

Toni sagte, er habe es nicht gewusst. »Ich dachte nur, dass er auf jeden Fall irgendwann dort lang fahren würde.«

Oke sah sein Gegenüber ernst an, dröhnte dann verärgert: »Ist Ihnen überhaupt klar, dass ein Junge schwer verletzt wurde?« Toni wirkte erschrocken.

Oke nahm ihm die Geste nicht ab. Er ging davon aus, dass Toni sich den Berufsimker aus Eutin kurz darauf mit der gleichen Methode vom Hals geschafft hatte. Genau das sagte er ihm jetzt auf den Kopf zu.

»Das verstehen Sie nicht. Das war etwas ganz anderes. Ich brauchte Honig, und nachdem Jensen den Namen genannt hatte, habe ich diesem Ragnar Uthoff eine Kooperation vorgeschlagen. Alles ganz fair, aber mit dem Typen war nicht zu spaßen. Er meinte, ich mache ihm sein Geschäft kaputt. Er hat mich angeschrien, ist völlig ausgerastet. Der ist mir fast an die Gurgel gegangen, als ich bei ihm war.«

Oke kniff die Augen zusammen. »Und dann wollten Sie auch ihm eine Lektion erteilen?« Toni ließ den Kopf hängen.

Der Bruder war der Schwester voraus, doch das ganze Vorhaben war ihm aus dem Ruder gelaufen. Er musste durchgedreht sein, als dann auch Annemie Tietjen nicht an ihn verkaufen wollte. »Was hat sie gesagt, warum sie es nicht tun kann?«

Toni blickte auf seine von der Arbeit rissigen Hände. »Als ich hin bin, um den Honig zu holen, wollte sie plötzlich nicht mehr verkaufen. Tietjen habe wegen Gunnar Peters' Glyphosat einen Anwalt eingeschaltet.« Er habe versucht, die Witwe zu überzeugen, ihr mehr Geld geboten, als er hatte. »Ich war ziemlich am Ende. Ich konnte doch nicht wissen, ob im Labor wirklich alles so laufen würde, wie Jensen gesagt hatte. Oder ob ich auffliegen würde. Ich wollte ja nicht im Gefängnis landen, sondern nur meiner kleinen Schwester helfen.«

Durch die angelehnte Tür drang Kinderlärm aus den Nachbargärten herein. Der Kommissar hakte nach: »Deshalb haben Sie zwischenzeitlich ein paar fingierte Proben ans Labor in Kiel geschickt?« Toni nickte.

Es klang, als spräche Toni mit sich selbst, als er sagte: »Tilda war einfach zu ehrlich … Wir hätten von Anfang an einfach den Sirup unterrühren sollen. Sie hätte keine Probleme mehr gehabt. Aber so kam alles anders. Wir sind es falsch angegangen.«

Oke verzichtete darauf, Toni darauf hinzuweisen, dass seine Schwester am Ende vom Pfad der Tugend abgekommen war. Sie hatte eine Strafe bekommen, die sie nicht verdient hatte.

Stunden später warf er die Wagentür zu und quälte sich müde zum Schuppen an seinem Haus am Möwenweg. Sein Lendenwirbel zwackte ordentlich, denn Oke hatte schwer zu schleppen.

Was für ein langer Tag. Immerhin gab es zwei große Erfolge zu verbuchen: Sie hatten Toni Schröder wegen fahrlässiger Tötung von Kurt Tietjen und Ragnar Uthoff verhaftet und im Fall von Annemie Tietjen wegen Totschlags. Toni Schröder musste mit einer Freiheitsstrafe von mindestens fünf Jahren rechnen. Er würde für lange Zeit nicht mehr auf dem Golfplatz arbeiten.

Der zweite Erfolg war allein Gotts Verdienst. Er hatte Annemie – Gott hab sie selig – bei seinem Besuch die Wildsau abgeschwatzt. Er hatte den Kadaver eine Zeit lang im Kofferraum vergessen, bis dieser anfing zu riechen. An diesem Abend zerlegte Oke das Schwein in seiner Werkstatt.

Oke musste sein Paket ablegen, als er endlich die Haustür aufschloss. Er rechnete fest damit, dass Inse bereits zu Bett gegangen war. Und hoffte es auch: Sie mochte es sicher nicht besonders, wenn er stinkende Schweineköpfe in ihrer Küche auskochte. Falls Inse schon schliefe, hätte dies auch den Vorteil, dass sie nicht meckern konnte, wenn er sich ihren großen Schnellkochtopf borgte.

Leise schlich er sich in die Küche, ohne Licht zu machen, und erschrak fast zu Tode, als jemand lautstark die Nase hochzog. In der Küche saß eine todunglückliche Inse. »Was für ein schrecklicher Hochzeitstag. Und ich habe nicht mal Honig für meinen Tee«, flüsterte sie und eine Träne fiel in ihren Becher.

Sachte legte er den Wildschweinkopf auf dem Küchentisch ab. Ein Stück Schnauze schaute aus dem alten Handtuch heraus, in das er den Kopf vorsorglich gewickelt hatte. »Oke!« Inses Aufschrei nahm sich beinahe normal aus. Sie würde den Tod der Freundin irgendwann verwinden.

Trotzdem hatte er das Gefühl, sie ganz schnell trösten zu müssen. »Warte kurz«, sagte er und wollte aus der Küche laufen.

»Nimm das fürchterliche Ding mit«, schimpfte sie hinter ihm her. Er drehte sich um, hob den eingewickelten Kopf vom Tisch und brachte ihn in die Werkstatt, wo auch sein Hochzeitsgeschenk lag.

Als er wieder in der Küchentür stand, überreichte er ihr feierlich ein rechteckiges Päckchen. Es war das Refraktometer, eingewickelt in rot-weißes Herzchen-Papier. Sie lächelte ihn dankbar an und vergrub dann schluchzend ihr Gesicht an seiner Brust. »Ach Oschi, das Refraktometer brauche ich jetzt nicht mehr. Ohne Tilda kann ich nicht imkern. Ich habe keinerlei Erfahrung …«

Er streichelte ihre kleine Hand mit dem Ehering: »Besuch einen Kursus. Vielleicht kannst du dich dann auch um die Bienen auf dem Golfplatz kümmern. Toni wird das sicher regeln wollen.«

Inse machte große Augen. »Das ist eine gute Idee! Toni wird das allein sowieso nicht schaffen – ohne Tilda«, sagte sie kummervoll.

Inse hatte gerade ihre Freundin verloren. Er würde ihr jetzt nichts über Annemies Tod und Tonis und Jensens schmutzige Honiggeschäfte erzählen. Ob man Jensen je würde beweisen können, dass er seinen neuen Geschäftspartner unter Druck gesetzt hatte, um Mengen verfälschter Lebensmittel zu überteuerten Preisen zu verkaufen, wagte er zu bezweifeln.

Sie stand auf und ergriff sein Handgelenk. »Komm mit. Ich will dir mein Hochzeitsgeschenk zeigen.« Der Kommissar folgte seiner Angetrauten. Neugierig. Er hatte absolut keine Ahnung, was ihn erwartete. »Ich habe es selbst gemacht – nur für dich«, sagte sie mit einem mädchenhaften, immer noch traurigen Lächeln.

Inse führte ihn durch die Terrassentür im Wohnzimmer, von der sie seit Wochen behauptet hatte, diese sei kaputt. Jetzt wusste er, warum er das Haus auf dieser Seite nicht hatte verlassen dürfen. Unter dem Dachüberstand wartete sein Geschenk. Es war sehr groß, rechteckig und trug eine rote Schleife. »Freust du dich?«, fragte sie und strahlte das erste Mal an diesem Tag.

Oke schluckte. »Natürlich«, sagte er dann, »einen Sarg kann man irgendwann zwangsläufig gebrauchen.«

EPILOG
OKTOBER

Dunkle Wolken hingen tief am Himmel. Hin und wieder flackerte es: Ein Gewitter zog auf. Die weißen Sprossenfenster des roten Backsteingebäudes am Schützenwall in Kiel strahlten hell in diesem besonderen Licht.

Vor dem Landgericht Kiel sollten an diesem Oktobermorgen mehrere Wohnwagen-Diebstähle in Ostholstein verhandelt werden. Es gehörte zu den vier Landgerichten im Bundesland Schleswig-Holstein.

Oke Oltmanns und Vincent Gott hatten in der Kantine Holsteiner Kartoffeleintopf mit Würstchen und Brötchen für 4,60 Euro gegessen. Nun saßen sie vor der Tür zum großen Saal und warteten darauf, dass sie für ihre Zeugenaussage aufgerufen wurden. Es roch nach Eukalyptusbonbons. Die Frau neben Oke lutschte eines nach dem anderen. Sie litt an trockenem Reizhusten.

Gott und er hatten die letzte freie Fläche auf der Bank ergattert: Das Gericht hatte eine Menge Zeugen für den Auftakt dieses Mammutprozesses geladen. Horst Wieczorek war nicht dabei. Gott bedauerte das. Die beiden hatten inzwischen regen Kontakt per Smartphone. Gott zeigte ihm ein Katzenvideo und ein Bild von einem Sonnenuntergang am Strand, beides stammte von Wieczorek.

Oke sah nur etwas Bewegtes und etwas Rotes auf dem Bildschirm, weil er seine Brille wieder zu Hause vergessen hatte. Die Frau neben ihm hielt sich den Hals und hustete erneut. Oke rückte ab. Er hoffte, dass ihn Inses erster selbstgeschleuderter Honig diesen Herbst vor der Grippe bewahrte. Seine Frau hatte sich inzwischen zu einem Imkerkursus in Kiel eingeschrieben und redete den ganzen Tag von nichts anderem als Bienen.

Der Prozess würde nicht nur diesen Tag andauern. Weitere Termine sollten kommende Woche stattfinden. Die Planung des Gerichts ging bis in den November hinein. Soweit Oke wusste, wurden insgesamt fünf Männer im Alter von 18 bis 56 Jahren aus Schleswig-Holstein und Hamburg angeklagt, bandenmäßig zwölf Wohnwagendiebstähle entlang der Küste begangen zu haben. Die mutmaßlichen Täter seien äußerst professionell vorgegangen, hieß es. Sie hatten Privat- und Firmengrundstücke sowie Campingplätze ausgespäht, auf denen Wohnwagen standen. Die Beschuldigten versahen nachts die Fahrzeuge mit gestohlenen Kennzeichen und zogen sie dann mit mitgebrachten Zugfahrzeugen fort. Mehr als einmal war es zu Verfolgungsjagden mit der Polizei gekommen. Bei einer Flucht, auch hier soll Günther Hustedt aus Plön beteiligt gewesen sein, hatten die Fahrer des gestohlenen Wohnwagens sogar ein Polizeifahrzeug gerammt.

Oke war besonders gespannt darauf, was über die internationalen Verbindungen der Bande zu hören sein würde. Wie er von Kollegen erfahren hatte, sollten Günther Hustedt, Malte Thomsen aus Lütjenburg und weitere Angeklagte jeweils 3.000 Euro für ihre Auftragsdiebstähle bekommen haben. Oke wettete mit Gott, dass kein

Angeklagter vor Gericht sagen würde, wer die Befehle zum Diebstahl gegeben hatte.

»Es ist doch jedes Mal das Gleiche«, sagte Oke schwermütig. »Die Kleinen kriegen wir immer, die Schwans und die Schröders, Leute wie Günther Hustedt und Timme Ahlers. Aber nie die Jensens und die unbekannten Auftraggeber in Frankreich. Die Großen kommen ungeschoren davon. Selbst, wenn wir ihnen etwas nachweisen könnten, fänden sie Mittel und Wege …«

Oke konnte seinen Satz nicht zu Ende bringen. Der Hohwachter Kommissar wurde als Erstes in den Zeugenstand gerufen. Nachdem er über den schlichten grauen Teppich gehumpelt war und sich gesetzt hatte, erzählte er, wie Vincent Gott und er Günther Hustedt vom Campingplatz aus verfolgt hatten. Danach hätte er gehen dürfen. Doch Oke entschied sich, ein wenig länger als Zuhörer im Saal zu bleiben. Die Dreistigkeit der Wohnwagen-Diebe hatte ihn fasziniert, es interessierte ihn zu erfahren, wie es mit ihnen weiterging. Er machte sich keine Hoffnung: Oft servierte die Polizei der Justiz die Bösewichter auf dem Silbertablett und die machte mildernde Umstände geltend.

Helles Licht fiel aus den im Halbkreis angeordneten Deckenleuchten auf den Richtertisch aus Buchenholz. Der Richter machte ein überraschtes Gesicht, als Gott den Saal betrat, den Dutt tadellos frisiert, ein fröhliches Lächeln im Gesicht: »Tag!« Gott bestätigte Okes Bericht und erzählte auf Kölsch, wie er Timme Ahlers auf dem Campingplatz beobachtet hatte, als dieser an Günther Hustedts Caravan-Tür geklopft hatte.

»Wie bitte?«, fragte der Richter und setzte sich etwas anders hin, was dazu führte, dass sein brauner Lederstuhl ein unanständiges Geräusch von sich gab. Dann wandte er sich an den Gerichtsschreiber. »Haben Sie das verstanden?« Der Mann mit dem schlohweißen Haar schüttelte den Kopf.

»Günther Hustedt kriegt mindestens fünf Jahre!«, mutmaßte Oke, als sie aus dem Gebäude unter einen bleiernen Himmel traten. Er hatte während einer kurzen Pause mit dem Staatsanwalt geredet, der ebenfalls über Inse Ferien gebucht hatte.

»Dat es nur jeräch«, urteilte Gott. Der Kollege erinnerte an die Personen auf der Autobahn, die bei der Verfolgungsjagd verletzt worden waren oder hätten verletzt werden können. Eine Beifahrerin hatte ein Schleudertrauma erlitten. Sie redeten auch über den Sachschaden, der durch die Diebesbande entstanden war. Bei den gestohlenen Wohnwagen hatte es sich zumeist um neuwertige Fahrzeuge gehandelt, keines hatte einen geringeren Wert als 25.000 Euro gehabt. Einige Besitzer würden ihre Fahrzeuge nun zurückbekommen, aber nicht alle. Wohin die Wagen weiterverkauft worden waren, würde man ebenfalls schwer nachweisen können.

Oke dachte, dass die Honigpanscher mit ihrem Betrug am Konsumenten unbemerkt wesentlich mehr Schaden auf dem Lebensmittelmarkt anrichteten. Sie schadeten den Konsumenten, aber auch den ehrlichen Imkern in den Orten, die mit dem Honigverkauf gerade ihre Ausgaben decken konnten. Lieber wollte er nicht ausrechnen, wie viel Geld Inse noch für ihre Imkerei ausgeben würde.

Das Gewitter stand kurz bevor. Es donnerte heftig. Gott und er verharrten im Eingangsbereich des Gerichtsgebäudes am Schützenwall, der mit seinen Halbsäulen, rundbogigen Portalen und Balkonen sehr repräsentativ wirkte. Oke hatte keine Lust, sich zu verabschieden. Es drohte ihm ein Gewitter anderer Art. Polizeichef Jens Hallbohm hatte ihn für diesen Tag zur Polizeizentralstation in Plön einbestellt: Jemand hatte sich über ihn beschwert. Er würde seiner Arbeit nicht nachkommen und trotz mehrfacher Anzeige zusehen, wie eine Gruppe gefährlicher Gangster nachts in Hohwacht ihr Unwesen trieb. Er wusste sofort, wer ihm das eingebrockt hatte: die Meyersche! Und nun würde er seinem Vorgesetzten erklären müssen, dass die Gangster mit den Taschenlampen harmlose Pokémonjäger waren. Hallbohm würde ihm nicht glauben. Mehr noch: Er würde ihm am Beispiel des Feuers am Bienenstand aufzeigen, dass sein eigener, Hallbohms, Spürsinn ihn immer auf die richtige Fährte führte.

So abwegig Hallbohms Thesen gemeinhin waren, so hatte er zumindest in diesem Fall einigermaßen richtig gelegen: Jan-Philipp Ahlers, Sohn des Platzwartes, hatte seine Kumpel dazu überredet, Böller in Tietjens Bienenkästen zu werfen, weil Tietjen »ihm blöd gekommen war«, wie JP es bei einer Befragung selbst ausgedrückt hatte.

JP hatte mit seiner Freundin offenbar nicht nur Alkohol im Wald getrunken und Chips gegessen, sondern auch den Müll liegen lassen. Tietjen hatte das zufällig mitbekommen, sie auf seinem Moped verfolgt und JP vor dessen Flamme zur Rede gestellt. Hallbohm hatte von Beginn an auf einen Dummejungenstreich getippt. »Und das wird mir Jens Hallbohm jetzt schön unter die Nase reiben«, seufzte Oke und erschrak, dass er sich bei einem Kollegen ausheulte. Nicht to glöven! Dass er so eine Memme geworden war.

Ein Blitz am Himmel erregte ihre Aufmerksamkeit. Es stürmte jetzt so heftig, dass dem Kollegen der offene Trenchcoat um die Ohren wehte. Dann begann es zu regnen. Schon nach kurzer Zeit goss es in Strömen. Vincent Gott sah in den Pladderregen und antwortete gelassen mit einem seiner Lieblingssprüche: »D'r Dom steiht. D'r Rhing läv. Alles weed joot.«

»Der Dom steht, der Rhein lebt, alles wird gut«, sagte Oke. Die Übersetzertätigkeit schien ihm ins Blut übergegangen zu sein. Er lächelte sein seltenes, auf manche Menschen bedrohlich wirkendes Lächeln. Ihm war gerade aufgefallen, dass er den Kollegen gar nicht so unangenehm fand. »Mensch«, dachte Oke, »an den Töffel kann ich mich auch noch gewöhnen.«

Gott boxte ihm leicht in die Seite. Es wirkte beinahe wie eine Geste unter alten Freunden: »Kölsch ist wie Latein: Nor intellijente Lück spreche dat.«

NACHWORT UND DANK

Im vergangenen Sommer habe ich meine Familie fast zu Tode erschreckt, als ich am Frühstückstisch aufkreuzte. »Du siehst aus wie Quasimodo«, lautete die Erklärung, nachdem sich alle Familienmitglieder von meinem Anblick erholt hatten. Wie ich dann unschwer im Spiegel erkennen konnte, war mein Gesicht ziemlich angeschwollen: Am Vorabend hatten mich zwei Bienen gestochen.

Natürlich habe ich mich nicht absichtlich von meinem Volk piksen lassen, um nachfühlen zu können, wie es Kommissar Oke Oltmanns in diesem Band ergeht. So verrückt bin ich nun auch wieder nicht. Ein Bienenstich tut höllisch weh. Zwei noch mehr. Zugegeben, ich bin ein Weichei. Und in diesem schmerzvollen Moment entstand vermutlich schon unterbewusst die Idee zum Titel des Buchs: Imkersterben.

Mein Weg zum eigenen Volk begann mit einem Imkerkursus beim Bremer Imkerverein von 1875. Ich wollte zu der Zeit etwas über das Abenteuer schreiben, in der Stadt zu imkern. Herausgekommen ist eine Langzeitreportage, die 2019 und 2020 unter dem Titel »Die Bienenmutter« in der Bremer Tageszeitung erschienen ist.

»Sie fühlen sich warm an.« Dieser Gedanke schoss mir durch den Kopf, als ich das erste Mal den Deckel von einem Bienenkasten abhob. Ich wusste zu der Zeit kaum etwas über die Welt dieser Tiere. Doch ich freute mich darauf, sie in meinem Garten summen zu hören und vielleicht sogar sonntags eigenen Honig auf dem Brötchen genießen zu können.

Dass Honig 2018 das weltweit am dritthäufigsten gefälschte Produkt war, davon erfuhr ich erst später. Mein Interesse an diesem Lebensmittelkrimi war dann aber sofort geweckt.

Die Abgeordneten des Europäischen Parlaments haben mittlerweile härtere Strafen für Honigfälscher und verbesserte Prüfverfahren gefordert. Denn Fake-Honige bedeuteten für die Verbraucher erhebliche Gesundheitsgefahren. Zudem setzte der gefälschte, zumeist importierte Honig wegen des Preisverfalls auch die Bienenzüchter in der EU enorm unter Druck.

Vor allem Honig aus Asien stand nach Angaben des Europäischen Parlaments bereits mehrfach unter Verdacht, mit Zucker aus Zuckerrohr oder Mais versetzt zu sein. So lieferte China demnach 2015 die doppelte Menge Honig wie noch 2002 – und das, obgleich in anderen Teilen der Erde die Zahl der Bienenvölker schrumpfte.

Bald jedes siebte Bienenvolk in Deutschland hat den vergangenen Winter nach einer Auswertung des Fachzentrums für Bienen und Imkerei in Mayen nicht überlebt. In den kalten Monaten, wenn draußen keine Biene mehr fliegt, klopfen die hiesigen Imker hin und wieder an ihre Kästen. Auf diese Weise erfahren sie, wie es den Schwestern geht, die sich drinnen zusammenkuscheln. Auch ich habe als Neuimkerin in meinem ersten Winter geklopft und mit bangem Herzen gehofft, dass die Bienen kurz summen und mir damit signalisieren, dass alles in Ordnung ist.

Mir ist in diesem Winter eines klar geworden: Man braucht nicht unbedingt einen Hund, um nette Menschen kennenzulernen. Mit Bienen funktioniert das sogar noch besser. Meine Bienen-Patin Anke Scheffler-Hincke vom Imkerverein Bremen-Blumenthal jedenfalls hat mich nicht nur über den Verlust meiner beiden ersten Völker hinweggetröstet. Sie ist mir zu einer Freundin geworden, ohne deren klugen Rat ich die Imkerei wohl schon aufgegeben hätte.

Inzwischen habe ich drei Völker und kann mir ein Schild an die Tür hängen: »Hier wohnt eine Imkerin mit ihrem Schwarm.« Schwarmfänger haben ihn aus einem acht Meter hohen Weißdorn in unserem Garten geholt. Trotzdem würde ich nie behaupten wollen, dass ich schon alles verstehe, was da in den Bienenkästen passiert.

Die Recherchen zu »Imkersterben« waren oft ein Spaziergang: Wenn ich Bienen sehen wollte, musste ich nur vom Schreibtisch aufstehen und zwischen rotem Klatschmohn und blauen Hasenglöckchen hindurch zum Bienenstand hinten im Garten gehen.

Zugegeben, zur Recherche gehörte dann doch ein wenig mehr, und bis zum gedruckten Buch gab es eine Menge zu tun. Ich danke deshalb dem ganzen Team des Gmeiner-Verlags für die tolle Unterstützung. Ich kann mich glücklich schätzen, wieder Teresa Storkenmaier als Lektorin an meiner Seite gehabt zu haben. Ihr hohes Maß an Präzision und ihre Geduld mit mir verdienen große Anerkennung.

Hilfreich waren neben den Antworten des Europäischen Parlaments auch jene aus dem Bundesministerium für Ernährung und Landwirtschaft, der Pressestelle der Landespolizei, dem Landgericht Kiel und den Niedersächsischen Landesforsten auf meine Anfragen. Abgeblitzt bin ich allerdings bei diversen Honiglaboren: Die todsichere Fälschungsmethode wollte verständlicherweise niemand preisgeben.

Besonderer Dank gebührt erneut meiner Familie. Viele tolle Ideen stammen nicht von mir, sondern sind an unserem Frühstückstisch und bei Familienausflügen mit unseren Kindern entstanden. Und wenn am Ende in »Imkersterben« nun leider doch keine »Killerbienen« vorkommen, ist dies allein meinem Unvermögen geschuldet, diese in die Geschichte einzubauen.

Patricia Brandt

Patricia Brandt
Krabben-Connection
Kriminalroman
285 Seiten
12 x 20 cm, Paperback
ISBN 978-3-8392-2725-1
€ 12,00 [D] / € 12,40

In dem verträumten Fischerdorf Hohwacht an der Ostsee passiert nie etwas. Eigentlich. Doch dann verschwindet der Münchner Geschäftsmann Xaver Kohlgruber aus seinem Hotelzimmer. Der bärbeißige Kommissar und Tierpräparator Oke Oltmanns geht von Mord aus. Unter Verdacht geraten die Mitglieder der Bürgerinitiative »Rettet die Stranddistel«, denn Kohlgruber plante den Bau einer Hotelanlage – ausgerechnet im Hohwachter Naturschutzgebiet! Oke merkt schnell, dass hier nicht alles so idyllisch ist, wie es scheint …

GMEINER SPANNUNG

WWW.GMEINER-VERLAG.DE
Wir machen's spannend